Amélie Duval

L.A. GUARDS
Macho Lover

Roman

BE
Belle Époque Verlag

Amélie Duval
art!fakt
Am Mühlbergschlößl 7a
D-82319 Starnberg

Lizenzausgabe des Belle Époque Verlags, Tübingen, mit freundlicher Genehmigung der Autorin.

Cover Art by Annemarie Bremer; Foto: iStock/vuk8691
Korrektorat: CP-Ideenwelt

Herstellung: Sowa Sp. z o.o., Piaseczno, Polen

ISBN: 978-3-96357-034-6

Für Silke Schmidt

PROLOG

In dem schmalen Gesicht strahlen ihre Augen wie Smaragde, ihre langen Haare sind zu einer kunstvollen Frisur hochgesteckt, und die Wangen schimmern in einem zarten Rosa. Sie erscheint ihm wie ein in goldenes Licht getauchter Engel, der vom Himmel hinabgestiegen ist, um ihn in süße Fesseln zu legen. Lächelnd blickt sie zu ihm auf, und als sich ihre vollen Lippen zu einem betörenden »Ja, ich will« formen, droht ihm vor Glück das Herz aus der Brust zu springen. Obwohl er ein Junge vom Lande ist und manchmal etwas linkisch wirkt, macht er mit seinen breiten Schultern und dem mächtigen Brustkorb eine gute Figur in der Militäruniform. Er ist mit Leib und Seele Soldat, dennoch sehnt er sich nach Liebe, und das überirdische Wesen neben ihm ist die Erfüllung all seiner Träume.

Die Hochzeit findet auf der Ranch seiner Eltern statt, einer der größten in Montana. Ein rauschendes Fest mit der gesamten Familie samt seinen drei Brüdern, die keine Gelegenheit auslassen, ihn wegen seines selig dümmlichen Lächelns aufzuziehen, sowie allen Freunden und Nachbarn. Insgesamt sind mehr als dreihundert Personen gekommen, um zwei Tage lang ausgelassen zu feiern. Ihm kommt es vor, als würden die blauen Augen seiner Mom, die er im Übrigen von ihr geerbt hat, nicht mehr trocken werden, während sein Dad ihm immer wieder den Arm um die Schulter legt, ein kratzendes »mein Junge« vor sich hinmurmelnd. Anfangs haben seine Eltern seiner Heirat skeptisch gegenübergestanden, angesichts der Tatsache, dass er erst 21 Jahre alt ist. Aber als sie den Glanz in seinen Augen gesehen haben, ist ihnen die Zustimmung dann doch leicht gefallen. Ihr Sohn riskiert sein Leben für sein Land, warum ihm das Glück verwehren, das er sich so sehr ersehnt – zumal seine Auserwählte ein reizendes Geschöpf ist.

Die Flitterwochen verbringen die Frischvermählten auf Hawaii. Dem Bräutigam mangelt es zwar an sexueller Erfahrung, doch was macht das schon, wenn die Leidenschaft unter der Oberfläche brodelt und es nur wenig bedarf, damit sie ausbricht? Ein wundervoller Tag jagt den nächsten, der junge Soldat befindet sich im Glückstaumel. Bis zu der einen Nacht, die alles verändert. Als er aufwacht, stellt er fest, dass der Platz neben ihm leer ist. Voller Sorge schwingt er sich aus dem Bett, sucht die Hotelsuite ab, aber sein Engel ist nirgendwo zu sehen. Etwas, vielleicht sein sechster Sinn, bringt ihn dazu, hinunter zum Strand zu gehen. Die Nacht ist sternenklar, und der Mond taucht den Sand in ein magisches, silbriges Licht. Der junge Mann muss lächeln. Kein Wunder, dass es sie nach draußen gezogen hat.

Sein Blick schweift suchend umher, fängt eine Bewegung auf und bleibt daran haften. Er hat seine Liebste gefunden. Sie liegt nackt unter einem athletischen, bronzehäutigen Mann begraben, die Augen fest geschlossen. Im ersten Moment glaubt der Jungvermählte an eine Vergewaltigung und will sich auf das Paar stürzen. Doch dann prallt er wie gegen eine Betonwand, als er ihr lustvolles Stöhnen hört und ihre langen Beine bemerkt, die die Hüften des Mannes gierig umschließen. Ein scharfer Schmerz fährt durch sein Herz. Der erste von vielen. Wie versteinert steht er da, versucht, das Unbegreifliche zu begreifen. Scham und Wut drohen, ihn zu überwältigen. Hilflos ballt er die Fäuste, dann tritt er leise den Rückzug an. Er ist ein besonnener Mensch, es liegt nicht in seiner Natur, eine Szene zu machen. Seltsamerweise denkt er in diesem Moment an seine Mutter. Wie traurig sie sein wird.

Eine Stunde später, die längste seines Lebens, schleicht sich der gefallene Engel ins Zimmer, wo er sie zur Rede stellt. Zunächst streitet sie alles ab, dann lacht sie ihm ins Gesicht, bezeichnet ihn als dummen Jungen und Bauerntölpel. Als er sie fragt, ob sie ihn liebe, seine Stimme zittert hörbar, wofür er sich hasst, antwortet sie ihm mit einem klaren Nein. Für sie bedeute er lediglich finanzielle Sicherheit und Unabhängigkeit. Die meiste Zeit des Jahres sei er eh in der Weltgeschichte unterwegs, da wäre es für sie ein verkraftbarer Preis, ihn drüber zu lassen, wenn er auf Heimaturlaub ist. Zwar dringen ihre grausamen Worte zu ihm durch, dennoch will er sie nicht wahrhaben. In seiner Verzweiflung bettelt er um ein Quäntchen Zuneigung. Eine liebevolle Geste ab und an würde ihm schon genügen, stammelt er. Vergeblich. Mit einem einzigen verächtlichen Lächeln reißt sie sein Herz endgültig in Fetzen.

Hinterher stellt sich heraus, dass alles, was sie von sich erzählt hat, erstunken und erlogen ist. Sie ist nur eine Hochstaplerin, die ihn und seine Familie ausnehmen wollte. Als er die Scheidungspapiere unterschreibt, wischt er sich wütend übers Gesicht, und schwört sich, dass er für keine Frau der Welt je wieder eine Träne vergießen würde.

- Gegenwart -

Die angepisste Nachbarin

Bobby

»Oh ja, das ist so gut. Soooo gut!«

Entnervt drücke ich das Kissen auf meinen Kopf, dennoch dringt das rhythmische Quietschgeräusch einer billigen Matratze unbarmherzig zu mir durch, begleitet von wenig geistreichen Ausrufen.

»Ich glaube, ich sterbe!«

Schön wär's.

Angesichts der 200 Dezibel, die meine verzückte Nachbarin erzeugt, wundert es mich, dass die Zimmerdecke über mir noch nicht eingestürzt ist. Seit einer geschlagenen Stunde geht das schon so. Inzwischen sind wir bereits beim 126. Ja angelangt. Die Schachtel mit den Ohrstöpseln von Mack's ist leer. Der nächste Drugstore ist nur zwei Blocks entfernt, vielleicht sollte ich meinen Hintern aus dem Bett schwingen und mir die Maxipackung besorgen. Andererseits ist es so kuschelig warm unter meiner Decke.

»Ja!«

127.

»Ja!«

128.

Hat der Typ eine Überdosis Viagra geschluckt? Langsam muss er doch mal zum Abschluss kommen. Laut Wecker ist es 3:34 Uhr. In knapp fünf Stunden habe ich ein wichtiges Meeting mit meinem Chefredakteur.

»Jaaaaaaaa!«

Okay, jetzt reicht's! Das war definitiv ein Ja zu viel! Im Dunkeln tasten meine Finger nach der Nachttischlampe, um sie einzuschalten, dann schnappe ich mir meine Brille und springe aus dem Bett. Nachdem ich in meine Pantoffeln geschlüpft bin, stürze ich aus dem Apartment und nehme die Treppe nach oben. Energisch poche ich an die Tür der Mansarde. Warum Mrs. Hiddleston, die Hauseigentümerin, nicht ebenfalls auf der Matte steht, liegt vermutlich daran, dass sie die 70 überschritten hat und neben ihrem Hörgerät in der Nachttischschublade friedlich schlummert. Die Glückliche! Als keine Reaktion erfolgt, klopfe ich erneut, diesmal lauter und eindringlicher. Das Stöhnen und Jauchzen in der Dachwohnung bricht abrupt ab, was mir ein warmes Gefühl der Genugtuung verschafft, dann vernehme ich ein leises Kichern, und hinter der Tür erklingen Schritte. Als der Riegel zurückgezogen und die Klinke heruntergedrückt wird, rücke ich meine Brille zurecht. In der Regel widerstrebt es mir, andere zurechtzuweisen, aber genug ist genug.

»Hör zu, Meli…«, beginne ich, doch bei dem Anblick, der sich mir bietet, bleiben mir die Worte buchstäblich im Hals stecken.

Der Türrahmen ist vollständig ausgefüllt. Mit viel nackter Haut, unter der sich wahre Muskelberge abzeichnen. Gekrönt wird das verstörende Männerkunstwerk von einem markanten Gesicht mit Bartschatten und den blauesten Augen, die ich jemals gesehen habe. Mein Verstand braucht einen Moment, um zu begreifen, dass mein Gegenüber nichts trägt außer gefährlich tiefsitzenden Boxershorts. Unwillkürlich trete ich einen Schritt zurück. Hätte ich die Brille bloß nicht aufgesetzt, dann würde ich den mächtigen Brustkorb vor meiner

Nase nicht mit erschreckender Klarheit sehen – inklusive Tätowierung über dem Herzen. *Was für ein billiges Klischee!* Vor allem der amüsierte Zug um die sinnlichen Lippen, während seine Augen mich von oben bis unten ausgiebig mustern, würde mir erspart bleiben. Für einen kurzen, aber wirklich sehr kurzen Moment wünschte ich mir, ich trüge etwas anderes als den Hello-Kitty-Pyjama, den mir meine beiden kleinen Nichten zum Geburtstag geschenkt haben.

Entschlossen rücke ich meine Brille erneut zurecht. Ich bin eine knallharte Reporterin! Ich werde mich von diesem Dwayne Johnson für Arme nicht verunsichern lassen.

»Ich möchte mit Melissa sprechen«, sage ich, während ich versuche, meinen Blick auf unscharf zu stellen.

»Tut mir leid«, ertönt es dunkel von irgendwo unterhalb der Decke. Obwohl ich durchschnittlich groß bin, muss ich meinen Kopf in den Nacken legen, um ihm ins Gesicht zu sehen. »Sie ist im Moment unpässlich.«

Unpässlich? Will der Typ mich verarschen?

Offensichtlich, denn jetzt verändert er seine Haltung und stützt sich mit seinem rechten Unterarm am Türrahmen ab, wodurch seine harten Bauchmuskeln in Bewegung geraten.

Autofokus ausschalten, Bobby! Sofort!

»Ach, wirklich?«, schnaube ich. »Ihre Stimmbänder jedenfalls scheinen bestens zu funktionieren.«

»Nicht nur die.«

Ich ignoriere den anzüglichen Unterton. »Es gibt Menschen, die morgen arbeiten müssen! Bei dem Krach ist schlafen unmöglich.«

»Ich muss morgen auch zeitig raus«, antwortet mein Gegenüber. Sein lässiges Schulterzucken erzeugt in meinem Unterbauch ein kribbelndes Gefühl. Blanke Panik, schätze ich. »Trotzdem ist das kein Grund, auf Spaß zu verzichten.«

»Tun Sie, was Sie nicht lassen können!«, ätze ich. »Aber sagen Sie Melissa, sie soll leiser sein.«

Gott, was für ein peinliches Gespräch!

Das Lächeln des Mannes vertieft sich. Wie verflucht selbstzufrieden er wirkt! Vermutlich hält er sich für den größten Stecher der Stadt.

»Was soll ich machen?«, entgegnet er. »Sie ist eine leidenschaftliche Frau.«

»Sie können sie ja knebeln«, blaffe ich ihn an.

Ich kann nicht fassen, dass ich das eben gesagt habe!

Als er ein leises Lachen ausstößt, nimmt das Kribbeln zu. »Dass ich nicht selbst darauf gekommen bin! Vielen Dank für den Tipp, Miss ...« Er hebt die Augenbrauen in der Erwartung, dass ich ihm meinen Namen nenne.

Da kann er lange warten.

»Die angepisste Nachbarin«, entgegne ich scharf und wende mich ab.

Es hätte so ein cooler Abgang werden können!

Stattdessen bleibe ich mit dem rechten Fuß am Läufer hängen und gerate ins Stolpern. Ich sehe mich schon auf den Boden plumpsen, als mich eine starke Hand am Arm packt, um mich vor dem Schlimmsten zu bewahren. Nun steht der Typ dicht vor mir. Ich kann seine Wärme spüren, und noch etwas umweht mich: ein Hauch von Aftershave vermischt mit dem Geruch von Sex.

Wie von der Tarantel gestochen, reiße ich mich los. »Fassen Sie mich nicht an!«, keife ich.

Er wirkt nicht im Mindesten beeindruckt, vielmehr leuchten seine Augen auf. Fasziniert neige ich den Kopf zur Seite, um sie zu betrachten. Sie sind viel zu schön für einen solchen Wüstling. *Wie der Yellowstone Lake an einem heißen Sommertag, der zum Sprung ins kühle Nass einlädt* ... Ich kann gerade noch ein Seufzen zurückhalten. Herrje, jetzt schwinge ich mich erneut in poetische Höhen. Als Angehörige der schreibenden Zunft widerfährt mir das leider häufiger.

»Jetzt weiß ich, wer Sie sind«, dringt seine Stimme in meine wirren Gedanken. »Die verklemmte Tussi aus dem Erdgeschoss. Melissa hat Sie beiläufig erwähnt.«

Verklemmte Tussi? Ich?

Rums! So schnell landet man mit dem Hintern wieder auf der prosaischen Erde. Wäre ich eine Comicfigur, würde mir Rauch aus den Ohren qualmen.

»Ich weiß nur, was sich gehört und was nicht«, entgegne ich schnippig und lasse den Typen stehen.

Während ich zurück zu meinem Apartment stapfe, schimpfe ich leise vor mich hin. Es ist nicht ungewöhnlich, dass Melissa Männerbesuch hat. Sie ist Mrs. Hiddlestons Enkelin und Unterwäschemodel. Muss ich noch mehr sagen? Andererseits ist ihr Job auch ein Segen, weil sie die meiste Zeit um die Welt jettet. Ist sie aber zu Hause, vergeht kaum eine Stippvisite ohne Matratzensport, und Melissa hat die Angewohnheit, laut zu werden. Heute Nacht allerdings hat sie ihren eigenen Rekord gebrochen. *Wen wundert's? Der Kerl ist pures Testosteron!* Gewaltsam verdränge ich den Gedanken und hoffe auf ein paar ruhige Stunden, bis der Wecker klingelt. Und tatsächlich: Als ich mich wieder ins Bett lege, ist es im Apartment über mir mucksmäuschenstill. Vielleicht hat er Melissa wirklich geknebelt. Selbst die Matratze hat Sendepause. Ob sie es direkt auf dem Boden treiben? Oder presst er sie gerade gegen die Wand? Meine Fantasie überschlägt sich förmlich, und bei der Vorstellung seines nackten Hinterns in Aktion wird mir heiß und kalt. Obwohl ich hundemüde bin, lässt mich der Gedanke nicht mehr los. Was unbegreiflich ist, weil ich nicht auf stiernackige Muskelberge stehe. Ich bevorzuge geistreiche Männer mit schönen Händen und leisem Humor.

Diane würde mich auslachen und behaupten, es liege daran, dass ich untervögelt sei. Pah!, würde ich antworten, Sex wird überbewertet. Guter Sex nicht, höre ich meine Schwester kontern.

Zum Glück fordert die Erschöpfung letzten Endes ihren Tribut, und ich falle in einen traumlosen, wenn auch viel zu kurzen Schlaf.

Keine vier Stunden später stehe ich vor dem Spiegel und versuche wie jeden Morgen vergeblich, meine Naturkrause zu bändigen. Hätte ich doch nur glatte Haare wie Diane, dann würde ich sie mir zu einem Pferdeschwanz zusammenbinden, und fertig. Manchmal erscheint es mir, als hätte meine große Schwester die guten Gene meiner Eltern geerbt, während ich die Schnitzer abbekommen habe.

Voller Ungeduld zerre ich an einer widerspenstigen Strähne. Ich wünschte, mein bester Freund Leo hätte mich nicht dazu überredet, meine Haare à la *Marilyn retro* zu frisieren, ein Out-of-Bed-Look, wie ihn Taylor Swift zurzeit trägt. Frisch vom Friseur sah ich umwerfend aus und auch ein wenig verrucht. Inzwischen erwecke ich aber den Anschein, als wäre ich tatsächlich gerade aus dem Bett gekrochen und nicht, als würde ich nur so tun. Meine blonden Haare stehen nach allen Seiten ab, wie ein ausgebleichter Mopp. Wenn es regnet, wird's richtig schlimm, was im Großraum Los Angeles zum Glück selten vorkommt. Vor ein paar Wochen hatte ich wieder mal die Faxen dicke, und es war nur Leos beherztem Eingreifen zu verdanken, dass ich mir nicht die Schere geschnappt und dem Elend ein Ende gemacht habe.

Meine Augen sind geschwollen und rot unterlaufen, vier Stunden Schlaf sind einfach zu wenig, und als ich meine Kontaktlinsen einsetze, brennt es unangenehm. Ich trage sie nicht aus Gründen der Eitelkeit, sondern weil mein Augenarzt meint, nur so würden meine Sehschwächen bestmöglich korrigiert werden. Und davon habe ich einige, unter anderem Kurzsichtigkeit und Hornhautverkrümmung. (Ich brauche wohl nicht zu erwähnen, dass Diane ein Straßenschild aus einer halben Meile Entfernung lesen kann.)

Nachdem ich ein schnelles Frühstück hinuntergeschlungen habe, bestehend aus Kaffee und einem Bagel, mache ich mich auf den Weg. Vorsorglich habe ich meine Brille eingepackt. Da ich keinen eigenen Wagen besitze, bin ich auf öffentliche Verkehrsmittel angewiesen. Ich wohne im Stadtteil Glendale, in der Nähe des *Forest Lawn Memorial Park* Friedhofs, auf dem Berühmtheiten wie Humphrey Bogart, Walt Disney und Michael Jackson begraben liegen. Mit dem Bus brauche ich nur eine halbe Stunde zur Arbeit. Das malerische Glendale ist kein billiges Pflaster, dennoch zahle ich für meine Einliegerwohnung nur 300 Dollar Miete pro Woche inklusive Gartenbenutzung. Mrs. Hiddleston, die zauberhafte alte Dame, der das Haus gehört, hätte es finanziell nicht nötig, zu vermieten, aber sie ist die Bekannte einer Bekannten meiner Mutter. Gleich, nachdem ich den Mietvertrag unterzeichnet hatte, zog ich allein los, um in einer Bar um die Ecke zu feiern. Dort lernte ich Leo und seinen Lebenspartner Dave kennen. Das ist fünf Jahre her. Seitdem sind wir die besten Freunde.

Die letzten Meter zur Busstation muss ich im Laufschritt zurücklegen, wobei meine Umhängetasche mit dem Laptop unangenehm gegen meine Hüfte schlägt. Ich kann gerade noch in den 603er springen, bevor sich die Tür hinter mir mit einem Zischen schließt und ich der korpulenten Busfahrerin ein japsendes »Morgen, Bernie!« zuwerfe. Heute meint es das Schicksal gut mit mir, denn ich ergattere den letzten Sitzplatz – zwischen einer Frau mit vollen Einkaufstüten und einem stark schwitzenden Mann mittleren Alters. Während sich mein hämmernder Puls langsam beruhigt, blicke ich aus dem Fenster. Die erste Teilstrecke nach Süden führt über die San Fernando Road, durch ein beschauliches, angenehm grünes Industriegebiet mit Flachbauten, wie es für den Großraum Los Angeles typisch ist.

In Gedanken gehe ich das Meeting mit meinem Chefredakteur noch einmal durch. Ich bin einer Riesenstory auf der Spur, bei der es um illegales Glücksspiel geht, was in einer Stadt wie L.A. per se nicht ungewöhnlich ist. Wäre da nicht die Tatsache, dass bei diesen Spielen unbescholtene Bürger bis aufs letzte Hemd abgezockt werden. Ihre einzige Chance, den Verlust wieder wettzumachen, ist die Teilnahme an einer sogenannten Endrunde mit wohlhabenden Mitspielern. Würden sie gewinnen, wären sie aus dem Schneider. Aber sie gewinnen nicht. Niemals. Die Spiele sind abgekartet. Am Ende bleibt ihnen nichts anderes übrig, als ihre Schulden durch Gefälligkeiten zu begleichen. Diese reichen von Raub über Betrug bis hin zu Mord. Stellen sie sich quer, nimmt man ihre Familien ins Visier. Eine furchtbare Sache!

Vor einigen Wochen hat ein Opfer beschlossen, auszupacken. Weil der Mann niemandem traut, auch nicht der Polizei, hat er mich eines Morgens in der Redaktion angerufen. Warum er mich auserkoren hat, weiß ich nicht. Zufall vielleicht. Am Anfang habe ich ihm die Geschichte nicht abgekauft, bis er mir den erschütternden Audio-Mitschnitt einer solchen Endrunde vorgespielt hat. Seitdem ist es mir ein dringendes Bedürfnis, diesen Drecksäcken das Handwerk zu legen. Gestern hat er sich bereit erklärt, mir den Namen des Mannes zu liefern, der hinter der Sache steckt. Angeblich ein Typ von der Ostküste. Die Enthüllung steht also kurz bevor. An einem so großen Coup habe ich bisher noch nie gearbeitet. Die Story wird meinen Ruf als investigative Journalistin festigen. Vielleicht bekomme ich sogar ein eigenes Büro und ...

Meine Gedanken finden ein jähes Ende, als ein ohrenbetäubender Knall die Luft zerreißt und der Bus ins Schlingern gerät. Ein kollektiver Aufschrei geht durch die Reihen, schreckliche Bilder huschen durch meinen Kopf, schon bleibt das schwere Gefährt stehen. Kein Terroranschlag oder Erdbeben, nur eine Reifenpanne. Bernie dreht sich in ihrem Sitz um und erklärt uns mit ihrer Bass-Stimme, dass ein Reifenwechsel Zeit erfordert und wir lieber den nächsten Bus nehmen sollen.

Daraufhin fische ich mein Handy aus der Tasche, um meinen Boss zu informieren, und unterdrücke einen Schmerzenslaut, als sich die Frau mit ihren Einkäufen schimpfend an mir vorbeidrängt und eine der Tüten hart gegen mein Schienbein prallt. Was hat sie darin verstaut? Pflastersteine?

»Hey!«, rufe ich ihr hinterher. »Passen Sie doch auf!«

»Wie bitte?«, erklingt es hörbar irritiert durchs Telefon.

Es ist Glenda, unsere Redaktionsassistentin. Kurz erkläre ich ihr die Situation, dann sehe ich zu, dass ich ebenfalls aus dem Bus steige. Zwanzig Minuten lang harren wir in der prallen Sonne aus, zum Glück ist es erst halb neun, bevor der nächste Bus um die Ecke kommt. Schon von weitem kann ich sehen, dass er vollbeladen ist. Im Gang zwischen den Sitzplätzen stehen die Fahrgäste zusammengequetscht wie Sardinen, also sind die anderen und ich dazu verdammt, weitere zwanzig Minuten zu warten. Das Schicksal meint es heute vielleicht doch nicht so gut mit mir.

Am Ende stürme ich mit einer vollen Stunde Verspätung durch die Drehtür der Redaktion des *53 Riverside Journal*, das, wie der Name vermuten lässt, seinen Stammsitz in einem Gebäude auf dem Riverside Drive hat, wenn auch nicht Hausnummer 53, sondern 12753. Aber wie mein Chefredakteur, Oliver Crews, immer sagt: In der Kürze liegt die Würze. Die Zeitung wurde 1982 gegründet. Zunächst war sie nur eine Stadtzeitung wie viele andere, bis sie ihr Betätigungsfeld erweiterte. Inzwischen ist sie ein angesehenes, überregionales Blatt mit einer sechsstelligen Auflagenzahl, was angesichts des allgemeinen Zeitungssterbens eine bemerkenswerte Leistung ist.

»Du bist zu spät dran, Roberta«, begrüßt mich Oliver, als ich sein verglastes Büro betrete.

Innerlich stöhne ich auf. Mein Boss spricht mich immer nur dann mit meinem Taufnamen an, wenn er verärgert ist, da er weiß, wie sehr ich es hasse. Keine Ahnung, was meine Mutter vor 27 Jahren geritten hat, mich nach einer Großtante zu benennen, die wir nicht einmal persönlich kennen. Ich bevorzuge die Abkürzung Bobby. Auch weil sie mir als weibliches Mitglied meiner Zunft Türen öffnet, die mir andernfalls verschlossen bleiben würden — so traurig sich das im 21. Jahrhundert auch anhören mag.

»Der Bus hatte eine Reifenpanne«, erkläre ich.

»Warum schaffst du dir kein Auto an, wie jeder zivilisierte Mensch?«

In dem Wissen, dass der Grund dafür auf Unverständnis stoßen würde, bleibe ich ihm die Antwort schuldig. Ich stamme aus einer Anwaltsfamilie aus San Francisco, die sich aktiv für Bürgerrechte und Umweltschutz engagiert. Als Reporterin mit einigen Macken mag ich ein wenig aus der Art schlagen, aber nicht, was Gerechtigkeitsempfinden und Umweltbewusstsein betrifft. Schon von klein auf wurde ich darauf geeicht, den Abfall zu trennen, meinen Wasserverbrauch zu rationieren und später nur dann mit dem Wagen zu fahren, wenn es unumgänglich ist. Nicht nur, dass Los Angeles über eines der besten öffentlichen Verkehrssysteme der USA verfügt, mein Arbeitsplatz ist nur eine halbe Stunde entfernt. Darüber hinaus hält die Zeitung für ihre Mitarbeiter Dienstwagen parat. Es wäre völlig unsinnig, sich ein Auto anzuschaffen. Obwohl ich zugeben muss, dass mich meine Prinzipien manchmal ganz schön nerven. Wie heute zum Beispiel.

Schweigend nehme ich auf dem Besucherstuhl vor dem Schreibtisch Platz.

»In zehn Minuten habe ich das nächste Meeting«, sagt Oliver mit Blick auf die Uhr. Er ist ein massiger Mann mit dem Gesicht eines Beagles. »Deshalb die Kurzfassung: Trevor wird die Glücksspielstory fertigstellen. Für dich habe ich einen neuen Job.«

Wie vor den Kopf gestoßen, starre ich ihn an. Einen Atemzug lang meine ich, mich verhört zu haben. Aber nichts in Olivers Mimik weist darauf hin, dass er eben einen geschmacklosen Witz zum Besten gegeben hat.

»Warum?«, frage ich, um einen ruhigen Tonfall bemüht, was mich übermenschliche Anstrengung kostet. »Das ist meine Story.«

»Du hast gute Vorarbeit geleistet, aber dem Ganzen fehlt der professionelle Schliff.«

»Vorarbeit?« Meine Stimme wird eine Spur schriller. *Zu schrill.* »Seit Wochen knie ich mich voll rein, schiebe haufenweise Überstunden, und Trevor soll die Lorbeeren einheimsen?«

»Mach keine Riesensache draus.« Oliver wischt ein imaginäres Staubkorn von seinem blitzblank polierten Schreibtisch. »Du wirst als Co-Autorin erwähnt.«

»Ja, in acht Punkt Schriftgröße.«

Ich spüre, wie Tränen der Wut in mir aufsteigen, die ich gewaltsam zurückdränge. Du lieber Himmel! Ich bin kein zehnjähriges Kind mehr, das vor der ganzen Klasse von der Lehrerin heruntergeputzt wird.

»Trevor macht den Job seit 25 Jahren«, erklärt Oliver weiter. »Er hat sich einen guten Ruf erarbeitet. Steht sein Name mit Foto über dem Artikel, verleiht es der Story eine größere Tragweite.«

Bullshit!, will ich ihm ins Gesicht schleudern. Trevor hat ein Alkoholproblem, bekommt seit Monaten nichts mehr auf die Reihe. Da sie alte Collegekumpel sind, will ihm Oliver einen Gefallen erweisen und so verhindern, dass er gefeuert wird.

»Ich weiß, dass Trevor private Probleme hat«, entgegne ich. »Trotzdem ist das kein Grund ...«

»Was?«

»Mich für dumm zu verkaufen.«

»Spann den Bogen nicht zu weit!«, fährt mich Oliver an. Verblüffend, wie schnell aus dem gutmütigen Beagle eine knurrige Töle werden kann. »Du bist nicht unersetzlich.«

Obwohl mir das Herz bis zum Hals schlägt – ich liebe meinen Job und will ihn nicht verlieren – gebe ich mich nicht geschlagen. »Meine Quelle redet mit niemand anderem als mit mir«, argumentiere ich.

»Irrtum. Trevor hat ihn bereits kontaktiert.« Oliver blickt erneut auf die Uhr. »In diesem Moment treffen sie sich in einem Café in Santa Barbara.«

Das versetzt mir einen harten Schlag in die Magengrube, und diesmal kann ich nicht verhindern, dass mir ein Keuchen entweicht.

»Woher weiß Trevor von ihm?«, frage ich, obwohl es darauf nur eine Antwort geben kann.

»Ich habe ihm den Namen genannt. Es ist besser so«, fügt er hinzu, als ich ihn wütend anstarre. »Das Wohl der Zeitung geht vor.«

»Aber ...«

»Es reicht!«, unterbricht mich Oliver barsch. »Ich bin dein Boss, und meine Entscheidung steht.«

Innerlich sacke ich zusammen. Ich weiß, wann ich das Unvermeidliche akzeptieren muss, dennoch werde ich noch eine Weile daran zu knabbern haben. Leider habe ich mit dem Loslassen so meine Schwierigkeiten.

»Welchen neuen Job hast du für mich vorgesehen?«, frage ich tonlos.

»Du begleitest fünf Tage lang einen Bodyguard von der Agentur *Cerberus* und berichtest darüber.«

»Einen Bodyguard?«, spucke ich verächtlich aus. »Ich bin Enthüllungsjournalistin, keine Klatschreporterin!«

»An dem Job ist nichts Verwerfliches.« Mein erneuter Ausbruch prallt an Oliver ab. »Das Ganze wird als fünfteilige Reportage auf unserem Onlineportal erscheinen.«

»Onlineportal?« Ich kann mein Entsetzen kaum verhehlen.

Irgendwie werde ich das Gefühl nicht los, dass mich Oliver aufs Abstellgleis stellen will.

»Der Online-Redaktion verdanken wir, dass wir noch konkurrenzfähig sind. Vergiss das nicht.« Er greift nach dem Telefonhörer, untrügliches Zeichen dafür, dass unser Meeting beendet ist. »Um 11 Uhr hast du einen Termin bei *Cerberus*.«

»So bald schon? Mir bleibt kaum Zeit zur Recherche.«

»Du hättest dich eben nicht verspäten dürfen!«

So ein Arschloch! Ich koche vor Wut, als ich sein Büro verlasse, was kurz darauf unschuldige Akteure auf schmerzhafte Weise zu spüren bekommen, angefangen mit meinem antiquierten Bürorechner über den widerspenstigen Drucker bis hin zur klemmenden Toilettentür ... Die Kollegen werfen sich verstohlene Blicke zu, wagen es jedoch nicht, mich anzusprechen. Ist auch besser so. Anders als Diane, die Seniorpartnerin in einer renommierten Bostoner Anwaltskanzlei ist, habe ich mein Temperament nicht immer im Griff. Entsprechend düster ist meine Stimmung, als ich eine knappe Stunde später in den klapprigen Pontiac einsteige, der auf dem Hinterhof steht. Warum wurde mir nicht der nagelneue Tesla zugeteilt? Vielleicht, weil mir der professionelle Schliff fehlt? Wenigstens funktioniert der CD-Player. Für den Notfall habe ich immer ein paar Alben von Pink in meiner Umhängetasche dabei, und das hier ist definitiv ein Notfall!

Während der zwanzigminütigen Fahrt stelle ich die Musik so laut, dass mir die Ohren dröhnen. Mit voller Inbrunst gröle ich mit, als Pink in ihrem Song *So What* den Kampf gegen die ganze Welt aufnimmt. Für mich die beste Art, runterzukommen und mich auf das bevorstehende Treffen zu fokussieren. Ich rufe mir in Erinnerung, was ich im Internet über *Cerberus* herausgefunden habe. Die Bodyguard- und Sicherheitsagentur wurde vor knapp sechs Jahren von einem ehemaligen Major der US-Army gegründet, insgesamt arbeiten neun Leute für ihn, sechs Männer und drei Frauen, die meisten davon sind Ex-Militärangehörige. Zu ihren Aufgaben gehören der Schutz von VIPs und anderen Wichtigtuern, die Sicherheitsberatung von Unternehmen, Ermittlungsarbeiten fürs LAPD ... blablabla. Eben das Übliche. Ich überschlage mich gleich vor Begeisterung! Gäbe es *America's Next Top Model* noch, hätte mich Oliver vermutlich dorthin geschickt.

Der alte Pontiac stottert bedenklich, als ich auf die La Brea Avenue einbiege, wo sich das Büro von *Cerberus* befindet. Ein ungewöhnlicher Ort für eine Sicherheitsagentur. Als ich dem Parkhaus-Schild folgend ins Innere eines Komplexes gelange, der wie eine missglückte Kreuzung aus Legoklötzen und Ethnolook aussieht, ist meine Neugier geweckt. Nachdem ich den Wagen abgestellt habe, schnappe ich mir meine Umhängetasche und verlasse das Gebäude durch eine schwere Stahltür. Auf der gegenüberliegenden Seite steht ein vierstöckiger Würfel im Zebramuster. Dort muss ich hin. Hastig überquere ich den weitläufigen Innenhof, die Sonne steht fast im Zenit, und ich spüre die brennende Hitze des Betonbodens unter meinen Sneakers. Entsprechend angenehm mutet die kühle Vorhalle mit ihren Marmorwänden an, die ich kurz darauf betrete. Am anderen Ende bemerke ich eine Glastür, auf der das Firmenlogo von *Cerberus* prangt. Ein stilisierter dreiköpfiger Höllenhund. Ich gehe hinein und finde mich in einem Vorzimmer wieder, dessen Schlichtheit durch mehrere Grünpflanzen und zwei Schwarzweiß-Fotografien an der Wand belebt wird. Am Empfangstresen sitzt eine junge Frau mit hellbraunen Haaren und ausdrucksvollen blauen Augen, die mir freundlich entgegenblicken.

»Hi!«, begrüßt sie mich. »Willkommen bei *Cerberus*.«

»Hi«, antworte ich und zücke meinen Presseausweis. »Mein Name ist Bobby Sedgwick vom *53 Riverside Journal*. Ich werde erwartet.«

»Natürlich.« Sie schenkt mir ein breites Lächeln. »Einen Moment bitte.«

Während ich beschäftigt tue und eines der Landschaftsfotos an der Wand betrachte – einen nebelverhangenen See – murmelt sie einige Sätze ins Telefon, dann legt sie auf.

»Mister Rennick hat gleich für Sie Zeit, Miss Sedgwick. Sie können gern Platz nehmen, wenn Sie …« Weiter kommt sie nicht, weil in diesem Augenblick ein pelziges Etwas auf mich zuschießt und mich beinahe von den Füßen reißt.

»Fletcher!«, ruft die junge Frau, das Namenschild auf dem Tresen weist sie als Natalie Nella aus. »Hierher! Böser Hund!« Hastig umrundet sie den Tisch. »Oje, das tut mir leid. Das macht er sonst nie. Eigentlich hat er gelernt, in seinem Körbchen zu bleiben, wenn jemand durch die Tür kommt.«

Körbchen ist gut. Der Hund, der neugierig an meinem Hosenbein schnüffelt, vermittelt eher den Eindruck, als würde er einen Wäschekorb für eine fünfköpfige Familie sein Eigen nennen. Die braunen Augen in dem keilförmigen Gesicht funkeln mich übermütig an. Ein Glück, dass mir Pitbulls keine Angst einjagen. Das war nicht immer so. Wie viele andere Menschen auch, hatte ich Vorurteile, bis ich letztes Jahr bei einer Reportage über sogenannte Kampfhunde die Erfahrung gemacht habe, dass Pitbulls überaus liebevolle und verschmuste Tiere sind.

»Wie alt ist er denn?«, frage ich und strecke dem Hund vorsichtig meine Hand hin, die er ebenso vorsichtig inspiziert.

»Eineinhalb Jahre. Er ist unser Maskottchen«, fügt Miss Nella nicht ohne Stolz hinzu.

Ich muss leise lachen, als er meine Finger abschleckt. »Ein echter Höllenhund, was?«

Die junge Frau fällt in mein Lachen ein. »Ja und ein Casanova obendrein.«

»Das merkt man.«

»Er mag Sie«, murmelt Miss Nella, als Fletcher beim Schlecken immer frenetischer wird. »Jetzt reicht es aber!«, schiebt sie mit strenger Stimme hinterher und zieht den Hund zu sich heran. »Zurück auf deinen Platz.«

Fletcher gehorcht zwar, doch der verliebte Blick, den er mir noch hinterherwirft, entlockt mir ein amüsiertes Glucksen.

»Wenn Sie sich die Hände waschen wollen, da hinten ist die Toilette«, sagt Miss Nella und weist auf eine einfache Holztür nahe dem Eingang.

Ich bedanke mich mit einem Lächeln. Nachdem meine Hände wieder sauber sind, wage ich einen Blick in den Spiegel. Meine Haare meinen es heute wirklich nicht gut mit mir. Vergeblich versuche ich, sie mit den Fingern zu bändigen, und gebe nach einigen Sekunden entnervt auf.

Draußen empfängt mich Miss Nella mit einem freundlichen »Mister Rennick hat jetzt Zeit für Sie« und geleitet mich in den Konferenzraum neben dem Empfang. Kaum habe ich den Bereich betreten, als mir ein drahtiger, in Jeans und T-Shirt gekleideter Mann mit Kurzhaarschnitt entgegenkommt, den ich sofort als der Gründer und Inhaber von *Cerberus* wiedererkenne. Ich habe sein Konterfei im Internet gesehen.

»Miss Sedgwick, es ist mir ein Vergnügen, Sie bei uns begrüßen zu dürfen«, sagt er. Sein Handschlag ist kurz und herzlich.

»Die Freude ist ganz auf meiner Seite, Mister Rennick«, antworte ich und meine es in dem Moment auch so.

Ich sollte das Beste aus der Situation machen. Wer weiß, vielleicht ist der Alltag eines Bodyguards spannender als gedacht. In den letzten Jahren habe ich die Erfahrung gemacht, dass fast jedes Thema interessante Facetten aufweist, vorausgesetzt, man ist bereit, sich auf Neues einzulassen. Was nicht heißt, dass Olivers hinterhältige Nummer vergeben und vergessen ist. Ganz bestimmt nicht!

Aus dem Augenwinkel erhasche ich eine Bewegung. Neugierig drehe ich den Kopf zur Seite. Das Lächeln gefriert mir auf den Lippen, als ich die breitschultrige Gestalt erblicke, die mit den Händen in den Hosentaschen an der Wand lehnt. Obwohl er diesmal angezogen ist, erkenne ich ihn auf Anhieb wieder. Die eisblauen Augen sind unverkennbar. Es ist der Sexprotz von gestern Nacht.

Das darf doch nicht wahr sein!

»Na sowas«, kommt er mir zuvor. »Die angepisste Nachbarin.«

Ladykiller wider Willen

Alec

»Bobby Sedgwick?« Schnaubend fahre ich mir durch die kurzen Haare. »Klingt wie einer dieser Typen, die die Watergate-Affäre aufgedeckt haben!«

»Bobby Sedgwick ist eine Frau.«

»Noch schlimmer, eine Kampflesbe in Karohemd und Männerschuhen.«

Unwille zeigt sich auf Toms Gesicht. »Bleib sachlich, Alec.«

Der Drang nach einer Zigarette wird immer größer, und ich springe von meinem Stuhl auf. »Ich kann Journalisten nicht ab! Wenn sie einem nicht gerade das Wort im Mund umdrehen, gefährden sie mit ihrer krankhaften Neugier unser aller Sicherheit!«

»In unserem Fall wird das nicht passieren, weil du sie unter deine liebevollen Fittiche nehmen wirst«, entgegnet Tom zuckersüß.

Ich verschränke die Arme ineinander. »Träum weiter.«

»Es ist nur für fünf Tage.«

»Nur?« Ich stoße ein spöttisches Lachen aus. »Was, wenn wir in eine gefährliche Situation geraten und das Weibsbild alles vermasselt?«

»Du meinst, ein paar hysterische Teenies, die Evan Young das Shirt vom Leib reißen wollen?« Toms Lippen verziehen sich zu einem Grinsen. »Du packst das schon.«

Aus Erfahrung weiß ich, dass eher die Hölle zufriert, als dass mein Boss und Freund sich umstimmen lässt. Er ist der unbeugsamste Kerl, den ich kenne.

»Warum gerade ich, verflucht?«, murre ich.

»Joy Lin kann ich nicht fragen, die bekommt die Zähne nicht auseinander, und Neal würde Miss Sedgwick vermutlich nur anknurren.«

»Was ist mit Sheryl? Vielleicht hat sie genug von ihrem plärrenden Balg«, mutmaße ich hoffnungsvoll.

Tom stößt ein Lachen aus, das nichts Gutes verheißt. »Willst du mich auf den Arm nehmen? Sheryl schwimmt im Mutterglück. Ich habe sie am letzten Wochenende zu Hause besucht. Sie ist kaum wiederzuerkennen.«

»Die beste Soldatin, die ich jemals getroffen habe, und jetzt verkommt sie zur Glucke«, murmele ich. »Eine Schande ist das!«

»Du bist ein hoffnungsloser Zyniker, Alec.«

Ich zucke mit den Achseln. »Ich bin nur Realist.«

»Übrigens wird Flores in vier Wochen getauft. Du kommst doch auch?«

»Natürlich«, entgegne ich, obwohl ich für gewöhnlich solche Feste meide wie die Pest.

Aber Sheryls kleine Tochter ist zauberhaft. Man müsste schon ein gefühlloses Monster sein, um nicht auf Anhieb ihren großen Kulleraugen zu erliegen.

»Die Frauen sind verrückt nach dir«, reißt mich Tom aus meinen Gedanken. »Frag mich nicht, warum, aber es ist Fakt. Wickle Miss Sedgwick um den kleinen Finger, damit sie uns in ihrer Reportage gut aussehen lässt.«

Alle Achtung! Für so durchtrieben hätte ich Tom nicht gehalten.

»Das ist also dein Plan? Ich soll den Ladykiller spielen?« Ich weiß nicht, ob ich beleidigt oder geschmeichelt sein soll.

»Das ist für uns eine Riesenchance, Alec.« Toms Tonfall ist eindringlich. »Stell dir die Publicity vor! Fünf Tage lang wird Miss Sedgwick über uns berichten und damit hunderttausende potenzieller Kunden erreichen. Und selbst wenn du recht hast und sie eine ... wie hast du es charmant umschrieben? ... ach ja »Kampflesbe« ist, kannst du es als Herausforderung ansehen. Du liebst doch Herausforderungen.«

Ja, vorausgesetzt sie haben lange Beine und einen Knackarsch.

»Was, wenn sie schon Großmutter ist und am Stock geht?«, frage ich säuerlich nach.

»Dann spielst du eben die Enkelkarte aus.«

Widerwillig breche ich in Lachen aus. »Du bist ein echter Mistkerl, weißt du das?«

Toms Lächeln wird breiter, aber bevor er zu einer Erwiderung ansetzen kann, klingelt das Telefon auf dem Konferenztisch. Es ist Natalie, die das Erscheinen der Reporterin ankündigt.

Mein Boss wird schlagartig wieder ernst. »Kann ich mich auf dich verlassen, Alec?«

Seufzend gebe ich mich geschlagen. »Okay, okay. Ich lasse meinen Charme spielen.«

»Gut.« Tom nickt zufrieden. »Aber übertreib es nicht.«

»Was meinst du denn damit?«

»Das weißt du genau.«

Ich mache eine wegwerfende Handbewegung. »Keine Sorge. Zurzeit habe ich die Wetterfee von Kanal 5 am Start, außerdem ist da noch dieses heiße Unterwäschemodel. Die geht ab wie eine Rakete, das ist schon nicht mehr menschlich …«

Wie erwartet, hebt Tom die Hand. »Ich verzichte auf Details, danke.« Er ist nicht nur unbeugsam, sondern auch schrecklich zugeknöpft.

Kurz gleichen wir unsere Strategie ab, dann richtet sich unsere Aufmerksamkeit auf die Reporterin, die in diesem Moment den Konferenzraum betritt. Gewohnheitsmäßig schalte ich auf Analysemodus, was keineswegs damit zusammenhängt, dass sie eine Frau ist. Jede Person, der ich zum ersten Mal begegne, durchläuft meine innere Checkliste. Berufskrankheit. Die Frau ist Mitte, Ende zwanzig, circa 1,70 Meter groß, sie wiegt um die 60 Kilo und ist blond. Insgeheim atme ich auf. Nicht ganz so schlimm, wie ich befürchtet habe, dennoch weit davon entfernt, meinem Beuteschema zu entsprechen. Sie trägt eine ausgebleichte Jeans, darüber eine unförmige blaue Tunika und Sneakers, die früher einmal gelb gewesen sind. Auffälligstes Merkmal ist die wilde Mähne, und außerdem …

Moment mal, die Kleine kenne ich doch.

Als mein Blick auf ihr Profil fällt, habe ich Gewissheit. Dieses Gesicht würde ich überall wiedererkennen. Trotz der Harry-Potter-Brille ist mir gestern Nacht bereits aufgefallen, wie hübsch ihre braunen Augen sind und dass ihre Haut von einem zarten Hauch goldener Sommersprossen bedeckt ist. In mir kämpfen die widersprüchlichsten Gefühle um die Vorherrschaft. Einerseits fand ich sie amüsant, und ihr Tipp mit dem Knebeln war nicht verkehrt, zumal Melissa anfing, mir mit ihrem Geschrei auf die Eier zu gehen. Andererseits sind Frauen wie Bobby Sedgwick schrecklich anstrengend, was auch der Grund ist, warum ich einen großen Bogen um sie mache. Jeder Pups wird in Frage gestellt und muss bis zum bitteren Ende ausdiskutiert werden. Zu allem Überfluss glauben sie, dass sich die Welt einzig und allein um sie dreht. Obendrein sind solche Frauen in der Regel bar jeden Humors.

Wie um meine Vermutung zu bestätigen, schenkt mir Miss Sedgwick einen garstigen Blick. Sie hat mich offenbar wiedererkannt.

»Na sowas«, sage ich mit gedehnter Stimme. »Die angepisste Nachbarin.«

»Ihr kennt euch?«, fragt Tom, bevor sie zum Konter ausholen kann. Zwar hat er seine Mimik unter Kontrolle, dennoch bemerke ich die Wachsamkeit in seinen Augen. Er weiß nicht, was er von dieser Wendung halten soll.

»Nur sehr oberflächlich«, beeilt sich Miss Sedgwick zu sagen. Ihr Tonfall ist kühl. »Wir sind uns einmal kurz begegnet.«

Etwas unschlüssig stehen wir herum, bis Tom das peinliche Schweigen bricht.

»Bitte setzen Sie sich doch, Miss Sedgwick.«

»Danke«, erwidert sie sichtlich erleichtert, ihren Blick nicht mehr auf mich richten zu müssen.

Während Tom stehenbleibt, nehme ich am Tischende Platz.

»Alec wird Ihr Hauptansprechpartner sein. Er wird Ihnen einen Einblick in seine Arbeit gewähren und Ihnen alle Fragen beantworten.« Kurze Pause. »Das ist doch für Sie in Ordnung?«

Sie strafft sich. »Selbstverständlich«, antwortet sie, um Professionalität bemüht.

»Gut.« Tom greift nach der dünnen blauen Mappe, die auf dem Tisch liegt, um sie ihr zu reichen. »Zuvor möchte ich Sie bitten, diese Verschwiegenheitserklärung zum Schutz der Privatsphäre unserer Kunden zu unterzeichnen. Sie schreiben nichts, was über eine bloße Erwähnung hinausgeht.«

»Natürlich.«

Nachdem sie die Mappe geöffnet und das einseitig bedruckte Blatt Papier gelesen und unterschrieben hat, nimmt Tom das Dokument wieder an sich.

»Gut. Und jetzt entschuldigen Sie mich, ich habe noch zu tun.« Er lächelt. »Auf Wiedersehen, Miss Sedgwick.«

Sie nickt, dennoch kann ich ihre Anspannung spüren. Beim Hinausgehen wirft mir Tom einen letzten, warnenden Blick zu, dann sind Miss Sedgwick und ich allein. Lässig lehne ich mich in meinem Stuhl zurück, lege den rechten Fuß auf meinen linken Oberschenkel und warte schweigend ab. Kurz räuspert sie sich, bevor sie sich mir zuwendet. Unsere Blicke treffen sich, und das Blut schießt ihr in die Wangen.

»Also gut, Mister ...«

»Cooper«, komme ich ihr entgegen. »Aber bitte nennen Sie mich Alec.«

Unbewusst wandern meine Augen zu ihren Lippen. Obwohl sie in diesem Moment etwas verkniffen wirken, sind sie hübsch anzusehen, prall und feucht. Sie verlocken einen Mann dazu, alle möglichen Dinge mit ihnen anzustellen. Allen Bedenken zum Trotz könnte es Spaß machen, herauszufinden, ob die Reporterin wirklich so verklemmt ist, wie Melissa behauptet. Andererseits gebe ich nicht viel auf das, was Melissa sagt. Sie mag mit vielem ausgestattet sein, Grips gehört nicht unbedingt dazu. Als ehemaliger Navy-Seal wurde ich trainiert, Menschen innerhalb kürzester Zeit einzuschätzen, und Bobby Sedgwick macht auf mich den Eindruck, als würde unter der Oberfläche ein ungestümes Temperament lauern. Das verraten mir das Funkeln in ihren Augen und die ungebändigte Mähne, an der sich ein Mann wie an einem Rettungsanker festkrallen kann, während er sie von hinten fickt.

Nanu?

Ehe ich es verhindern konnte, war schwups der Gedanke da!

Wieder räuspert sie sich. »Ich schlage vor, wir vergessen unsere Begegnung von gestern Nacht und fangen bei null an.«

Ich bin angenehm überrascht. Eine Frau mit Vernunft, dennoch lasse ich es mir nicht nehmen, ein theatralisches Seufzen auszustoßen. »Ich wünschte, ich könnte.«

Sie runzelt die Stirn. »Wie meinen Sie das?«

»Nehmen Sie mir die Bemerkung nicht übel, aber Ihr Hello-Kitty-Pyjama war ein echter Lustkiller.«

»Wollen Sie damit sagen, dass hinterher ... die Luft raus war?« Ihr Blick ist betont desinteressiert, trotzdem würde ich meinen rechten Arm darauf verwetten, dass sie innerlich frohlockt.

»Nicht ganz. Ich habe mir Ihren Rat zu Herzen genommen und dafür gesorgt, dass Melissas Mund gestopft wird ...«, versetze ich ihrem Triumph einen Dämpfer und würze das Gesagte mit einem dreckigen Grinsen. »Danach haben wir dort weitergemacht, wo Sie uns unterbrochen haben.«

Ah, da ist es wieder, das Funkeln in ihren bernsteinfarbenen Augen. Gleichzeitig vertieft sich die Röte in ihrem Gesicht.

»Die schlüpfrigen Einzelheiten dürfen Sie gern für sich behalten!«, blafft sie mich an.

»Ich wollte Sie nicht in Verlegenheit bringen, Bobby«, sage ich mit unschuldigem Augenaufschlag. »Da Sie Einblick in die Arbeit eines Bodyguards bekommen wollen, dachte ich, wäre es für Sie interessant zu erfahren, dass es nach einem harten Arbeitstag nichts Entspannteres gibt, als einen guten Blowjob.«

Tom wäre über meine plumpe Vorgehensweise schockiert, aber es ist einfach stärker als ich. Wie lange es wohl dauert, bis Bobby Sedgwick aus der Haut fährt? Wider Erwarten kräuseln sich ihre Mundwinkel zu einem liebreizenden Lächeln, und ich spüre ein erwartungsvolles Ziehen in den Lenden. Kommt jetzt die Retourkutsche? Als sie sich zu mir herüberbeugt, dringt ihr süßer Duft in meine Nase, eine Mischung aus Rosen und Lavendel.

»Sie blasen nach Feierabend also gern Schwänze«, säuselt sie mir zu. »Darf ich Sie in meinem Artikel zitieren?«

Wow! Miss Sedgwick ist eine echte Überraschung! In diesem Moment weiß ich nicht, was ich lieber täte: lachen oder ihr die Klamotten vom Leib reißen.

»Ein Punkt für Sie«, sage ich mit einem kleinen Lächeln.

»Gut.« Ihr Tonfall ist honigsüß. »Dann können wir jetzt endlich beginnen.«

Nach diesen Worten holt sie ein Diktafon aus ihrer braunen Umhängetasche, das sie auf den Konferenztisch legt. Ihr linker Zeigefinger schwebt über der roten Starttaste. Sie trägt keinen Ehering.

»Darf ich?«, fragt sie nüchtern. Als ich nicke, drückt sie die Taste. »Alec, seit wann arbeiten Sie bei *Cerberus*?«

»Ich bin seit Anfang an dabei«, antworte ich. »Als mich Tom vor sechs Jahren fragte, ob ich Lust hätte, bei ihm einzusteigen, habe ich sofort zugesagt.«

»Woher kennen Sie Tom Rennick?«

»Wir haben uns in Fort Lauderdale auf einer Veranstaltung für ehemalige Militärangehörige kennengelernt.«

»Sie waren also Soldat?«

»Ja, ein Navy-Seal.«

Sie blinzelt, versucht, sich ihre Überraschung nicht anmerken zu lassen. »Wenn eine Mission ordentlich erledigt werden soll, dann schick die Seals. So sagt man doch, richtig? Eine ziemlich harte Truppe ...«

Stolz erfüllt mein Herz. »So ist es.«

Einmal Navy-Seal, immer Navy-Seal.

»Wie lang waren Sie dabei?«

»Zwölf Jahre.«

Neugier liegt auf ihrem Gesicht. »Können Sie mir mehr darüber sagen?«

»Eher nicht.«

»Top secret, hm?« Ich nicke. »Okay, dann erzählen Sie mir etwas über Ihre Kollegen bei *Cerberus*.«

Während ich ihr einen Überblick gebe, notiert sie immer wieder Stichpunkte in ihrem Block, obwohl das Diktafon mitläuft. Als ich sie darauf anspreche, erklärt sie mir, dass sie dort ihre persönlichen Eindrücke und spontanen Gedanken zu dem Gehörten festhält, damit ihre Artikel so lebendig wie möglich werden. Das gefällt mir.

Wie zu erwarten war, hakt sie bei Sheryl und Joy nach. »Frauen in einem klassischen Männerberuf. Wie kommen Sie damit klar?«, will sie wissen.

»Nun, es ist ein wenig gewöhnungsbedürftig«, antworte ich.

»Sie scheinen davon nicht begeistert zu sein.«

Ich zucke mit den Achseln. »Der Vorteil weiblicher Bodyguards besteht darin, dass sie unterschätzt werden und deshalb das Überraschungsmoment auf ihrer Seite haben. Aber wenn es hart auf hart kommt, müssen die meisten im Hintergrund agieren, dann ist eher physische Stärke angesagt.«

»Die meisten? Es gibt also Ausnahmen?«

»Ja. Sheryl zum Beispiel. Sie hat kürzlich eine Familie gegründet und wird womöglich aussteigen.«

»Ist ein gemischtes Team nicht die ideale Lösung? Weil sich Mann und Frau ergänzen?«

Widerwillig nicke ich. Ich gebe es unverhohlen zu: Mit weiblichen Bodyguards habe ich so meine Probleme. Gut möglich, dass es an meinem ausgeprägten Beschützerinstinkt gegenüber Frauen liegt. Aber Frauen sind nun mal körperlich schwächer als Männer und müssen deshalb von uns gehütet werden und nicht umgekehrt.

Zu meiner Erleichterung wechselt Bobby Sedgwick das Thema. »Warum sind Sie Bodyguard geworden?«, fragt sie mich.

Gute Frage. Kurz muss ich überlegen. »Weil ich in dem Bereich meine Fähigkeiten am besten nutzen kann.«

»Und die wären?«

»Härte. Hingabe. Ausdauer.« Die Zweideutigkeit ist natürlich beabsichtigt.

Zwar hat Bobby Sedgwick ihr Mienenspiel unter Kontrolle, dennoch kann sie nicht verhindern, dass sich ihre Wangen erneut verfärben. Auf ihrer hellen Haut ist jede Gefühlslage lesbar wie in einem offenen Buch. Ich wüsste gern, ob ihr Körper beim Orgasmus von einem zartrosa Schimmer überzogen wird.

»Wer ist im Moment Ihre Schutzperson, Alec?«, holt sie mich ins Hier und Jetzt zurück.

»Evan Young.«

Sie nickt. Wie Millionen anderen auch ist ihr Evan Young natürlich ein Begriff. Er ist gerade mal 17 Jahre alt und hatte bereits zwei Nummer-1-Hits in den Billboard-Charts.

»Zurzeit gastiert er in Los Angeles«, erkläre ich. »Ich bin für die Abendveranstaltungen zu seinem zusätzlichen Schutz gebucht worden. Heute tritt er im *The Forum* auf. Meine Dienstzeit startet eine Stunde vor Konzertbeginn und endet dann, wenn der Junge in der Limousine sitzt, um ins Hotel zu fahren. Morgen ist er Gast bei Jimmy Jaffe in der *Late Night Show,* und übermorgen hat er auf einer Privatparty von Jacob Vandeville einen Kurzauftritt.«

»Dem Millionär?«

»Ja.«

»Ich möchte Sie überallhin begleiten, falls es möglich ist«, sagt sie.

»Das lässt sich machen. Wegen der Party muss ich allerdings mit Vandeville Rücksprache halten. Nicht jeder schätzt die Anwesenheit der Presse.«

»Natürlich.« Ihr gelingt tatsächlich das Kunststück, ihre Stimme zugleich dankbar und kühl klingen zu lassen.

»Ich werde meine Kollegin am Empfang anweisen, Ihnen das Programm für die nächsten Tage zu schicken. Aber ich muss Sie warnen.« Meine Augen bohren sich in ihr Gesicht. »Die Nächte können aufregend und sehr lang werden.«

Ihr Blick wird unnatürlich starr. »Damit komme ich klar.« Hastig notiert sie etwas in ihrem Buch. »Bis wann bleibt Evan Young in Los Angeles?«

»Montagnacht fliegt er zurück.«

»Perfekt. Ich werde meine Artikel immer direkt im Anschluss schreiben und am nächsten Morgen online stellen. Ich nenne das Ganze ...« Nachdenklich tippt sie auf ihre Unterlippe. »... *Fünf Nächte mit Alec Cooper*. Nein!«, fügt sie schnell hinzu, bevor ich diese herrliche Steilvorlage nutzen und den Ball zurückwerfen kann. »Lieber *Fünf Nächte im Schatten* und darunter *On Tour mit einem Bodyguard* oder so ähnlich.«

Statt einer Antwort schenke ich ihr ein schiefes Grinsen. Mir hat ihr Vorschlag davor besser gefallen.

Fünf Nächte mit Alec Cooper.

Der ideale Titel für mein neuestes Kurzzeitprojekt, in dessen Mittelpunkt die Frage steht: Hat Bobby Sedgwick Sommersprossen am ganzen Körper, und wenn ja, wie viele?

Die Abwehrstrategie

Bobby

Mit einem erleichterten Seufzen lasse ich mich auf den Fahrersitz des Pontiacs plumpsen. Grundgütiger! Noch immer schlottern mir die Knie angesichts der geballten Testosteron-Offensive, der ich die ganze letzte Stunde ausgesetzt gewesen bin. Zu meinem Leidwesen hatte ich viel Zeit, Alec Cooper zu betrachten. Die schwarzen Haare trägt er militärisch kurz, sein Gesicht ist kantig mit einer leicht gebogenen Nase und straffen Lippen, und wenn er lächelt, bilden sich Fältchen um seine stechend blauen Augen. Ein Albtraum! Als ob das nicht schon genug wäre, ist der Kerl ein Ex-Navy-Seal. Wäre er strunzdumm, wäre es einfach, ihn zu ignorieren. Ich kann dumme Menschen nicht ausstehen. Aber bei Spezialeinheiten wie den Navy-Seals werden nur die Besten aufgenommen. Anwärter zur Grundausbildung müssen nicht nur fünfzig Sit-Ups in zwei Minuten absolvieren, sondern auch einen Intelligenztest bestehen und mentale Stärke beweisen.

Vielleicht gibt es ja eine ausgleichende Gerechtigkeit, und Super-Alec hat Schweißfüße!

Sicher denkt er, er bräuchte nur zu schnippen, und ich falle sabbernd vor ihm auf die Knie. Da hat er sich aber sowas von geschnitten! Ihm zu widerstehen, wird nicht einfach, das gebe ich unumwunden zu. Schließlich bin ich eine Hetero-Frau mit Puls. Aber ich werde mich ganz bestimmt nicht in die Riege seiner schnellen Eroberungen einreihen! Ich muss nur alle Schilde hochfahren, die mir zur Verfügung stehen, und sie zusätzlich mit einer Stahlummantelung verstärken. Wenn man Melissas Gejohle von gestern Nacht glauben darf, ist Super-Alec ein Experte auf dem Gebiet der weiblichen Befriedigung. Die abweisende Zicke zu spielen, grenzt schon ein wenig an Selbstgeißelung. Aber erstens habe ich meinen Stolz, und zweitens ist es für einen guten Zweck. Selbstverliebte Typen wie er müssen ab und zu in ihre Schranken gewiesen werden. Man stopft einem Kind auch nicht jedes Mal Süßigkeiten in den Mund, nur weil es danach verlangt!

Vielleicht ist Alec Cooper gar nicht an dir interessiert, flüstert mir eine kleine, heimtückische Stimme zu. Doch!, widerspreche ich vehement, und sei es nur, um sein Ego zu befriedigen. Ich habe die Jagdlust in seinen Augen aufblitzen sehen ... diesen unglaublichen Augen, *wie die Lagune vor O'ahu kurz vor einem Gewitter*.

Ich ertappe mich dabei, wie ich Löcher in die Luft starre und dümmlich lächele.

Schluss damit! Zeit, Oliver anzurufen, um ihm von dem Konzept zu berichten. Am Ende überschlägt sich dieser vor Begeisterung und verzichtet sogar darauf, meine Artikel vorab lesen zu wollen. Außerdem darf ich weiterhin frei über den Pontiac verfügen. Sein Verhalten stinkt zum Himmel! Sollte ich bis dato Zweifel gehabt haben, wird mir spätestens jetzt klar: Mein Boss ist heilfroh, mich los zu sein. Ich starte den Motor, lenke den Wagen vom Parkplatz herunter auf die La Brea Avenue und fahre erst einmal heim. Gegen 6 Uhr werde ich zu *Cerberus* zurückkehren, wo ich mich mit Super-Alec treffen werde.

Zu Hause angekommen, kicke ich die Schuhe von meinen Füßen, greife nach dem Festnetztelefon und fläze mich aufs Sofa, dann wähle ich eine Nummer, die ich auswendig kenne.

»Bobby!«, meldet sich die Stimme meiner Schwester nach dreimaligem Klingeln. »Was gibt's Neues?«

»Sie haben mir den Enthüllungsbericht über die illegalen Glücksspiele weggenommen«, platzt es aus mir heraus.

Diane flucht laut, was bei ihr eher selten vorkommt. »Wieso denn das?«

Ich erzähle ihr von meinem Gespräch mit Oliver und auch von meinem neuen Auftrag. Angesichts der Demütigung rede ich mich in Rage. »Ich werde mich offiziell beschweren!«, schließe ich meine Schimpftirade ab.

»Nur nichts überstürzen«, ermahnt mich meine Schwester. »Ich bin auf dem Weg zum Gericht, deshalb muss ich dich leider abwürgen. Aber lass uns heute Abend nochmal telefonieren, okay?«

»Ich kann nicht. Mein neuer Auftrag ...«

»Stimmt, mein Fehler. Passt es dir morgen Vormittag um 11 Uhr?«

»Klar.«

»Kopf hoch, Bobby, das wird schon!«, sagt Diane abschließend. »Du bist gut in deinem Job. Lass dir nichts anderes einreden.«

»Danke«, flüstere ich gerührt und lege auf.

Für den Fall, dass der falsche Eindruck entstanden ist: Obwohl ich mir manchmal vorkomme, als hätte mich ein Hippie in einem Weidekorb vor eine fremde Türschwelle gelegt, liebe ich meine Familie über alles. Meine Schwester und ich stehen uns sehr nahe, und immer wenn uns etwas auf der Seele brennt, ist die jeweils andere die Erste, die davon erfährt. Ich bin unverkennbar der Spross meiner Eltern, auch wenn ich es nicht immer wahrhaben will. Dad jedenfalls meint, ich hätte seinen Gerechtigkeitssinn geerbt und Moms Füße. Mom behauptet das Gegenteil. Ehrlich gesagt ist mir seine Version lieber. Dad hat Schuhgröße 47.

Nach einem Nachmittagsschläfchen lege ich die Abwehrstrategie für den Abend fest. Kein Make-up. Die gleichen Klamotten wie heute Mittag und als Krönung ein Hotdog mit einem halben Pfund Zwiebeln, den ich mehr schlecht denn recht hinunterwürge, bevor ich losfahre. Mein Gaumen brennt, und der Magen meldet Protest an, aber das ist ein Preis, den ich gern bezahle, wenn ich dadurch verhindern kann, dass mir Super-Alec gefährlich wird. Als ich auf den *Cerberus*-Parkplatz einbiege, sehe ich ihn bereits von weitem. Er lehnt gegen die Mauer und raucht. Schön. Wenigstens stinken wir beide.

Nur einen Steinwurf von ihm entfernt stelle ich den Wagen ab und steige aus, die Kamera in der Hand, das Diktafon in der Gesäßtasche. Lächelnd schnippt er die Zigarette weg, und selbst das wirkt sexy. Ob er die Geste vor dem Spiegel geübt hat?

»Ich gewöhne mir das Rauchen gerade ab«, begrüßt er mich.

»Funktioniert ja prima«, erwidere ich trocken, während ich zu ignorieren versuche, dass er in seinem eng anliegenden schwarzen T-Shirt und der anthrazitfarbenen Anzughose unanständig gut aussieht.

»Ab und zu habe ich einen Rückfall«, sagt er mit einem schiefen Grinsen.

Wenn er glaubt, sich auf die Tour bei mir einschmeicheln zu können, ist er aber falsch gewickelt.

Da fällt mein Blick auf das Holster an seinem Gürtel. »Sie sind bewaffnet?«, keuche ich.

»Selbstverständlich. Aber ich kann Sie beruhigen. Der Alltag eines Bodyguards hat selten mit den Hollywood-Actionstreifen zu tun. Mein primäres Ziel besteht darin, Gefahrensituationen im Vorfeld zu erkennen und die Schutzperson davon fernzuhalten. Trotzdem muss ich auf alle Eventualitäten vorbereitet sein.« Er fasst mich am Ellenbogen, eine sanfte Berührung, die sich dennoch anfühlt, als würde er mir einen Stoß aus Starkstrom verpassen. *Notiz an mich: Körperkontakt vermeiden!* »Kommen Sie, wir nehmen meinen Wagen.«

Ich erwarte einen Angeber-Schlitten, einen Hummer H2 oder schlimmer noch einen roten Porsche, und werde nicht enttäuscht. Super-Alec fährt einen bulligen Jeep Grand Cherokee, natürlich in Schwarz. Als wir einsteigen, komme ich mir in meinen Klamotten ein wenig schäbig vor angesichts der luxuriösen Innenausstattung. Die Kombination von Leder und offenporigem Holz in verschiedenen Grautönen wirkt harmonisch, was mir einen kleinen Seufzer entlockt. Insgeheim habe ich eine Schwäche für PS-starke Autos, worauf ich wirklich nicht stolz bin, weil die meisten wahre Dreckschleudern sind. Der warme Ledergeruch vermischt sich mit Alecs herb-süßem Aftershave, *warum stinkt er nicht nach Zigarettenrauch?*, und für einen Sekundenbruchteil verwünsche ich meine Abwehrstrategie.

Er drückt auf den Startknopf, und der Motor des Cherokees erwacht mit einem tiefen Brummen zum Leben. Kurz schließe ich die Augen, genieße die leichte Vibration und den Schub, als Alec Gas gibt. Wie es sich wohl anfühlt, wenn der Cherokee über den Highway brettert? Leise Klaviermusik erfüllt den Innenraum. Jazz. Aber nicht von der Sorte, die dein Gehirn verknotet, sondern die Art, die deine Nerven sanft massiert. Ein süßer Schauer legt sich über meine Haut. Meine Güte, dieser Wagen ist pures Aphrodisiakum. Von seinem Chauffeur ganz zu schweigen. Mein Blick schweift zu seinen Händen, die das Lenkrad locker umfassen. Es sind schöne, starke Hände. Gemächlich gleiten meine Augen nach unten und bleiben an der Stelle hängen, wo sich der Stoff seiner Anzughose um seinen muskelbepackten rechten Oberschenkel strafft. Vor Kraft strotzend, ist der Ausdruck, der mir unwillkürlich durch den Kopf geht. Zwischen meinen Beinen spüre ich eine pochende Wärme und richte hastig den Blick wieder nach oben auf das Profil von Alec, der in diesem Moment die Nasenlöcher bläht.

Dem Himmel sei Dank! Rettung naht.

»Was haben Sie zu Abend gegessen?«, fragt er mich, ohne das Gesicht von der Straße abzuwenden.

Inzwischen fahren wir auf der La Brea Avenue im Schritttempo Richtung Süden. Es ist Rushhour, und entsprechend dicht ist der Verkehr.

»Hotdog mit Zwiebeln«, antworte ich innerlich jauchzend.

»Zwiebeln ...« Nachdenkliches Nicken. »Im Mittelalter gingen die Menschen davon aus, dass sie das Böse abwehren. Haben Sie deshalb das Zeug schaufelweise verputzt?«, fragt er. »Oder liegt es eher daran, dass Sie, wie die alten Griechen, auf die erotisierende Wirkung vertrauen?«

Sein Mundwinkel zuckt. Der Kerl macht sich über mich lustig.

»Ich esse Zwiebeln, weil ich Zwiebeln mag«, entgegne ich kühl, bevor ich eine Gegenoffensive starte. Mit den Fingerspitzen fahre ich über die Mittelkonsole. »Ein schöner Wagen.«

»Danke«, erwidert Alec hörbar zufrieden. »Ich habe ihn neu. Er hat 352 PS und beschleunigt auf 100 in nur 7,3 Sekunden.« Er sucht meinen Blick. »Wir könnten nach dem Konzert eine kleine Spritztour machen ...«

Seine Stimme wird dunkel und zart schmelzend wie Karamell.

Oh, er ist wirklich gut.

»Sie sollten sich schämen!«, sage ich mit einem Schnauben.

Verblüffung macht sich auf seinem Gesicht breit. »Wie bitte?«

»Ich wette, Ihr Liebling stößt dreihundert Gramm Kohlendioxid pro Kilometer aus.« Ich schnalze tadelnd mit der Zunge. »Rechnen Sie das mal hoch! Wegen Leuten wie Ihnen leiden wir alle unter der globalen Erwärmung.«

»Das sagen ausgerechnet Sie mit Ihrem klapprigen Pontiac. Hat der überhaupt einen Katalysator?«

»Der Wagen gehört der Zeitung. Ich besitze kein Auto«, erwidere ich feierlich.

»Kein Sex. Kein Auto. Kein Sinn für Humor.« Seine Stimme klingt nicht mehr wie Karamell, eher wie saure Drops. »Gehören Sie irgendeiner Sekte an?«

»Nein!«, stoße ich empört hervor. »Aber im Gegensatz zu Ihnen nehme ich Rücksicht auf meine Mitmenschen.«

»Sie sind mit Ihrem Urteil ja schnell bei der Hand«, brummelt er. »Typisch!«

»Typisch was?«

Wenn er typisch Frau sagt, springe ich ihm an die Gurgel. So wahr ich hier sitze!

»Typisch Zeitungsfritze!«

Binnen Sekunden schnellt mein Puls von null auf hundertachtzig. Ich weiß, dass es schwarze Schafe gibt, dennoch lasse ich nichts auf meinen Berufsstand kommen. »Immer noch besser als ein selbstverliebter Schmalspur-Casanova!«, blaffe ich zurück.

Der Cherokee bleibt abrupt stehen, und nur dem Gurt habe ich es zu verdanken, dass ich nicht mit dem Kopf gegen die Windschutzscheibe knalle. Wütend starre ich Alec an, der ebenso wütend zurückstarrt.

»Sie kennen mich nicht«, knurrt er.

»Will ich auch gar nicht!«

Sein kalter Blick ist *wie ein Eisberg im* ... Weiter komme ich nicht. Meine abschweifenden Gedanken werden durch die jähe Erkenntnis abgelöst, dass ich vor Erregung feucht werde. Mit einem Mal scheint die Luft zwischen uns zu brennen, und als er sich zu mir hinüberbeugt, beschleunigt sich mein Puls.

»Noch ein Wort«, wispert er nah an meinem Ohr. »Und Sie gehen den Rest des Weges zu Fuß.«

Ich begnüge mich damit, meinen Herzschlag wieder unter Kontrolle zu bringen und ihm innerlich die Zunge herauszustrecken. Als der Autofahrer hinter uns hektisch hupt, richtet sich Alec auf und gibt Gas.

Weil Feierabendverkehr herrscht, benötigen wir für die zehn Meilen zum *The Forum*, wo Evan Young auftritt, eine Dreiviertelstunde, die mir wie eine Ewigkeit vorkommt. In Gedanken gehe ich noch einmal die Einzelheiten der Glücksspielstory durch, stelle meine Einkaufsliste fürs Wochenende zusammen und denke über ein Geschenk für meinen Dad nach, der in sieben Monaten Geburtstag hat. Kurzum: Ich tue alles, um das verstörende Exemplar Mann zu vergessen, das neben mir sitzt.

Erleichterung durchflutet mich, als die ellipsenförmige Konzerthalle vor uns auftaucht, in der bis zu 18.000 Zuschauer Platz finden. Alec lenkt den Wagen Richtung Parkplatz, der wegen Überfüllung bereits geschlossen ist. Dabei beginnt das Konzert erst in eineinhalb Stunden. Schon von Weitem winkt der Ordner ab, als wir uns nähern, aber Alec lässt sich nicht beirren und zeigt einen Ausweis vor. Wir werden durchgelassen und fahren hinter den riesigen Bau, wo der Tourbus, ein Sattelschlepper und andere Fahrzeuge mit fetten Aufschriften parken. Nachdem wir ausgestiegen sind, schnappt sich Alec seine Anzugjacke aus dem Auto und zieht sie über. Dann steckt er sich einen Hörstöpsel ins linke Ohr. In seinem dunklen Anzug und der selbstbewussten Haltung sieht er wie ein Filmstar aus.

Das perfekte Bild.

»Darf ich?«, frage ich und zeige auf meine Kamera.

Alec nickt, also nehme ich ihn ins Visier. Er schaut mich ernst an, und sein Blick ist dermaßen intensiv, dass mein Magen einen Dreifachsalto vollführt. Beinahe vergesse ich, zu knipsen.

»Haben Sie's?«

Ich drücke noch mehrmals auf den Auslöser, um sicherzugehen.

»Ja«, sage ich ein wenig atemlos.

Er löst sich aus seiner Starre und kommt auf mich zu. »Ich habe mit Youngs Managerin gesprochen. Sie dürfen den Jungen nur auf der Bühne fotografieren, nicht aber Backstage.«

Alec redet mit mir, als hätte es unseren Streit eben nie gegeben. Offenbar gehört er nicht zu der nachtragenden Sorte Mensch.

»Das hatte ich auch nicht vor«, antworte ich. »Sie stehen im Mittelpunkt der Story, nicht Evan Young.«

»Tue ich das, Lockenköpfchen?«

»Bitte nennen Sie mich nicht so.« Obwohl ich es schon in der Schule gehasst habe, so gerufen zu werden, fällt mein Protest nicht annähernd so scharf aus, wie ich es gern hätte. Es ist eben ein Unterschied, ob die Anrede vor Bosheit trieft oder mit Karamell überzogen ist.

»Ich bin kein Kind mehr«, füge ich deshalb energisch hinzu.

»Ist mir aufgefallen«, erwidert er mit einem kleinen Lächeln.

Mit einem verlegenen »Jaja« fummele ich an der Kamera herum und verwünsche mich dafür, dass mein Herz unwillkürlich ins Stolpern geraten ist. *Lass dich nicht von seinem Charme blenden.* In der Filmstadt Los Angeles wimmelt es von gut aussehenden Männern, Cowboys und Draufgängern. Alec Cooper unterscheidet sich in keiner Weise von ihnen.

»Wollen wir?«, fragt er, als ich nichts mehr erwidere.

Plötzlich schäme ich mich für mein unreifes Verhalten im Auto.

»Das mit dem Schmalspur-Casanova tut mir leid«, sage ich. »Das war nicht so gemeint.«

»Aber das mit dem selbstverliebt schon?«

»Hmm ...«, gebe ich mit vielsagender Miene zurück.

Er grinst. »In Ordnung. Ich lasse Ihnen das ausnahmsweise durchgehen. Trotzdem kann ich Journalisten nicht leiden, aber ...«, fügt er hinzu, als ich den Mund aufmache, um zu protestieren. »... Sie dürfen mich gern vom Gegenteil überzeugen.«

Beinahe feierlich reiche ich ihm die Hand. »Deal.«

Er drückt sie, blickt mir dabei tief in die Augen. »Deal«, sagt er leise, und dann nach einer langen Pause: »Wollen wir hineingehen?«

»Gern«, erwidere ich betont fröhlich, obwohl mein Puls mit meinem Magen um die Wette flattert.

Der Typ vor dem Hintereingang könnte Alecs Zwillingsbruder sein, wären da nicht die dunkle Hautfarbe und die Tätowierungen im Gesicht. Die beiden klopfen sich machomäßig auf die Schulter, Alec stellt mich kurz vor – der Schrank heißt Lucas und gehört zur Hallen-Security –, dann betreten wir das Gebäude.

Drinnen herrscht geschäftige Betriebsamkeit. Menschen laufen hin und her, die Luft ist vor Hektik und Anspannung aufgeladen. Roadies rufen sich Anweisungen zu, während sie auf der Bühne die letzten Vorbereitungen treffen, Pyrotechniker und Beleuchter stimmen ihre Effekte aufeinander ab. In Alecs Windschatten begebe ich mich Richtung Garderobe, wo es zwar nicht ganz so laut, aber genauso lebhaft zugeht. Abgesehen von der üblichen Riege an Requisiteuren und Make-up-Artists tummeln sich dort der Stage-Manager, ein Tourarzt, ein Ernährungsexperte, ein Guru im orangefarbenen Gewand und Evan Youngs Managerin, eine attraktive Rothaarige in den Vierzigern.

»Alicia«, begrüßt Alec die Managerin. »Darf ich Ihnen Bobby Sedgwick vorstellen?«

Statt einer Antwort hebt die Frau eine ihrer perfekt gezupften Augenbrauen. Sie trägt ein dunkelrotes Kostüm von Burberry, das ihre gertenschlanke Figur betont, die roten Haare hat sie zu einer Hochsteckfrisur aufgetürmt.

»Die Reporterin«, fügt Alec hinzu.

»Ah.« Widerwillig, als würde sie ein totes Tier anfassen, drückt sie mir die Hand. »Ich bin Alicia Morgan. Alec hat Sie hoffentlich instruiert. Keine Backstage-Fotos unseres Stars, und rücken Sie ihm nicht auf die Pelle.«

»Es ist mir ein Vergnügen, Sie kennenzulernen, Miss Morgan«, entgegne ich kühl, nachdem ich zu der Einsicht gelangt bin, dass ich die Frau nicht leiden kann.

Doch sie hört schon nicht mehr hin. Vielmehr ist sie damit beschäftigt, ihre Krallen in Alecs muskulösen

Oberarm zu stoßen und sich wie eine rollige Katze an ihm zu reiben.

»Alec«, schnurrt sie. »Ich muss etwas Wichtiges mit Ihnen besprechen.«

»Natürlich, Alicia.«

Mit einer besitzergreifenden Geste zieht sie ihn hinter sich her. Als ich mich ebenfalls in Bewegung setze, wirbelt sie herum. »Was wird das?«

»Wie Sie wissen, schreibe ich über Mister Coopers Arbeitsalltag«, erkläre ich gelassen. »Wo er hingeht, gehe auch ich hin.«

»Es ist privat«, sagt sie, jede einzelne Silbe betonend, als wäre ich schwer von Begriff.

Nach außen hin ungerührt beobachte ich, wie die beiden hinter einer Tür verschwinden, auf der »Staff« steht. Sollen sie sich ruhig im Personalraum vergnügen! Was geht mich das an? Bleibt nur zu hoffen, dass in der Zwischenzeit niemand die Garderobe stürmt und den Goldjungen entführt! Dann wären sie ihre Jobs los. Vor allem die rothaarige Hexe könnte ihre Karriere vergessen. Keine Botox-Sitzungen mehr! Nie wieder Designer-Klamotten!

Bobby, geht's noch?

Mit einiger Bestürzung wird mir klar, dass ich eifersüchtig bin. Bevor ich weiter über diese Ungeheuerlichkeit grübeln kann, stürze ich mich ins Getümmel und zücke das Diktafon, um meine Eindrücke aufzuzeichnen. Natürlich mache ich auch ein paar Fotos. Als ich einen der Gitarristen sehe, der in einer stillen Ecke sitzt, und gedankenverloren einige Riffs auf seinem Instrument spielt, kann ich nicht widerstehen und halte ihn für die Ewigkeit fest.

»Ich dachte, hier geht es ausschließlich um mich.« Alecs amüsierte Stimme lässt mich zusammenzucken.

»Geht es auch«, sage ich und blicke zu ihm hoch. Seine Nähe macht mich prompt schwindelig. »Das ist für meine private Sammlung, nicht für die Öffentlichkeit.«

»Darf ich sehen?«, fragt er.

»Klar«, antworte ich. Fotografieren ist nur ein Hobby, ich halte mich nicht für eine große Künstlerin, dennoch bin ich aufgeregt, als ich die Aufnahme im Menü aufrufe und sie ihm zeige.

Lange blickt er darauf. »Ein schönes Bild.«

»Wirklich?« Ich versuche, mir meine Freude nicht zu sehr anmerken zu lassen.

»Ja, wirklich. Sie haben die Stimmung gut getroffen. Dieses Licht-Schatten-Spiel mutet fast poetisch an ... Ein kleines Kunstwerk.«

»Danke«, antworte ich entzückt und zugleich über alle Maßen verlegen. »Worum ging es eben mit Alicia Morgan?«

Die Frage ist raus, bevor ich es verhindern kann.

»Die heutige Backstageparty wird ohne den Star stattfinden«, antwortet Alec bereitwillig. »Er ist ein wenig angegriffen, irgendeine Magen-Darm-Geschichte. Es wird also nicht ganz so spät werden.«

»War das alles?«

Bobby, also ehrlich!

Ein breites und für meinen Geschmack viel zu selbstherrliches Lächeln legt sich auf sein Gesicht. »Ja. Wieso?«

»Nur so«, antworte ich leichthin. »Ich habe mich nur gefragt, ob sie versucht hat, Sie in eine Kröte zu verwandeln.«

Sein Lachen rinnt wie warmer Honig meinen Rücken hinab. »Nur keine Sorge. Alicia ist harmloser, als sie aussieht.«

Du musst es ja wissen.

»Wo werden Sie während des Konzerts stehen?«, frage ich schnell weiter, bevor ich mich noch um Kopf und Kragen rede.

»Oben am Bühnenrand. Ich darf Evan Young keinen Moment aus den Augen lassen und muss einen Wall um ihn bilden, gegebenenfalls auch inmitten seiner Fans. Als Leibwächter unterscheide ich nicht zwischen einer positiv oder negativ eingestellten Menschenmenge. Ich muss ihn vor allem beschützen.«

»Wie erkennen Sie, wenn Gefahr im Anzug ist?«

Kurz überlegt er. »Ich habe ein Gespür für deplatzierte Menschen. Schauen Sie sich in den nächsten Tagen die Leute um uns herum genauer an. Achten Sie auf Widersprüche. Das wird Ihnen ein Gefühl für das geben, was Bodyguards tun.«

»Eine gute Idee!«, erwidere ich begeistert. »Aber was meinen Sie mit Widersprüchen?«

»Angenommen ein Mann sitzt an der Strandpromenade mit einem vollen Becher ohne Kondensring, was bedeuten würde, dass das Eis darin bereits geschmolzen ist, kann es gut sein, dass er ein Gebäude oder eine Person observiert. Zerkaute Strohhalme und abgeknibbelte Becherränder könnten ebenfalls Anzeichen sein.«

Fasziniert hänge ich an Alecs Lippen, während das Diktafon alles aufzeichnet.

»Leute mit bis oben zugeknöpften Hemden könnten Schusswesten tragen«, erklärt er weiter.

»Nur weil jemand das Hemd komplett zugeknöpft hat, muss er doch kein Killer sein«, gebe ich zu bedenken.

»Nein, aber wenn er schwitzt, dann schon.« Alecs Lächeln ist freundlich. »Ausgebeulte Jackentaschen könnten ein Indiz für das Mittragen von Flashbangs oder Frags sein.«

»Was ist das?«

»Blend- und Splittergranaten.«

Unwillkürlich läuft mir ein Schauer über den Rücken. »Es muss interessant sein, die Welt mit Ihren Augen zu sehen.«

»Es ist vor allem lebensrettend. Man entwickelt ein Blick fürs Detail.«

»Okay, dann werde ich mal die Augen offenhalten.« Ich räuspere mich. »Und wenn ich etwas Ungewöhnliches entdecke, sage ich Ihnen Bescheid.«

Sein Lächeln vertieft sich. Er weiß ebenso wie ich, dass er mir in dem Fall mindestens drei Schritte voraus sein würde.

»Was ist mit den anderen von der Security?«, löchere ich ihn weiter. »Was machen die?«

»Sie sorgen für einen reibungslosen Ablauf. Dazu gehören Einlasskontrollen und die Abschirmung der Veranstaltung gegen Störer von außen und aus dem Auditorium. Die meiste Zeit werden sie sich im Graben aufhalten oder die Eingänge bewachen.«

»Graben?«

»Der Bereich zwischen Bühne und Publikumsabsperrung.«

Ich nicke und zeige auf seinen Ohrstöpsel. »Und Sie stehen mit ihnen in ständiger Verbindung?«

»Ja«, antwortet er.

Ohne Vorwarnung langt er um meine Taille und zieht mich an sich.

»Was tun Sie denn da?«, quieke ich, als ich seinen harten Körper spüre.

»Wir wollen doch nicht, dass Sie gleich am ersten Abend Bekanntschaft mit einem zentnerschweren Verstärker machen«, erwidert er leise.

Erst jetzt erkenne ich, dass ich zwei schwer bepackten Roadies den Weg versperrt habe, die mich ohne Rücksicht auf Verluste über den Haufen gerannt hätten.

»Oh.« Ich spüre, wie mein Gesicht heiß wird. »Dankeschön.«

»Gern geschehen.«

»Sie können mich ruhig wieder loslassen«, murmele ich, als er keine Anstalten macht, mich freizugeben.

Amüsiert blickt er auf meine rechte Hand, die aus unerfindlichem Grund über seinen Bizeps streicht. »Wieso? Sie sind doch diejenige, die fummelt.«

Als hätte ich mich verbrannt, ziehe ich meine verräterische Hand weg und bedenke ihn mit einem sehr bösen Blick, was ihn veranlasst, in Lachen auszubrechen. Ich komme nicht mehr dazu, das Missverständnis aufzuklären, denn in diesem Moment wird die Garderobentür geöffnet. Auf der Schwelle erscheint der Stage-Manager, gefolgt von Evan Young und Alicia Morgan. Alecs Miene verändert sich schlagartig, wird ernst und grimmig, als hätte er einen Schalter umgelegt. Sofort gibt er mich frei und stellt sich vor seinen Schützling, um ihn zur Bühne zu geleiten. Ich werde Zeugin, wie allein durch sein Auftreten der Wall entsteht, von dem er gesprochen hat. Wie Moses das Meer teilte, bahnt er für seine Schutzperson einen Weg durch die Menschen. Mein erster Eindruck von Evan Young ist ernüchternd: ein dünner blasser Junge, der die Aufregung um seine Person gleichmütig hinnimmt. Sein Blick ist gelangweilt, sein Gang schlurfend. Nichts erinnert an die Hochglanzfotos des blonden Teenieschwarms mit den schelmischen blauen Augen, die in der Öffentlichkeit kursieren.

Bis zu dem Augenblick, als er die Bühne betritt.

»Hey Los Angeles!«, brüllt er ins Mikrofon und wird mit einem ohrenbetäubenden »E-van! E-van! E-van!« belohnt. Er reckt die rechte Faust hoch, animiert seine Fans mit einem »Ich kann euch nicht hören!« dazu, alles zu geben. Die Menge grölt, klatscht und stampft mit den Füßen, und als Evan mit einem seiner größten Hits startet, ist sie nicht mehr zu halten. Hinter der Absperrung sehe ich, wie ein junges Mädchen in der ersten Reihe heftig zu schluchzen beginnt und ein anderes in Ohnmacht fällt. Indessen hüpft ihr Idol quer über die Bühne und singt sich die Seele aus dem Leib, während die fünf Studiomusiker hinter ihm den musikalischen Rahmen bilden.

Wow! Wie seine Auftritte wohl ausfallen, wenn er keine Magen-Darm-Probleme hat?

Obwohl ich keine 15 mehr bin und seichter Pop nicht mein Fall ist, kann ich mich der eindrucksvollen Darbietung nicht entziehen. Ich ertappe mich dabei, wie ich mit dem rechten Fuß den Takt schlage.

»Manche Menschen sind für die Bühne geboren«, murmelt Alec, der wie ein Berg neben mir steht.

»Stimmt«, antworte ich ebenso leise.

Obwohl ich seinen Blick auf mir spüre, schaue ich nicht zu ihm hoch. Irgendetwas sagt mir, dass ich mich in seinen Augen verlieren würde. Während ich auf die Bühne starre, bin ich mir jede Sekunde seiner Gegenwart bewusst. Er steht so nah bei mir, dass seine Wärme die Poren meiner Haut durchdringt. Mir kommt es fast so vor, als könnte ich seinen Herzschlag spüren. Es ist völlig verrückt und äußerst verwirrend. Zwischendurch läuft Evan Young an uns vorbei, um sich umzuziehen. Seine Augen strahlen, er ist verschwitzt und wirkt euphorisch. Wortlos folgt Alec ihm in die Garderobe. Nach nur drei Minuten tauchen die beiden wieder auf, und der Jungstar stürmt erneut auf die Bühne. Die Glitzerweste hat er durch ein dunkles Kapuzenshirt ersetzt. Bestimmt wird er jetzt eine seiner schnulzigen Balladen anstimmen.

Ich soll recht behalten.

Nicht sehr hilfreich.

Während Alec immer wieder seinen sondierenden Blick zwischen Bühne und Saal schweifen lässt, nimmt meine Befangenheit zu. Ich fühle mich wie ein Teenager, der mit seinem Schwarm im Kinosaal sitzt, während auf der Leinwand eine Liebesszene gezeigt wird. Schließlich halte ich es nicht mehr aus und begebe mich hinter die Bühne, wo die Welt in eine Art Dornröschenschlaf gefallen ist – bis auf Alicia Morgan, die im Flüsterton mit jemandem telefoniert und mich ignoriert. Ich gehe vor die Tür, um mit Lucas ein paar Worte zu wechseln. Hinterher spreche ich meine Gedanken ins Diktafon und suche anschließend die Toilette auf, wo ich ein wenig herumgammle, bevor ich zu meinem Platz an der Bühne zurückkehre. Auf die Weise habe ich eine halbe Stunde überbrückt.

»Alles in Ordnung?«, fragt Alec bei meinem Erscheinen. Er klingt tatsächlich besorgt.

»Alles bestens.«

Zwar habe ich meine Hormone wieder im Griff, dennoch achte ich darauf, so viel Abstand zwischen uns zu bringen, wie es hier auf engstem Raum möglich ist.

»Danke!«, ruft Evan Young irgendwann ins Mikro, nachdem er seine dritte und letzte Zugabe gegeben hat. »Ihr wart super! Das beste Publikum ever!«

Obwohl er das vermutlich nach jedem Konzert behauptet, weht ihm tosender Jubel entgegen. Ausgepowert, aber übers ganze Gesicht strahlend, läuft er an mir vorbei, zwinkert mir sogar zu. Alec folgt ihm wie ein Schatten, und diesmal hänge ich mich dran. Vor der Garderobe lungern weibliche Groupies in High Heels und Miniröcken herum, was offenbar zum Image gehört, sonst wären sie von der Security abgewiesen worden. Als sie Evan Young erspähen, fangen sie zu kreischen an. Zu meinem Erstaunen reagiert der Star wie die meisten Jungen seines Alters. Er wird hochrot im Gesicht und sieht zu, dass er in seiner Garderobe verschwindet. Kurz geht Alec mit hinein, um die Lage zu checken, bevor er sich mit verschränkten Armen draußen vor der geschlossenen Tür postiert.

Eine imponierende Erscheinung.

Was einige Groupies nicht davon abhält, ihn umgehend zu belagern. »Bitte lassen Sie mich zu ihm!«, fleht eines der Mädchen.

»Keine Chance«, erwidert Alec mit ruhiger Stimme.

Wie von Geisterhand rutscht ihr das Oberteil von den Schultern. »Bitte ...«, säuselt sie mit Schmollmund, während sie ihre nackten Brüste an Alecs Arm reibt. »Ich zeige mich auch erkenntlich.«

Ohne die Miene zu verziehen, schiebt Alec das Mädchen sanft, aber bestimmt von sich weg. »Pack die Möpse wieder ein, Schätzchen, und sieh zu, dass du nach Hause kommst.«

Mit einem knurrigen »Wichser!«, das Alec ungerührt zur Kenntnis nimmt, trollt sie sich. Einige der Groupies folgen ihrem Beispiel, nicht ohne giftige Blicke in unsere Richtung zu werfen.

»Passiert so etwas häufiger?«, will ich wissen.

Meine Frage ringt ihm ein Schmunzeln ab. »Was glauben Sie?«

»Und? Haben Sie schon mal …?«

»Was?«

»Sie wissen schon …«

»Keine Ahnung, wovon Sie reden.«

Er stellt sich absichtlich dumm!

»Vergessen Sie's!«, schnauze ich ihn an.

»Nein, ich habe nicht«, sagt er nach einer kleinen Weile, und aus unerfindlichen Gründen fällt mir ein Stein vom Herzen. »Ich suche mir die Frauen zum Vögeln aus, nicht andersherum.«

Für einen kurzen Moment bleibt mir die Spucke weg. »Wissen Sie eigentlich wie überheblich das klingt? «, presse ich schließlich hervor.

Er zuckt mit den Achseln. »Damit kann ich leben.«

Ich beschließe, das Thema nicht weiter zu vertiefen, und ziehe mich in einer Ecke zurück, um einen groben Entwurf meines Artikels einzusprechen, solange die Eindrücke frisch sind.

Als wir eine Stunde später zurückfahren, reden wir kaum ein Wort miteinander. Es ist zwei Uhr morgens, und die Müdigkeit macht sich bemerkbar. Nachdem wir verabredet haben, uns am nächsten Tag um 4 Uhr nachmittags vor dem Studio der *Late Night Show* zu treffen, steige ich in den Pontiac und sehe zu, dass ich nach Hause komme. Obwohl ich erschöpft bin, ist an Schlaf nicht zu denken. Ich bin zu aufgedreht. Also setze ich mich an den Artikel und beginne zu schreiben.

Stolz und Vorurteil

Alec

Als ich wach werde, ist es schon fast Mittag, und ich habe einen Ständer, der sich gewaschen hat. Was vermutlich daherrührt, dass ich von einem goldenen Lockenkopf geträumt habe, der sich zwischen meinen Beinen auf und ab bewegt. Eine kleine Weile liege ich da und ergötze mich an der Vorstellung, bevor ich mich aus dem Bett schwinge und ins Bad gehe. Nachdem ich kalt geduscht habe, verdränge ich den Gedanken an eine Zigarette und mache mir einen Kaffee, anschließend setze ich mich vor den Rechner. Ich bin auf Bobby Sedgwicks Artikel gespannt, zumal der Abend nicht ganz so reibungslos verlaufen ist. Unser Start war ziemlich holprig. Sollte der Text negativ ausfallen, reißt mir Tom den Kopf ab.

Bobby ist eine Nummer für sich, temperamentvoll und widerspenstig, sie schreit förmlich danach, gezähmt zu werden. Mir gefällt, dass ihr Körper die Rundungen an den richtigen Stellen hat, und ich wette, dass ihre Brüste perfekt in meine Handflächen passen. Mein Mund wird staubtrocken, wenn ich mir vorstelle, an ihren Nippeln zu saugen, bis sie hart wie Kirschkerne werden. Die kleine Reporterin ist heiß. *Trotz Zwiebelgeruch.* Kurz muss ich lachen. Hat sie wirklich gedacht, dass es etwas ändern würde? Wenn ich mir eine Sache in den Kopf gesetzt habe, ziehe ich sie durch, und dass sie schon bald nackt und stöhnend unter mir liegen wird, steht außer Frage. Außerdem mag ich Zwiebeln.

Sie prickeln auf der Zunge, verleihen die nötige Würze und sind gesund. Wie guter Sex.

Während ich an meinem Kaffee nippe, ich trinke ihn mit Milch und Zucker, gebe ich die Linkadresse ein und warte, dass sich vor meinen Augen die Startseite vom *53 Riverside Journal* aufbaut.

On tour mit einem Bodyguard (Teil 1)

Man nehme einen Schrank, tackert ein grimmiges Gesicht daran und zwei davor verschränkte Arme, schon hat man einen ausgewachsenen Bodyguard, könnte man denken. Aber so einfach ist das natürlich nicht. Stärke und Präsenz genügen bei weitem nicht. Ein Bodyguard muss geistig beweglich sein, abgeklärt und ein guter Menschenkenner. Oder um es auf den Punkt zu bringen: Köpfchen ist wichtiger als Muskeln, um die Reichen und Schönen zu beschützen. Heute Nacht hatte ich das Privileg, einen Mitarbeiter der Agentur Cerberus *bei seiner spannenden und zuweilen heiklen Arbeit zu begleiten. Sein Name ist Alec Cooper, ein Baum von einem Mann, den so leicht nichts erschüttert, auch nicht der nackte Busen eines übereifrigen Groupies …*

Meine Augen wandern über den Artikel, und ich muss schmunzeln. Bobby besitzt Humor und ein Gespür für Details. Ihr Text ist unterhaltsam, außerdem wird der Name *Cerberus* dreimal genannt. Das wird Tom freuen. Beim Anblick der eingestreuten Fotos verflüchtigt sich jedoch meine gute Laune schlagartig. Die meisten zeigen mich in Aktion, was völlig in Ordnung ist, wäre da nicht der Schnappschuss am Ende des Artikels. An und für sich eine schöne Großaufnahme im Halbprofil, allerdings hat mich Bobby in einem Moment der Unachtsamkeit erwischt, wofür ich ihr den hübschen Hals umdrehen könnte. Ich wirke gedankenverloren, und der Ausdruck in meinen Augen mutet beinahe verletzlich an. Etwas, das ich an mir nie wieder sehen wollte.

Das schrille Klingeln des Telefons dringt durch meine Gedanken, aber erst nachdem ich tief durchgeatmet habe, gehe ich ran.

Es ist Tom.

»Du hast es nicht vermasselt«, begrüßt er mich.

Mir entfährt ein Schnauben. »Hast du etwa daran gezweifelt?«

»Ein wenig.«

»Das trifft mich hart, Tom«, entgegne ich trocken. »Oder habe ich dich je enttäuscht?«

»Nein, aber das hier ist knifflig. Wie kommst du mit Miss Sedgwick klar?«

»Gut. Ich schätze, bis zum Ende der Woche sind wir die besten Freunde.«

Toms erleichtertes Lachen entlockt mir ein Grinsen. »Ich dachte, du kannst Journalisten nicht ab«, sagt er.

»Kann ich auch nicht, aber die hier hat einen süßen Arsch.«

»Alec«, mahnt Tom.

Ich strecke mich ausgiebig. »Ich verspreche, mir nichts zu nehmen, was Miss Sedgwick nicht gewillt ist, mir zu geben.«

»Alec!«

»Reg dich ab, Tom«, entgegne ich lässig. »Sie ist nicht mein Typ.«

Er atmet hörbar auf. »Zu viel Hirn?«

»So in etwa.«

Trotzdem werde ich sie flachlegen, aber das muss ich meinem Boss nicht unbedingt auf die Nase binden.

»Alec?«

»Ja?«

»Bei solchen Männern wie du bin ich froh, nicht für das andere Team zu spielen.«

Ich breche in Gelächter aus, dennoch trifft mich Toms Bemerkung härter als gedacht. Bin ich wirklich so ein Schwein? Frauen sind für mich nur ein Zeitvertreib, wenn auch ein zugegebenermaßen erquicklicher. Na und? Was ist schon dabei, solange ich niemanden verletze? Ich spiele mit offenen Karten und heuchle keine Liebe vor, die schlimmste aller Sünden. Deshalb vögele ich eine Frau nur dann zweimal, wenn ich sicher sein kann, dass keine emotionale Nähe entsteht. Etwas sagt mir, dass Bobby nicht der Typ für ein paar oberflächliche Nummern ist, umso mehr werde ich den einmaligen Sex mit ihr auskosten.

Nach dem Telefonat werfe ich meine guten Vorsätze über den Haufen, schnappe mir eine Zigarette und setze mich auf die Terrasse, um einen kostbaren Zug zu nehmen und darüber nachzudenken, wie ich das Lockenköpfchen ins Bett kriege.

Bobby

Das Studio 11, in dem die *Late Night Show* aufgezeichnet wird, ist Teil der Paramount Studios in Hollywood. Ich bin zu früh dran, und während ich vor dem Bronson Gate auf Alec warte, halte ich mein Gesicht in die Sonne und lasse den Tag Revue passieren. Diane hat mir am Telefon geraten, wegen der mir entzogenen Glücksspielstory die Füße stillzuhalten. Es gäbe wenig, was ich tun könnte. Sobald aber der Artikel erscheint, könnte ich ihn auf eventuelle Falschinformationen und Unregelmäßigkeiten prüfen, um dagegen vorzugehen. Allerdings könnte ich dabei Gefahr laufen, mir einen zweifelhaften Ruf einzuhandeln, meinte sie. Verräter aus den eigenen Reihen seien auch bei Journalisten nicht sehr beliebt.

Als ich heute Morgen das *53 Riverside Journal* aufgeschlagen habe, war der Artikel jedenfalls nicht drin. Ich schätze, dass Oliver eine Story dieses Ausmaßes in der morgigen Wochenendausgabe veröffentlichen will. An seiner Stelle würde ich dasselbe machen.

Diane hat mir außerdem erzählt, dass sich Mom letzte Woche beim Tennisspielen den Knöchel verstaucht hat und Dad jetzt das Leben zur Hölle macht. Bei der Vorstellung, wie unsere Mutter wild mit dem Gehstock fuchtelt, konnten Diane und ich uns das Lachen nicht verkneifen. Sie ist der friedlichste und liebevollste Mensch, den man sich denken kann. Wird sie allerdings krank, mutiert sie zur Furie, während Dad alles still erduldet. Hätte ich doch nur seine Gelassenheit geerbt!

Da Alecs Cherokee in diesem Moment um die Ecke saust, setze ich mich wieder ans Steuer und hänge mich an ihn dran, als er dem Sicherheitsmann seine Zufahrtsberechtigung vorzeigt und die Schranke hochgeht. Wir lassen die Autos auf dem palmengesäumten Parkplatz stehen, um im Schatten des berühmten Wasserturms den kurzen Weg zu den Studios zu Fuß zurückzulegen. Alec steigt aus, und obwohl ich mich innerlich gewappnet habe, kann ich nicht verhindern, dass sich bei seinem Anblick meine Atmung beschleunigt.

Reiß dich zusammen, verflucht!

Chemisch gesehen ist er nichts weiter als eine Ansammlung von Kohlenstoff, Wasserstoff und Sauerstoff, dennoch werde ich das Gefühl nicht los, dass dieser

Cocktail von Tag zu Tag heißer wird. Unter seinem schwarzen Anzug trägt Alec ein dunkelblaues Hemd mit offenem Kragen. Wie immer ist sein Dreitagebart ordentlich gestutzt, und heute hat er eine Sonnenbrille aufgesetzt. Unwillkürlich streiche ich mir die Haare glatt. Was für eine absurde Geste! Ich selbst trage einen einteiligen, leicht taillierten Jumpsuit ohne Ärmel und mit V-Ausschnitt. Obwohl ich kein großer Fan von Blumenmustern bin, habe ich mich sofort in den Stoff verliebt. Er ist marineblau mit hellblauen Wasserlilien. Dazu trage ich halbhohe Sandalen. Als Alec den Blick auf mich richtet, rücke ich etwas verlegen meine Umhängetasche zurecht.

»Sie mögen es locker fallend, was?«, fragt er mich mit mildem Spott.

»Das hier ist Los Angeles«, antworte ich ein wenig von oben herab. »Es herrschen 28 °C im Schatten, da habe ich es gern luftig.«

Sein Lächeln vertieft sich. »Es steht Ihnen.«

Ich ignoriere sein Kompliment, ebenso meine weichen Knie. »Und was tun wir jetzt? Die Show beginnt erst in fünf Stunden.«

»Wir werden die Location inspizieren. Ich war noch nie hier, deshalb muss ich mir ein Bild machen. Wo befinden sich die Schwachstellen, welche Notausgänge gibt es, von welchem Punkt aus kann jemand meine Schutzperson ins Visier nehmen? Solche Dinge.«

Ich stoße ein ungläubiges Lachen aus. »Aber Evan Young ist doch nur ein 17-jähriger Junge …«

»Verrückte gibt es überall, Bobby.« Er berührt leicht meinen Arm. »Denken Sie nur an John Lennon oder Gianni Versace.«

Auch wieder wahr.

Während wir uns dem Studio 11 nähern, zücke ich die Kamera und mache ein paar Aufnahmen vom Gebäude. Als ich sie auf Alec schwenke, macht er eine abwehrende Geste. Überrascht senke ich die Hände.

»Was ist?«, frage ich.

»Sie haben gestern genug Fotos von mir geschossen.«

»In meinen Artikeln geht es explizit um Sie und Ihre Arbeit, Alec. Genügend Fotos kann ich gar nicht schießen, abgesehen davon, dass die gestrige Veranstaltung völlig anders war.«

»Nein.«

Ich erdolche ihn mit meinem Blick oder versuche es zumindest. *Verflixte Sonnenbrille!* »Momentaufnahmen sind unerlässlich für die Authentizität meiner Reportage«, sage ich energisch, nicht bereit, auch nur einen Millimeter zu weichen. »Ich werde sie machen. Ob mit oder ohne Ihre Erlaubnis.«

Wie zwei Kampfhähne stehen wir uns gegenüber. Nicht zu fassen, dass wir wieder miteinander im Clinch liegen! Während sich die Stille zwischen uns ausdehnt, steht er da, ohne einen Muskel zu bewegen. Als Bodyguard hat er darin jede Menge Übung.

»Also gut, Sie dürfen Ihre Fotos schießen«, bricht er nach einer gefühlten Ewigkeit das Schweigen. »Aber ich verlange Einsicht, bevor Sie sie veröffentlichen.«

Er *verlangt* Einsicht?

»Wie soll das gehen?«, blaffe ich ihn an. Langsam werde ich echt fuchsig. »Die Auswahl treffe ich erst, wenn ich den Artikel verfasse.«

»Dann ändern Sie die Vorgehensweise.« Sein Tonfall ist ebenso barsch. »In Zukunft nutzen Sie ausschließlich Fotos, die ich freigegeben habe.«

»Aber Mister Rennick hat mir völlig freie Hand garantiert!«

»Mir ist egal, was Tom gesagt hat. Hier geht es um meine Persönlichkeitsrechte, oder etwa nicht?«

»Ja ... natürlich«, antworte ich verwirrt. Da fällt bei mir der Groschen. »Ihnen hat mein Artikel nicht gefallen.«

Irgendwie enttäuscht mich die Vorstellung.

»Doch. Sie haben Talent zum Schreiben.«

»Dann sind es die Fotos.« Ich rufe mir die Auswahl ins Gedächtnis, die meinem Empfinden nach erstklassig war. »Was stimmte nicht mit ihnen?«

Ein Muskel in seiner Wange zuckt. »Tun Sie einfach, worum ich Sie bitte.«

»Von bitten kann ja wohl bisher nicht die Rede sein.«

»Also gut.« Er stößt einen tiefen Seufzer aus. »*Bitte* stimmen Sie die Fotoauswahl mit mir ab, bevor Sie sie veröffentlichen.«

Ich mustere ihn eindringlich. Obwohl er die Hände lässig in den Hosentaschen vergraben hat, ist seine Anspannung deutlich spürbar.

»In Ordnung, aber nur unter Protest«, antworte ich schließlich, als er nichts mehr sagt. Hauptsache, ich kann meine Fotos machen.

»Ist notiert.« Sein Tonfall ist wieder nüchtern. »Können wir endlich weiter gehen? Ich habe keine Lust, hier Wurzeln zu schlagen.«

Während wir das letzte Stück zum Studio zurücklegen, dünkt mir, dass es mit diesem sexy Kotzbrocken an meiner Seite nicht einfach wird, die nächsten Tage heil zu überstehen.

Hinter der schweren Tür mit der Aufschrift STUDIO 11 ist um die Uhrzeit noch wenig los, sodass sich Alec in aller Ruhe umschauen kann. Indessen folge ich ihm überall hin, spreche leise ins Diktafon und schieße Fotos. Irgendwann schnappt sich Alec einen der Techniker, einen untersetzten Mann um die fünfzig mit einem buschigen Oberlippenbart.

»Wo wird Mister Young nachher sitzen?«, fragt er diesen, nachdem er sich vorgestellt hat.

Der Techniker zeigt auf das rote Ledersofa, das die unerwartet kleine Bühne beherrscht. Im Fernsehen wirkt alles viel größer. »Den zweiten Platz von links«, antwortet der Mann bereitwillig. »Zwischen Ryan Gosling und Kim Kardashian.«

»Das wird heute Abend ein Klacks«, erklärt mir Alec daraufhin. »Seit Kim Kardashian ausgeraubt worden ist, reist sie nie ohne eine Armee von Bodyguards. Besser könnte die Show nicht abgesichert sein. Wir müssen höchstens aufpassen, dass wir uns nicht gegenseitig auf die Füße treten.«

»Okay. Und was jetzt?«

»Haben Sie schon was gegessen?«, fragt er mich.

Ich schüttele den Kopf.

»Gut. Ich könnte was zwischen die Zähne vertragen. Auf der Melrose Avenue gibt's einen ausgezeichneten Italiener. Fahren wir hin!«

»Vielleicht mag ich kein italienisches Essen«, erwidere ich verärgert darüber, dass Alec einfach so über meinen Kopf hinweg bestimmt.

Er schaut mich mit einem merkwürdigen Ausdruck an. »Jeder mag italienisches Essen. Kommen Sie!«

Am Ende stellt sich das *Pasta e Pasta by Allegro* als hervorragende Wahl heraus. Ein echter Geheimtipp! Was ich Alec natürlich nicht auf die Nase binden werde.

Der Laden ist nicht mehr als ein breiter Korridor mit einer Theke, einer offenen Küche und einigen Tischen, dafür ist die Einrichtung rustikal und gemütlich. Während Alec Rinderragout mit Rigatoni bestellt, ordere ich Spaghetti Arrabiata. Dazu gibt's warme Ciabattabrötchen und eine große Flasche Pellegrino. Das Essen lässt nicht lange auf sich warten, und ich greife beherzt zu.

Nur mit Mühe kann ich ein genüssliches Stöhnen unterdrücken. Die Spaghettis sind al dente, wie es sein soll, und die Oliven-Pfefferöl-Komposition ist ein Gedicht. Als ich bereits zum zweiten Mal Parmesan darüber streue, fällt mein Blick zufällig auf Alec. Mit einem breiten Grinsen starrt er mich an, was mehr als verwirrend ist. Hektisch wische ich mir über den Mund für den Fall, dass ich den Eindruck vermittle, als bräuchte ich beim Essen ein Lätzchen.

»Was ist?«, frage ich.

»Ich mag Frauen mit einem gesunden Appetit.«

»Wirklich?«

Aber Unterwäschemodels poppen, die alle zwei Tage an einem Salatblatt lutschen! Ich muss mir auf die Zunge beißen, um nicht einen entsprechenden Kommentar zu bringen.

»Ja«, sagt er mit in Falten gelegter Stirn. Mein Tonfall scheint ihn zu irritieren. Ihm ist offenbar der Widerspruch seiner Aussage völlig entgangen.

Typisch Mann!

»Noch ein Stück Käsekuchen hinterher?«, fragt er mich anschließend.

»Warum nicht?« Ich strebe keine Modelfigur an.

»Schön!« Er reibt sich doch tatsächlich die Hände. »Wie meine Mutter immer sagt: Cheesecake süß und Cheesecake rund – wer ihn isst, der bleibt gesund.«

»Das kann ich kaum glauben«, entgegne ich schmunzelnd.

»Erwischt!«, erwidert Alec mit einem zerknirschten und absolut hinreißenden Lächeln. »Eigentlich heißt es: Apfel süß und Apfel rund — wer ihn isst, der bleibt gesund. Aber mir sagt die Cheesecake-Variante irgendwie mehr zu.«

Ich kann nicht anders und breche in Lachen aus. Mir gefällt diese Seite von Alec Cooper.

»Na sowas? Sie sind eine richtige Naschkatze!«, bemerke ich. »Wer hätte das gedacht?«

Erst nachdem ich es gesagt habe, fällt mir die Doppeldeutigkeit auf, die Alec aber nicht aufgreift, wofür ich ihm dankbar bin.

»Kann man so sagen. Schon als Kind habe ich ...« Er bricht abrupt ab.

»Was?«

Er macht eine wegwerfende Handbewegung. »Nicht so wichtig. Lassen Sie uns bestellen.«

Nanu, was war das?

»Wo kommen Sie ursprünglich her?«, frage ich ihn, nachdem uns die Kellnerin unseren Kuchen gebracht hat, der im Übrigen hervorragend schmeckt.

»Montana.«

»Ein Junge vom Lande«, necke ich ihn sanft, was er mit einem Nicken quittiert. »Haben Sie Geschwister?«

»Ja, drei Brüder.«

»Wow! Da ging's bei Ihnen zuhause bestimmt hoch her.«

»Ja.«

»Waren Sie schon mal verheiratet?«, frage ich weiter, als er nicht näher darauf eingeht.

Er nickt.

»Was ist geschehen?«

Prompt verschließt sich sein Gesicht. »Ich möchte nicht darüber reden.«

Da erst bemerke ich, dass er die Fäuste geballt hat. Offenbar habe ich einen wunden Punkt getroffen.

»Entschuldigung«, murmele ich, während ich den letzten Rest Cheesecake von meinem Teller kratze. »Ich wollte keine bösen Erinnerungen wecken.«

»Schon gut, Bobby, nichts passiert«, erwidert er mit seiner Karamellstimme, die meinen Herzschlag kurz stocken lässt.

Erstaunlich, wie schnell Alec auf Charmemodus umschalten kann – und irgendwie auch beunruhigend. Die Augen fest auf meinen Teller gerichtet, um seinen Blick nicht zu kreuzen, sorge ich dafür, dass nicht ein einziges Kuchenmolekül zurückbleibt.

»Wollen wir?«, fragt er, als ich fertig bin.

»Ja.«

Ehe ich reagieren kann, steht er auf und begibt sich zur Theke, um die Rechnung zu begleichen. Als ich protestieren will, schneidet er mir mit einer herrischen Geste das Wort ab.

»Kommen Sie mir nicht mit dem Quatsch von wegen selbst bezahlen. Ich lade Sie ein und fertig.«

»Ist ja gut«, erwidere ich überrumpelt. »Dankeschön.«

Ein warmer, fast zärtlicher Ausdruck tritt in seine Augen. »Keine Ursache, Lockenköpfchen.«

Ich werde aus dem Mann einfach nicht schlau.

Auch nicht zwei Stunden später, als ein euphorisches »Ladies and Gentleman! Begrüßen Sie mit einem Riesenapplaus unseren Lieblings-Superstar Evan Young!« durch das Studio 11 schallt, und er zulässt, dass sich die Studioassistentin an ihn ranwanzt. Gibt es irgendeine

Frau zwischen 17 und 70, die nicht auf Alec Cooper scharf ist?

Wie letzte Nacht auch, stehen wir gemeinsam am Bühnenrand, um das Geschehen im Auge zu behalten.

»Wer ist der Mann?«, fragt Alec die dunkelhaarige Schönheit im viel zu kurzen Rock und zeigt nach oben. »Er steht nicht auf der Liste.«

Keine Ahnung, wen sie meinen, und es interessiert mich auch nicht.

»Sein Name ist Luis. Er ist in letzter Minute eingesprungen, weil einer der Beleuchter ausgefallen ist. Manchmal braucht man eben jemanden, der einem die Lücke füllt«, säuselt sie mit anzüglichem Tonfall.

Du lieber Himmel, was für eine billige Anmache! Aber sie scheint zu funktionieren, denn aus dem Augenwinkel sehe ich, wie Alec einen Arm um ihre Taille legt. Übelkeit steigt in mir hoch. Hinter den Kulissen stehen sich Kim Kardashians Bodyguards die Beine in den Bauch. Kann sie nicht die anbaggern? Als hätte sie meine Gedanken gelesen, flüstert sie Alec etwas ins Ohr und löst sich von ihm. Nicht ohne ihm einen letzten feurigen Blick zuzuwerfen, entfernt sie sich mit wiegenden Hüften.

»Muss das sein?«, entfährt es mir.

»Was?« Mit hochgezogener Augenbraue blickt Alec auf mich hinunter.

»Na das«, sage ich und zeige hinter mich.

»Ach das«, erwidert er mit gedehnter Stimme. »Ich habe nun mal diese Wirkung auf Frauen.« Als er mit dem Handrücken sanft über meine Wange fährt, bin ich so perplex, dass ich ihn nur entgeistert anstarren kann. »Sie werden doch nicht neidisch sein?«

»Auf wen? Auf diese billige Tussi?« Ich schlage seine Hand weg. »Niemals! Selbst wenn Sie der letzte Mann auf der Welt wären!«

»Das ist aber sehr bedauerlich.«

»Wieso bedauerlich?«, rede ich mich in Rage. »Ich bin nicht mal Ihr Typ.«

Was faselst du da nur, Bobby?

Stirnrunzelnd blickt er mich an. »Woher wollen Sie wissen, wer mein Typ ist?«

»Melissa, das Unterwäschemodel ... Schon vergessen?«

»Ich verstehe. Ein einziger Fick, und Sie glauben, sich bereits ein Urteil über mich bilden zu können.«

»Oh bitte«, schnaube ich. »Dann sind Sie eben der Typ, der alles vögelt, was nicht bei drei auf den Bäumen ist.«

»Wow.« Jetzt klingt er verärgert. »Sie haben ja eine hohe Meinung von mir.«

Ich beiße mir auf die Lippen, um nicht etwas zu sagen, was ich später bereuen könnte.

»Was erwarten Sie, von mir zu hören, Bobby? Dass jeden Tag Kaviar auf Dauer öde ist?« Er beugt sich zu mir herab, eine Hand an der Wand abgestützt, während Evan Young eine Zugabe anstimmt. »Dass es zwischendurch auch mal gute Hausmannskost sein darf?« Ein warmer Duft von Zeder und Moschus kitzelt meine Nase. »Passt das eher zu dem Bild, das du von mir hast, Lockenköpfchen?«

In seinem Blick lodert ein Feuer, das mich innerlich verbrennt.

»Die Wahrheit ist, deine bernsteinfarbenen Augen haben es mir angetan.« Er schiebt eine meiner Locken zur Seite und streift dabei wie zufällig den rasenden Puls an meinem Hals. »Wenn du mich wütend anfunkelst wie jetzt, strahlen sie wie zwei Sterne. Und deine Haare ... Gott, sie bringen mich um den Schlaf.« Der Klang seiner Stimme ist rau. »Ich will dich. So einfach ist das.«

»Pech gehabt! Im Leben bekommt man nicht immer das, was man sich wünscht«, erwidere ich kühl. Eine Meisterleistung angesichts der Tatsache, dass mir seine Worte die Luft abschnüren.

Ein unerwartet harter Glanz tritt in seine Augen, der mich zurücktaumeln lässt. »Betteln werde ich nicht, Bobby.«

Wie aufs Stichwort endet in diesem Moment Evan Youngs Auftritt. Der Star bedankt sich mehrmals beim Saalpublikum, reicht Jimmy Jaffe die Hand, dann verlässt er die Bühne. Damit findet unser Gespräch ein abruptes Ende. Alec heftet sich an seine Fersen, während mir nichts anderes übrigbleibt, als ihnen zu folgen.

»Ist der offizielle Teil vorbei?«, frage ich Alec, nachdem er Evan Young in dessen Limousine gesetzt hat.

Er nickt.

»Gut, dann kann ich ja nach Hause fahren.«

Plötzlich habe ich es furchtbar eilig, hier wegzukommen. Ich will nicht wissen, was sich zwischen Alec und der heißen Brünette abspielen wird, die seit dem Ende der Show nichts Besseres zu tun hat, als jede seiner Bewegungen sabbernd zu verfolgen.

»Können Sie nicht«, entgegnet Alec. »Wir müssen noch die Fotos durchgehen.«

Oh, nein!

»Muss das sein?«, stöhne ich, obwohl ich die Antwort bereits ahne.

»Ja.«

Zehn Minuten später sitzen wir in einem leeren Technikraum und sehen uns die Fotos auf meiner Kamera an. Wider Erwarten werden wir uns schnell einig, und ich frohlocke schon – bis wir auf eine Aufnahme stoßen, die ich unbedingt veröffentlichen will. Sie zeigt Alec, der sich gegen die Wand lehnt und mit leicht geneigtem Kopf einen Punkt in der Ferne fixiert, auf seinem Gesicht liegt ein sanftes Lächeln. Ich liebe dieses Foto.

»Nein!«, kommt es sehr bestimmt, bevor ich überhaupt den Mund aufgemacht habe.

»Nein?«, rufe ich frustriert. »Warum? Ich finde es sehr schön.«

»Es ist furchtbar.«

»Furchtbar?« Erbost starre ich ihn von der Seite an. »Wo haben Sie Ihren guten Geschmack gelassen? Draußen im Wagen?«

Seinem Blick nach zu urteilen, ist er ebenso angepisst. »Es mag fürs Familienalbum taugen, aber nicht für eine Reportage!«

»Wenn jemand das beurteilen kann, dann wohl ich!«, ereifere ich mich. »Und ich sage: Das Foto ist perfekt! Es zeigt, dass Sie kein seelenloser Roboter sind, sondern ein feinfühliger Mensch. Aber wahrscheinlich ist es genau das, was Sie daran stört, habe ich recht?« Ich lache ihm ins Gesicht, und zu meiner Schande muss ich gestehen, dass es ziemlich boshaft klingt. »Wissen Sie was? Sie haben gewonnen. Ich lasse das Foto weg und zeige Sie als der emotionale Krüppel, der Sie sind.«

Nach diesen Worten will ich von meinem Sitz aufspringen, aber Alec macht meinen schnellen Abgang zunichte, indem er mich am Nacken packt und zu sich herüberzieht. In seinen Augen lodert eine Wut, die mich innerlich erzittern lässt. Bevor ich reagieren kann, senkt er seine Lippen auf meine. Sein Kuss ist hart und rücksichtslos, trotzdem löst er in mir einen Erdrutsch aus. Ich hebe die Hände, doch statt ihn von mir zu stoßen oder ihn zu ohrfeigen, kralle ich mich hilflos an den Aufschlägen seiner Jacke fest. Seine Hände drücken mich in einer eisernen Umarmung an seinen Körper, während sein Kuss immer hungriger wird. Als er seine Zunge zwischen meine Lippen zwängt, lasse ich ihn gewähren.

Ich bekomme kaum Luft, und alles, was ich denken kann, ist, dass ich noch niemals einen Mann so sehr begehrt habe, wie in diesem Moment. Mein Schoß zieht sich schmerzhaft zusammen, und ich reibe mich wollüstig an ihm, stöhne sogar seinen Namen ... Aber statt meinen Hunger zu stillen, löst er seine Lippen von mir und stellt mich grob auf die Füße. Schweratmend und mit heißen Wangen starre ich ihn an. Seine Züge haben sich erneut verhärtet, und ich frage mich, ob das Verlangen, das ich eben noch in seinen Augen gesehen habe, nicht bloße Einbildung gewesen ist.

»Ich bin also ein emotionaler Krüppel, der alles vögelt, was nicht bei drei auf den Bäumen ist«, sagt er mit kalter Stimme. »Ich nehme dich beim Wort, Bobby, und kralle mir jetzt die Brünette. Ich weiß, dass sie draußen wartet.« Seine Lippen formen sich zu einem Lächeln, das seine Augen nicht erreicht. »Wir treffen uns morgen Abend vor Vandevilles Haus. Details kommen per Mail. Und zieh dich diesmal wie eine Frau an.«

Ehe ich reagieren kann, hat Alec den Raum bereits verlassen, und ich bin allein. Benommen sitze ich da, ich weiß nicht, wie viel Zeit vergeht, eine Ewigkeit vermutlich, bis sich mein Herzschlag wieder beruhigt hat und ich mich von meinem Stuhl erheben kann. Obwohl sich meine Beine wie Gummi anfühlen, stürme ich förmlich aus dem Studio. Ein paar Kulissenarbeiter wünschen mir eine gute Nacht, doch ich bin außerstande zu antworten. Den ganzen Weg zum Pontiac lege ich im Laufschritt zurück, und als ich endlich hinterm Steuer sitze, zittern meine Hände so sehr, dass ich Mühe habe, den Anlasser zu betätigen. Ich könnte schreien, heulen und um mich schlagen. Noch niemals bin ich so gedemütigt worden.

Arschloch, Dreckskerl, Flachwichser, Sackgesicht, Kackstiefel, Hornochse, ...

Je mehr Meilen ich mit dem Wagen zurücklege, desto ausgefallener werden die Namen, mit denen ich Alec versehe. Der angenehme Nebeneffekt ist, dass ich ruhiger werde. Als ich zu Hause ankomme und den Rechner hochfahre, ist mein Kopf wieder frei. Ein grimmiges Lächeln legt sich auf mein Gesicht.

Zeit, in die Tasten zu hauen!

Die gute Fee

Alec

On tour mit einem Bodyguard (Teil 2)

Sind Frauen die besseren Leibwächter?

Bei einem Leibwächter erwartet niemand einen IQ von 160, aber muss es gleich das andere Extrem sein? Liebe Männer, wann gewöhnt ihr euch endlich ab, mit dem Schwanz zu denken? Wir leben nicht mehr auf Bäumen, die Spezies Mensch ist längst über das arterhaltende Stadium hinaus. Männer haben es heute nicht mehr nötig, durch Sex eine Befruchtung durch den Konkurrenten zu verhindern. Schon der Anblick eines kurzen Rocks oder eines tiefen Ausschnitts kann die Konzentration eines Bodyguards trüben und somit zu einem erheblichen Sicherheitsrisiko führen. Fazit: Gerade in dem Bereich wäre weniger Testosteron oft mehr.

Weibliche Bodyguards könnten die Lösung sein. Tatsächlich werden sie immer beliebter, nicht nur, weil sie bedacht und unauffällig agieren, sondern auch, weil sie das Gehirn dort haben, wo es hingehört: im Kopf. Ob die Tage für die Muskelpakete in zu engen Anzügen gezählt sind? Was meint ihr? Ich bin auf eure Kommentare gespannt …

So ein verfluchtes kleines Biest! Ihre Rache führt sie subtil durch, ohne mich oder *Cerberus* zu diffamieren, trotzdem weiß jeder, wer gemeint ist. Wenigstens hat sie darauf verzichtet, das von mir abgelehnte Foto zu veröffentlichen. Trotz der bösen Retourkutsche rechne ich es ihr hoch an.

Schon klingelt das Telefon. Ohne hinzuschauen, nehme ich ab.

»Ja?«, brumme ich.

»Was hast du angestellt?«, fragt mich Tom ohne Umschweife.

»Nichts.«

»Mit dem Schwanz denken? Zu viel Testosteron? Das kommt mir irgendwie bekannt vor.« Tom ist stinksauer. »Du biegst das wieder hin, Alec. Und wenn du dich bei Miss Sedgwick wofür auch immer entschuldigen musst.«

Ich stoße ein harsches Lachen aus. »Eher lasse ich mich kastrieren.«

»Keine schlechte Idee! Dann fällt der nächste Artikel vielleicht positiver aus.«

»Du bist auf dem falschen Dampfer, Tom!«, entgegne ich und beschließe, ihm nur die halbe Wahrheit zu sagen. »Wir haben uns wegen der Bilderauswahl in die Haare gekriegt, das ist alles.«

»Bilderauswahl? Das fällt nicht in deinen Verantwortungsbereich, Alec.«

»Wenn die Fotos zu privat sind, dann schon.«

»Was ist passiert? Hat sie dich auf dem Klo erwischt oder in einer anderen prekären Situation?«

»Nein, hat sie nicht!« Langsam fängt das Gespräch an, mich zu nerven.

»Willst du es mir verraten?«

»Nein.«

»Ich kann Miss Sedgwick fragen.«

»Tu, was du nicht lassen kannst.«

Am anderen Ende der Leitung herrscht Schweigen. Tom und ich sind sehr gute Freunde, andernfalls könnte ich nicht auf diese Weise mit ihm reden.

»Okay«, kommt es zurück. »Ich halte mich da raus, aber sieh zu, dass du die Sache klärst.«

»Ich versuch's, aber versprechen kann ich nichts.«

»Alec ...«

»Bis dann!«, sage ich noch und lege auf.

Wütend wische ich einen Stapel Zeitschriften vom Tisch, der mit viel Geflatter auf dem Boden landet. Wenn es etwas gibt, was ich nicht ausstehen kann, dann sind das störrische Weiber à la Bobby Sedgwick! Es gibt genügend, die sich darum reißen, für mich die Beine breitzumachen. Ich habe es weiß Gott nicht nötig, Frauen flachzulegen, die für mich nur Verachtung übrig haben. Herausforderung hin oder her! Noch drei Tage, dann bin ich die Nervensäge los. Wenn das vorbei ist, rufe ich Melissa an, um ausgiebig zu feiern ...

Mit einem Schlag ist es wieder da: das brennende, intensive Gefühl von gestern Nacht. Wie in einem Flashback spüre ich Bobbys warme Lippen auf meinen, ihren bebenden Körper, der sich gegen meinen drängt ... Ich weiß, dass es falsch gewesen ist, sie auf diese Weise zu überfallen, aber ich war so wütend und voller Hunger. Als ich von ihrem Mund gekostet und ihren herrlichen Duft aufgesogen habe, war ich von einem einzigen Gedanken beseelt: sie bis zur Besinnungslosigkeit zu ficken. Dass ich mich überhaupt von ihr lösen konnte, grenzt an ein Wunder. Hinterher war der Druck so mächtig, dass ich mir von der Brünette aus der Regie, deren Namen mir entfallen ist, einen blasen ließ. Dabei hielt ich die Augen geschlossen und stellte mir vor, Bobbys Mund würde meinen Schwanz umschließen. So schnell habe ich noch nie abgespritzt!

Anschließend habe ich einen Notfall geheuchelt und bin abgehauen. Ich bin nicht stolz darauf. Warum ich die Brünette so hastig abserviert habe, hinterfrage ich lieber nicht. Die Antwort könnte mir nicht gefallen. Eines weiß ich aber: Um mir weiteren Ärger zu ersparen, lasse ich ab sofort die Finger von Bobby Sedgwick.

Bobby

»Was zum ...?«

Ungläubig starre ich auf die Titelseite der Wochenendausgabe des *53 Riverside Journal.*

Spektakulärer Drogenfund am Hafen! Polizei stellt drei Tonnen reines Methamphetamin sicher.

Im Artikel wird der heutige Besuch des Innenministers in der City Hall angekündigt. Hat Oliver den Glücksspielartikel etwa auf Seite 2 verbannt? Rasch schlage ich die Zeitung auf. Meine Augen fliegen nur so über die Doppelseite. Der Anblick verursacht mir ein saures Brennen in der Magengegend. Nichts. Seite 4-5 ebenfalls nichts. Hektisch blättere ich die Zeitung bis zum Ende durch, während mir immer übler wird. Wo zum Teufel ist meine Enthüllungsstory?

»Schlechte Nachrichten, Liebes?«, reißt mich eine Frauenstimme aus meinen Gedanken.

Ich blicke von der Zeitung auf. Vor meiner Terrasse steht Mrs. Hiddleston in einem alten Overall und schneidet ihre Rosen zurück. Sie ist eine leidenschaftliche Gärtnerin, entsprechend prachtvoll und bunt präsentiert sich ihr Grundstück. Wann immer sich die Gelegenheit bietet, sitze ich auf der Terrasse und ergötze mich an der Schönheit und dem Duft der unzähligen Blumen, die hier wachsen. Nicht zu vergessen die Obstbäume und das Gemüsebeet.

»Gar keine Nachrichten, Mrs. Hiddleston«, antworte ich gepresst.

»Ist das nicht etwas Gutes?«, fragt sie mich mit hochgezogenen Augenbrauen. Ihr Gesicht ist klein und sanftmütig, wie das einer Spitzmaus.

»Nicht in diesem Fall. Entschuldigen Sie mich«, sage ich, bevor ich aufstehe, um hineinzugehen und Oliver anzurufen.

Es dauert geschlagene zwei Minuten, bis er endlich abnimmt.

»Was ist?«, ertönt es genervt durchs Telefon.

»Dir auch einen guten Morgen, Oliver«, antworte ich zuckersüß, obwohl ich stinksauer bin.

»Entschuldige.« Er klingt doch tatsächlich zerknirscht. Ich sollte ein Kreuz im Kalender machen. »Was kann ich für dich tun?«

»Warum ist der Glücksspielartikel heute nicht erschienen?«

Bleierne Stille.

»Oliver?«

Mein Boss stößt einen lang anhaltenden Atemzug aus. »Er war für die Titelseite vorgesehen. Aber Trevor ist gestern nicht aufgetaucht.«

Was für eine Überraschung!

»Du meinst, er befindet sich wieder mal auf einer Sauftour.«

Olivers Schweigen ist mir Antwort genug.

»Hat er mit meiner Quelle gesprochen?«

»Ja, und er hat sich auch augenblicklich an die Arbeit gemacht. Aber ohne seinen Abschlusskommentar können wir den Artikel nicht bringen.«

Sofort wittere ich meine Chance. »Ich habe jetzt Zeit und könnte ...«

»Nein!«, fällt mir Oliver grob ins Wort. »Trevor taucht bestimmt im Laufe des Tages auf.«

»Und wenn nicht?«, brumme ich.

»Auf einen Tag mehr oder weniger kommt es nicht an.«

»Wie du meinst«, presse ich mühsam heraus, bevor ich wütend auflege.

Dieses Geklüngel zwischen Männern kotzt mich sowas von an! Die Kerle decken sich gegenseitig, klopfen sich herzlich auf die Schultern, weil sie ordentlich was vertragen können, ungeachtet der Tatsache, dass die Arbeit darunter leidet. Aber wehe, man leistet sich als Frau einen Patzer! Dann kann man gleich einpacken. Fluchend stapfe ich durchs Zimmer, bis Mrs. Hiddlestons Stimme mich innehalten lässt.

»Kannst du mir hier draußen kurz zur Hand gehen, Roberta?«

Seit sie meinen vollen Namen auf dem Mietvertrag gelesen hat, weigert sie sich eisern, mich Bobby zu nennen, was ich ihr nicht übel nehme. Mrs. Hiddleston kann man einfach nicht böse sein.

»Ich ...«

»Es dauert auch nicht lange.«

Ich seufze. »Also gut.«

Nachdem ich meine Hausschlappen durch Sandalen ersetzt habe, stapfe ich die drei Stufen hinunter und geselle mich zu Mrs. Hiddleston, die mir Gartenhandschuhe reicht.

»Ich komme so schlecht an die Stiele ran.« Sie zeigt auf den üppig blühenden Rosenstrauch vor ihr. »Bist du so nett und drückst die hier ein wenig zur Seite? Aber sei vorsichtig. Nicht abreißen.«

»Ich passe auf«, verspreche ich und folge ihrer Anweisung.

Die Rosen haben dichte Blüten in kräftigem Pink und verströmen einen intensiven Duft.

»Sie riechen himmlisch, Mrs. Hiddleston. Wie heißt diese Sorte?«

»Heidi Klum.«

»Wirklich?« Verblüfft starre ich die alte Dame an. »Ich wusste gar nicht, dass Sie ein Fan sind.«

Sie zwinkert mir zu. »Bin ich auch nicht, aber ich liebe diese Rosen.«

Schmunzelnd richte ich meine Aufmerksamkeit zurück auf die stacheligen Stiele. Als wir fertig sind, bittet mich Mrs. Hiddleston, Wasser zu holen, welke Blätter von der Clematis abzuzupfen und anschließend mit dem Spaten mehrere Löcher auszuheben. Mit anderen Worten: Sie hat mich am Haken. Zwischendurch setzt sie mir einen Strohhut auf, »damit ich hinterher nicht aussehe wie ein gekochter Hummer, wäre schade um die zarte Haut«. Alles in allem verbringe ich über eine Stunde im Garten.

»Und? Besser?«, fragt sie mich, als ich meinen Rücken durchstrecke und es leise knackt.

»Ja«, antworte ich lächelnd.

»Gartenarbeit ist gut für die Seele.«

In einer spontanen Geste drücke ich ihren Arm. »Danke, Mrs. Hiddleston.«

»Jetzt mache ich uns einen Tee.« Wieder zwinkert sie mir zu, und nie zuvor ähnelte sie mehr der guten Fee aus dem Märchen, wie in diesem Moment. »Den haben wir uns redlich verdient.«

In der Mail, die ich von Natalie Nella erhalten habe, der Empfangsdame von *Cerberus*, stehen die Adresse von Jacob Vandeville, die Uhrzeit, wann ich Alec treffen soll, und einige Anweisungen mehr. Diktafon und Kamera sind tabu, das Handy muss ich am Eingang abgeben. Stift und Notizblock sind hingegen erlaubt. Schön, die Kamera hätte ich eh nicht ins Handtäschchen reinbekommen. Ein kurzer Blick auf die Digitalanzeige meines Weckers auf dem Nachttisch verrät mir, dass es langsam Zeit wird, mich für die Party fertigzumachen. Ich öffne den Kleiderschrank und gehe meine Möglichkeiten durch. Das Leben einer Reporterin mag wenig glamourös sein, das von Spitzenanwälten schon. Deshalb besitze ich einige Abendkleider für den Fall, dass meine Familie mich anlässlich einer ihrer Wohltätigkeitsveranstaltungen in die Pflicht nimmt. Heute Abend habe ich nicht vor, mit meinen Reizen zu geizen. Soll Alec Cooper ruhig sehen, was er da verschmäht hat! Nicht, dass ich ernsthaft an ihm interessiert wäre, überhaupt nicht. Mir geht es einzig und allein um die Genugtuung.

Meine Augen pendeln zwischen zwei Kleidern hin und her. Das eine ist ein hellblaues knielanges Cocktailkleid aus Viskose mit Spaghettiträgern und weich fallenden Volants im Rockteil. Mädchenhaft und romantisch. Das andere ist schwarz mit eng anliegenden langen Ärmeln im Leopardenmuster und ziemlich gewagt. Es besteht aus elastischem Strickmaterial, das sich an die weiblichen Rundungen anschmiegt, während der großzügige Rundhals-Ausschnitt das Dekolleté betont. Ich habe es mir vor einem halben Jahr gekauft, aber bisher keine Gelegenheit gehabt, es zu tragen. Oder anders ausgedrückt: Ich hatte nicht den Mut. Aber heute werde ich es tun! Da mir das Kleid nur bis zur Mitte der Oberschenkel reicht, ziehe ich dazu schwarze Overknee-Stiefel mit zehn Zentimeter hohen Absätzen an. Ein breites schwarzes Haarband hält meine Lockenmähne aus dem Gesicht.

Zuvor ist aber das Make-up dran. Letzten Winter habe ich eine Maskenbildnerin interviewt, die beim Film arbeitet. Wir waren uns auf Anhieb sympathisch, und sie hat mir ein paar Kniffe gezeigt, wie ich mich optimal in Szene setzen kann, ohne wie ein Clown auszusehen. Es hat mich viele Stunden vor dem Spiegel gekostet, inzwischen beherrsche ich es aus dem Effeff. Ich trage etwas Bronzepuder auf, achte aber sorgsam darauf, meine Sommersprossen nicht vollends zu bedecken. Ich mag sie, und wie die Maskenbildnerin meinte, sind sie mein Markenzeichen. Warum also sie wegretuschieren? Die Augen betone ich mit einer aufsehenerregenden Farbkombination aus Grün und Dunkelbraun. Dramatisch soll es werden. Deshalb ziehe ich einen dicken Lidstrich im Stil der 60er Jahre und trage auf meinen Wimpern braunen Mascara auf. Im Gegenzug schimmern meine Lippen in einem dezenten Goldbraun.

Am Ende starre ich verblüfft in den Spiegel. Das da soll ich sein? Noch stehe ich etwas wackelig auf meinen Pfennigabsätzen, doch nach einigen Schritten habe ich mich daran gewöhnt. Bevor mich der Mut verlässt, schnappe ich mir mein Handtäschchen und verlasse das Apartment. Draußen vor dem Eingang bleibe ich abrupt stehen. Mir schlottern die Knie, und das Herz schlägt mir bis zum Hals. Ein kurzer Blick ins Fenster genügt, um mich zu verunsichern. Wie lange würde es dauern, mich umzuziehen? Das andere Kleid, dazu halbhohe Pumps, fertig. So viel Zeit hätte ich noch. Gerade, als ich mich entschieden habe, kehrtzumachen, kommt Mrs. Hiddleston um die Ecke mit einem vollen Einkaufskorb am Arm.

»Donnerwetter!«, ruft sie bei meinem Anblick und stellt den Korb auf den Boden. »Du siehst umwerfend aus, Liebes!«

»Finden Sie?« Ich streiche mir etwas verlegen durchs Haar. »Meinen Sie nicht, dass das vielleicht ein wenig ... äh ... nuttig aussieht?«

»Nuttig?« Sie macht eine wegwerfende Handbewegung. »Überhaupt nicht. Es sieht stylish aus und sexy.«

Das aus dem Mund der alten Dame zu hören, mutet irgendwie lustig an.

»Ich kann so bleiben?«, frage ich, um ganz sicher zu gehen.

»Auf jeden Fall. Obwohl ...« Nachdenklich runzelt sie die Stirn. »Warte einen Moment. Ich glaube, ich habe etwas, das dein Outfit perfekt abrunden wird.«

Oje! Sie wird mir doch nicht etwas mit Strass andrehen oder noch schlimmer eine Perlenbrosche? Das ist so gar nicht meins.

»Nichts für ungut, Mrs. Hiddleston, aber ...«

»Keine Sorge«, ruft sie, während sie im Haus verschwindet. »Das wird hinreißend aussehen.«

Ich höre, wie sie drinnen Schubladen auf- und zumacht, bevor sie mit einem schelmischen Lächeln zurückkommt und sich hinter mich stellt.

»Ein Collier?«, frage ich.

»Etwas viel Besseres.«

Sie legt mir etwas um den Hals. Als ich mit den Fingern darüber fahre, spüre ich Samt. Ein Choker.

Ich stoße ein zittriges Lachen aus. »Und ich dachte schon, Sie kommen mit gläsernen Schuhen und einem Kürbis zurück.«

Mrs. Hiddleston lächelt übers ganze Gesicht. »Das merke ich mir fürs nächste Mal.«

»Wo haben Sie das Teil überhaupt her?«

»Bei einer Online-Quizshow gewonnen.« Sie gibt ein glucksendes Geräusch von sich. »Ist nicht unbedingt meine Kragenweite.«

»Finden Sie es nicht zu übertrieben?«, frage ich zweifelnd, während ich mich im Fensterglas betrachte.

Der Choker ist tiefschwarz, und aus einem unerklärlichen Grund verspüre ich bei seinem Anblick ein leichtes Kribbeln in der Bauchgegend.

»Nein«, widerspricht Mrs. Hiddleston. »Es sieht klasse aus. Und nein, nicht nuttig«, fügt sie hinzu, als ich Anstalten mache, etwas zu sagen. »Nur ein wenig verrucht. Aber was ist falsch daran? Du bist jung, Liebes, du solltest dich amüsieren.«

»Hm.« Zwar habe ich heute Abend nicht vor, mich zu amüsieren, trotzdem kann ein wenig Verruchtheit nicht schaden. Und wenn eine ältere Dame bei meinem Anblick nicht gleich die Sittenpolizei ruft, kann das so schlimm nicht sein. »Vielen Dank, Mrs. Hiddleston.«

»Gern geschehen, Cinderella. Und viel Spaß auf dem Ball!«, wirft sie mir zu, als ich an ihr vorbeihaste, um zum Pontiac zu gehen.

»Es ist rein beruflich!«, rufe ich zurück.

»Natürlich.« Ihr Zwinkern ist unübersehbar.

Auf der Fahrt zu Vandevilles Villa höre ich *That Don't Impress Me* von Shania Twain im Radio und sehe mich selbst aufgebrezelt in der Wüste stehend, mit eiskaltem Lächeln und fehlenden Schweißdrüsen, während ich Alec eine Abfuhr nach der anderen erteile.

Ganz gleich, ob er auf einer Harley antanzt, in einem Truck oder auf einem schwarzen Hengst, ich zucke nur mit den Schultern. Herrlich! Obwohl er als halb verschleierter Wüstenkrieger echt heiß wäre, das muss ich schon zugeben.

Dank Shania sprühe ich vor Zuversicht, als ich vierzig Minuten später mein Ziel erreiche. Heute Abend kann mir nichts und niemand etwas anhaben. Erst recht nicht Alec Cooper. Ich mache meinen Job, *sehe dabei umwerfend aus*, und Schluss.

Cinderella und der Wolf

Bobby

Das Anwesen der Vandevilles in Bel Air ist von einer hohen Mauer umgeben, auf der Südseite befindet sich zwischen zwei Säulen ein schmiedeeisernes Portal mit Kameraüberwachung. Ich setze den Pontiac knapp davor und steige aus, um die Gegensprechanlage zu betätigen. Schon erklingt ein von leisem Rauschen untermaltes »Guten Abend«.

»Mein Name ist Bobby Sedgwick. Ich bin mit Mister Coo...«

Mit einem Klicken bricht das Rauschen ab, das Portal wird entriegelt, und die schweren schmiedeeisernen Flügel bewegen sich nach innen. Offenbar stehe ich auf der Gästeliste. Erleichtert darüber, keine umständlichen Erklärungen abgeben zu müssen, rutsche ich wieder hinters Lenkrad und setze meinen Weg fort. Eine lange Auffahrt, mit weißem Kies belegt, windet sich durch einen sorgfältig angelegten Park auf eine festlich beleuchtete mehrstöckige Villa zu. Davor stehen Menschen, in der Masse Männer, die rauchen und sich unterhalten. Ich vermute, dabei handelt es sich um die Chauffeure der Edelkarossen, die wie Ausstellungsstücke auf dem großen Rondell abgestellt sind. Rolls-Royce, Maserati, Mercedes-Maibach, Lamborghini, Aston Martin ... dazu der Pontiac. Ein Wunder, dass nicht alle Gespräche verstummen, als ich mich laut tuckernd nähere!

Etwas unschlüssig halte ich den Wagen an. Was

jetzt? Bevor ich mir weiter darüber Gedanken machen kann, eilt ein livrierter Page auf mich zu, um ihn zu parken. Mit einem verlegenen Lächeln steige ich aus und reiche ihm den Schlüssel. Kurz rücke ich den Sitz meines Kleides zurecht, das während der Fahrt nach oben gerutscht ist, kralle mich an meiner Handtasche fest und blicke mich um. Ich mag in Los Angeles leben, aber das hier ist nicht unbedingt eine Umgebung, die ich gewöhnt bin. Meine Augen schweifen suchend hin und her, bis sie von blauem Eis gebannt werden. Mein Herz schlägt einen Purzelbaum.

Alec.

Sekundenlang starren wir uns an, bevor ich mir einen Ruck gebe und auf ihn zugehe. Er trägt einen schwarzen Smoking mit Fliege und sieht aus wie James Bond, nur dunkler und verwegener. Während ich den Abstand zwischen uns verringere, scannt er jeden Zentimeter meines Körpers, ein Gefühl, als wäre ein glühend heißer Scheinwerfer auf mich gerichtet. Der Weg kommt mir endlos vor, zumal ich inzwischen die Aufmerksamkeit einiger anderer Männer auf mich gezogen habe. Trotz der Pfennigabsätze und des Puddings in meinen Beinen komme ich, ohne zu stolpern oder umzuknicken, am Ziel an.

»Findet mein heutiges Outfit mehr Gnade vor Ihren Augen?«, frage ich Alec statt einer Begrüßung.

Angriff ist bekanntlich die beste Verteidigung.

»Gnade ist nicht unbedingt das, was mir eben durch den Kopf gegangen ist«, erwidert er mit spöttischem Unterton.

Betont lässig zucke ich mit den Achseln. Was immer er damit andeuten will, es prallt an mir ab. Ich habe das Flackern in seinen Augen gesehen. Bewunderung lag darin und noch etwas anderes, das ich nicht bestimmen kann. Abgesehen davon müsste ich schon blind sein, um nicht zu merken, dass mich die Männer ringsum mit den Augen verschlingen. Meine Gefühle pendeln zwischen Befangenheit und Machtrausch.

»Alec, wollen Sie uns den strahlenden Stern an Ihrer Seite nicht vorstellen?«, fragt einer der Männer. Er steht im Halbdunkel, und mehr als sein Profil kann ich nicht erkennen.

»Gern«, antwortet Alec. »Das ist Bobby Sedgwick. Sie ist Reporterin beim *53 Riverside Journal* und schreibt zurzeit eine Reportage über *Cerberus*. Sie begleitet mich, um einen Eindruck von unserer Arbeit zu bekommen.« Er weist auf den Mann, der in diesem Moment aus dem Schatten tritt und mir die Hand entgegenstreckt. »Bobby, darf ich Ihnen den Gastgeber vorstellen? Jacob Vandeville.«

Er siezt mich wieder. Offenbar hat er entschieden, den gestrigen Vorfall zu ignorieren, was mir nur recht sein kann.

»Angenehm«, entgegne ich und blicke den Millionär an.

Er besitzt ebenmäßige Züge, grüne Augen und kurze blonde Haare, und er hat einen gewissen Ruf. Die Millionen hat er von seinem Vater geerbt, der in den 90er Jahren mit Computerchips ein Vermögen angehäuft hat. Die ersten zwanzig Jahre seines Lebens war Jacob Vandeville von Beruf Sohn, bis sein Vater frühzeitig verstarb und er die Leitung des Konzerns übernahm. Zur Überraschung aller entpuppte er sich als Finanzgenie und vervielfachte das Familienvermögen innerhalb weniger Jahre. Dabei ist Jacob Vandeville gerade mal Anfang dreißig.

»Willkommen in meinem bescheidenen Heim«, sagt

er mit einem charmanten Lächeln. »Ich hoffe, Sie werden sich gut amüsieren.«

»Ich bin zum Arbeiten hier, Mister Vandeville«, erwidere ich sanft, aber bestimmt.

»Nennen Sie mich Jacob.« Sein Griff wird fester. »Sie wissen aber schon, dass man Arbeit mit Vergnügen verbinden kann?«

»Das ist mir wohlbekannt«, sage ich und entziehe ihm meine Hand. »Ich werde mein Bestes tun.«

Sein Blick bleibt auf meinen Lippen haften. »Wenn Sie wollen, bin ich Ihnen dabei gern behilflich ...«

Holla! Baggert der mich etwa gerade an?

Ehe ich zu einer Erwiderung ansetzen kann, packt mich Alec am Arm. »Entschuldigen Sie uns für einen Moment, Mister Vandeville. Ich muss mit Bobby kurz etwas besprechen.«

Der Millionär grinst schelmisch. »Natürlich. Aber bleiben Sie nicht zu lange fort.«

»Was ist los?«, frage ich Alec, nachdem er mich ein Stück zur Seite gezogen hat.

»Ich muss Sie warnen, Bobby«, flüstert er eindringlich.

Diverse Schreckensszenarien blitzen vor meinem inneren Auge auf. Gab es eine Morddrohung gegen Evan Young? Rückt gleich das Bombenkommando an? Oder ist nur die Mindesthaltbarkeit des Kaviars abgelaufen?

»Jacob Vandeville verschleißt Frauen wie andere Männer ihre Socken«, erklärt Alec weiter.

Perplex starre ich ihn einen Moment lang an, dann pruste ich los. Ich kann nicht anders. Es bricht einfach aus mir heraus. Aus dem Augenwinkel sehe ich, wie sich einige Köpfe in unsere Richtung drehen. Nicht besonders ladylike, ich weiß, aber das ist mir ziemlich schnuppe.

»Das sagen ausgerechnet Sie?«, gluckse ich. »Ich wusste gar nicht, dass Sie ein solcher Spaßvogel sind.«

Alec, der mich immer noch am Arm festhält, verstärkt seinen Griff. »Das ist mein Ernst, Bobby.« Sein harter Blick bohrt sich in meinen. »Ich erkenne ein Raubtier, wenn ich es sehe. Halten Sie sich fern von Jacob Vandeville.«

Mit einem Lächeln trete ich dicht an ihn heran und lege den Kopf in den Nacken, sodass meine Lippen beinahe seine Wange berühren. Heute Abend strotze ich vor Selbstbewusstsein. »Sie wissen aber schon, dass Sie mit Ihrer albernen Warnung das genaue Gegenteil erreichen, oder?«

Wütend starrt er mich an. Die Luft knistert vor Spannung, und während sich unsere Blicke ineinander verhaken, verblasst die Welt um uns herum. Die Zeit steht still … *Wird er mich jetzt küssen?* Bis Alec seine Augen von mir löst und auf den Kiesweg hinter mir richtet.

»Evan Youngs Limousine«, sagt er mit rauer Stimme.

Von der Villa her ertönt ein spitzer Schrei, und aus der offenen Eingangstür in der Größe eines Scheunentors stürzt ein junges Mädchen in einem pinkfarbenen Kleid hinaus. Es ist Jacob Vandevilles 14-jährige Schwester Viola. Ihren rosa Wangen und den strahlenden Augen nach zu urteilen, ist sie der Evan-Young-Fan in der Familie. Hinter ihr strömen elegant gekleidete Menschen nach draußen, um einen Blick auf den Ehrengast zu erhaschen. Aus der Limousine steigen Evan in einem türkisfarbenen Samtanzug, gefolgt von Alicia Morgan in einem engen nachtblauen Kleid von Gucci mit aufsehenerregendem Rückenausschnitt. Sie macht eine ausgezeichnete Figur, das muss ich neidlos zugeben, an ihrer Seite ist ein Schönling, den sie wie eine Trophäe mit sich herumschleppt. Er ist gut zwanzig Jahre jünger und vermutlich Callboy, was mich nicht weiter schockiert. Jedem das Seine. Bedenklicher finde ich die heimlichen Blicke, die sie Alec zuwirft. Ganz offensichtlich ist ihre Begleitung der klägliche Versuch, ihn eifersüchtig zu machen.

Plötzlich tut sie mir leid. Ich presse die Lippen zusammen. Warum führen sich toughe, clevere Frauen wegen Machos wie Alec Cooper immer wieder idiotisch auf? Wobei ich mich leider nicht ausnehme. Das bringt mich zum Grübeln, und so beschließe ich, Jacob Vandevilles Ratschlag zu beherzigen und mich heute Abend zu amüsieren.

Ganz ohne Alec.

Inzwischen hat sich eine Traube Menschen um den Hausherrn und seine kichernde kleine Schwester gebildet, die ihren Ehrengast begrüßen. Während sich der Pulk langsam Richtung Hauseingang schiebt, sorgt Alec für den nötigen Freiraum. Unter dem Vordach, das von vier wuchtigen Säulen getragen wird, pickt mich einer von Vandevilles Bodyguards aus der Gruppe heraus.

»Ihr Handy, Miss Sedgwick«, fordert er mich freundlich auf.

Wortlos reiche ich ihm das Gerät, dann trete ich über die Schwelle. Das Foyer ist riesig und atemberaubend schön! Der Boden ist mit terrakottafarbenen Fliesen ausgelegt, in der Mitte prangt ein sprudelnder Springbrunnen, dahinter winden sich links und rechts zwei helle Marmortreppen nach oben zu einer Galerie. Gekrönt wird das Ganze von einem funkelnden Kristallleuchter. Mehrere bicolore Torbögen führen in benachbarte Räume, die an Pracht dem sicher in nichts nachstehen. Soviel ich weiß, lebt Jacob Vandeville allein in dieser Villa. So prachtvoll sie auch ist, für mich wäre das nichts. Ich mag es eher klein und gemütlich, dafür mit einem großen Garten. Während Jacob Vandeville seinen Ehrengast samt Entourage herumführt, zu dem Alec und Alicia Morgan gehören, sehe ich mich in den anderen Räumen um. Wie erwartet, funkelt und strahlt es vom Boden bis zur Decke — die teuersten Gemälde, die teuersten Möbel, das teuerste Geschirr. Das Büffet misst nicht weniger als sechzig Meter und wird von zehn ernst dreinschauenden Meisterköchen mit scharf aussehenden Messern flankiert. Übers Essen sollte man hier lieber keine dummen Witze reißen! Die lukullischen Köstlichkeiten jedenfalls sind vom Feinsten. Hummerschwänze und Belugakaviar zählen da eher zu den 08/15-Gerichten. Einige »Créations du Chef« kann ich kaum aussprechen, andere müsste ich nachschlagen. Mein persönlicher Favorit ist die blattgoldüberzogene Pyramide aus Mousse-au-Chocolat.

Im benachbarten Saal spielt eine Band, aber keine lumpige Dreimannkombo, sondern ein zwanzigköpfiges Swingorchester in weißen Smokings. Kellner mit Tabletts voller Champagnertulpen schlängeln sich von Raum zu Raum, und als einer mir ein Glas anbietet, greife ich beherzt zu. Bei Millionären gehe ich nicht häufig ein und aus, deshalb sauge ich die Eindrücke wie ein Schwamm auf. Die sündhaft teuren Kleider, der exquisite Schmuck, diese spezielle Sorglosigkeit, die Superreiche an den Tag legen, sobald sie unter sich sind. Vielleicht schreibe ich mal einen Artikel darüber. Immer wieder sehe ich Evan Youngs Samtanzug irgendwo aufblitzen. Alec, der die meisten Anwesenden um Haupteslänge überragt, ist stets dicht bei ihm, umgeben von einem Rudel Fans. Ich geselle mich nicht dazu. Warum auch? Ich würde nur im Weg stehen.

»Möchten Sie tanzen?«, ertönt plötzlich eine tiefe Stimme neben mir. Ich blicke auf. Ein Mann um die vierzig lächelt mich an. Er ist groß, dunkelhaarig mit einem sympathischen Gesicht und trägt wie die meisten hier einen schwarzen Smoking.

»Gern«, sage ich ebenso lächelnd.

Sachte nimmt er meine Hand in seine und führt mich zur Tanzfläche, auf der sich bereits einige Paare drehen. Jetzt fühle ich mich tatsächlich ein wenig wie Cinderella. Die Band spielt lateinamerikanische Rhythmen, und wir gehen in Position.

»Ich muss Sie warnen«, füge ich feixend hinzu. »Mein Chachacha ist ziemlich eingerostet.«

»Meiner auch«, erwidert er charmant. Ein echter Gentleman. »Wir werden wohl ein wenig improvisieren müssen.«

Wie sich herausstellt, heißt mein Tanzpartner Gary und ist alles andere als eingerostet. Ganz im Gegenteil. Als begnadeter Tänzer bringt er mich sicher durch die nächsten beiden Tänze. Immer, wenn ich aus dem Takt komme, führt er mich in wenigen Schritten wieder hinein. Wir scherzen und lachen, bis sich uns jemand in den Weg stellt. Es ist Jacob Vandeville.

»Gary, alter Kumpel«, sagt er mit einem Haifischlächeln. »Du hast deine bezaubernde Tanzpartnerin viel zu lange in Beschlag genommen. Zeit, sie weiterzureichen.«

Unmut steigt in mir hoch. Was bin ich? Ein Salzstreuer?

Garys Gesicht hat sich verfinstert, dennoch wagt er es nicht, dem Gastgeber zu widersprechen.

»Es war mir ein Vergnügen, Bobby«, murmelt er mit einer kleinen Verbeugung, bevor er sich entfernt.

Schon legt Jacob Vandeville seinen Arm um meine

Taille. Ausgerechnet jetzt stimmt die Band ein langsames Stück an. Ich lege meine Hände auf seine Schultern, während wir uns zu der Musik bewegen, was ihn dazu veranlasst, mich enger an sich zu ziehen.

»Sie sind viel zu hübsch für eine Reporterin«, säuselt er mir ins Ohr.

Prompt versteife ich mich. »Ihnen ist doch hoffentlich bewusst, wie unsinnig Ihre Aussage ist, oder?«, entgegne ich scharf.

Sofort ändert er seine Taktik. »Sie haben recht, entschuldigen Sie. Aber Ihre wunderschönen Augen lassen mich nicht klar denken.«

Wie um seine Worte zu bekräftigen, rutscht seine Hand, die bisher locker auf meinem Rücken gelegen hat, tiefer und macht auf meinem Po halt. Gerade will ich ihn zurechtweisen, als mein Blick auf Alec fällt, der auf der anderen Seite des Raums an der Wand steht und uns beobachtet. Seine Augen funkeln vor Wut.

»Gerade noch die Kurve gekriegt«, sage ich an Jacob gerichtet, der mittlerweile meinen Hintern knetet, als sei dieser ein Sauerteig.

Ich lasse zu, dass er meine Hände um seinen Hals legt, sodass zwischen unsere Körper kein Blatt Papier mehr passt. Innerlich verpasse ich mir eine kräftige Ohrfeige. Ich bin nicht besser als Alicia Morgan, oder sogar noch schlimmer! Ihr Begleiter sagt ihr zumindest zu, während mir Jacob Vandeville von Minute zu Minute weniger behagt. Just in dem Moment, als ich glaube, an meinem Unterleib etwas zu spüren, was ich dort unter gar keinen Umständen spüren möchte, löst sich Alec von der Wand und begleitet Evan zum Orchester. Erleichtert atme ich auf. Höchste Zeit, dieses armselige Theater zu beenden!

»Wenn Sie mich entschuldigen wollen«, sage ich.

»Meine Füße tun weh.«

»Aber jetzt wird es gerade so anregend zwischen uns«, raunt mein Tanzpartner mit einem Glitzern in den Augen, das mir gar nicht gefällt.

Ich versuche, mich von ihm zu lösen, doch sein Griff ist eisenhart.

»Mister Vandeville, bitte. Ich möchte das nicht«, appelliere ich an seinen Anstand.

Etwas, das er offenbar nicht besitzt. »Was Sie möchten, ist hier nicht von Belang! My party, my rules.«

Diesmal lässt er keinen Zweifel an seinen Absichten aufkommen und drückt seine Erektion an meinen Unterleib.

»Lassen Sie mich sofort los!«, zische ich.

Seine feuchten Lippen verziehen sich zu einem gemeinen Lächeln. »Sie werden doch keine Szene machen?«

Wütend blicke ich ihn an. Was soll ich tun? Ihn vor allen bloßstellen? Warum eigentlich nicht? Das wird ihm eine Lehre sein. Gerade als ich beschlossen habe, für ein wenig Klatsch zu sorgen, kommt die Rettung in Form seiner Schwester angeeilt.

»Jacob!«, ruft sie mit leuchtenden Augen. »Evan wird jetzt singen. Du musst ihn ankündigen.«

»Gut, ich komme.«

Der Millionär wirft mir einen letzten grimmigen Blick zu, dann lässt er mich ohne Entschuldigung stehen.

Was für ein Widerling! Zornig starre ich ihm nach. Zeit, die Mousse-au-Chocolat-Pyramide aufzusuchen! Während Evan unter dem Jubel der rund hundertfünfzig Gäste einige seiner größten Erfolge zum Besten gibt, habe ich das Büffet für mich allein. Das Tanzen und der Ärger über mich selbst haben mich hungrig gemacht, also packe ich mir zwei Hummerschwänze auf den Teller. Ein weiteres Glas Champagner genehmige ich mir gleich mit, bevor ich Block und Stift aus meinem Handtäschchen nehme, um mir ein paar Notizen zu machen. Später werde ich Alec fragen, worauf er auf solchen Partys besonders achtet und welche Gefahren lauern, sonst fehlt mir der Stoff für meinen Artikel. Notfalls schreibe ich etwas über die High Society, allerdings ohne Namen zu nennen oder in die Details zu gehen. Ich will schließlich keine Klagen riskieren.

Nachdem Evan seinen halbstündigen Auftritt beendet hat und ich bei der Mousse-au-Chocolat-Pyramide ordentlich zugelangt habe, suche ich Alec auf, der sich vor einer der Gästetoiletten postiert hat.

»Ist der Junge da drin?«, frage ich und zeige auf die vergoldete Tür.

Er nickt.

»Sagen Sie, Alec, worin genau be…«

»Verkommene Millionäre sind also Ihr Ding, ja?«, unterbricht er mich barsch.

Konsterniert starre ich ihn an. »Äh … wie bitte?«

»Sind Sie heute deshalb in diesem Fummel erschienen?« Seine blauen Augen sprühen vor Wut, seine Nasenflügel beben. »Um sich Jacob Vandeville zu angeln?«

»Wer sind Sie? Mein Vater?«, entgegne ich. »Abgesehen davon bin ich nicht gewagter angezogen als die meisten anderen Frauen hier.«

Doch er scheint nicht zuzuhören. »Sie sind eine Reporterin, verflucht, und keine …«

Empört stemme ich die Fäuste in die Hüften. »Keine was?«

»Hostess«, antwortet er durch zusammengepresste Zähne.

Hostess? Wie putzig!

»Ich kann Sie beruhigen.« Meine Mundwinkel kräuseln sich zu einem spöttischen Lächeln. »Außer natürlich, Hummerschwänze und Mousse au Chocolat gelten als Entlohnung.«

»Das ist nicht witzig.«

»Also ich finde Ihre Eifersucht schon zum Totlachen.«

»Eifersüchtig?« Er schnaubt verächtlich. »Ich?«

»Ja.« Langsam laufe ich zur Hochform auf. »Sie benehmen sich wie ein liebestoller Pennäler.«

Das Geräusch, das aus seiner Kehle steigt, kann getrost als Knurren bezeichnet werden. »Wissen Sie, was ich jetzt gern tun würde?«

»Sich die Pickel ausdrücken?«, mutmaße ich.

»Sie übers Knie legen«, antwortet er und kappt mir damit die Luftzufuhr.

Wie das Kaninchen die Schlange starre ich ihn an. »Nur über meine Leiche.« Meine Stimme klingt mit einem Mal wie die einer Neunzigjährigen.

»Das werden wir ja sehen, Lockenköpfchen«, murmelt er kaum hörbar und dann lauter. »Was zum Teufel macht der Bengel? Der ist schon viel zu lange da drin.«

Mit wild galoppierendem Herzschlag, als wäre ich gerade Marathon gelaufen, sehe ich zu, wie er gegen die Toilettentür klopft, und weil keine Reaktion kommt, an der Klinke rüttelt. Schließlich tut er etwas, was ich nur aus Filmen kenne. Er nimmt Anlauf und wirft sich mit seinem gesamten Gewicht dagegen. Es kracht, Holz splittert, und die Tür gibt ein Stück nach. Gleichzeitig erklingt von drinnen ein erstickter Schrei. Ohne zu zögern, nimmt Alec erneut Anlauf und rammt seine Schulter gegen die Tür, die mit einem Krachen auffliegt. Als er in den Raum stürmt, folge ich ihm.

»Was ist hier los?«, fragt er mit drohender Stimme.

Evan, der am Waschbecken lehnt, ist leichenblass. Ein schuldbewusster Ausdruck liegt in seinem Blick, und er ist nicht allein. Neben ihm steht ein schlaksiger Kerl, Ende zwanzig, das Gesicht zu einer wutentbrannten Grimasse verzerrt.

»Hey, Mann! Was soll der Scheiß?«, blafft er Alec an, der ihn daraufhin am Kragen packt und unsanft gegen die Kachelwand schubst.

»Du kleiner Wichser!«, grollt Alec, und es klingt sehr, sehr böse.

Erst da bemerke ich die gut fünf Zentimeter lange, weiße Linie auf der Marmorablage, daneben eine Rasierklinge und ein Röhrchen.

Koks.

Scheiße.

»Wie viel hat Evan von diesem Dreck genommen?«, will Alec wissen.

Statt zu antworten, grinst ihn der andere nur überheblich an, also richtet sich Alec an den Jungen, der wie Espenlaub zittert. Unterdessen haben sich draußen vor der Tür die ersten Schaulustigen eingefunden.

»Wie viel hast du davon genommen, Evan?«

Verschüchtert bringt dieser kein Wort heraus, schüttelt nur hilflos den Kopf.

»Nichts«, stößt der schlaksige Kerl hervor. »Der kleine Pisser hatte nicht genug Mumm, und er …«

Alec bewegt sich so schnell, dass dem anderen keine Zeit bleibt, seinen Satz zu beenden. Mit einem Sprung ist er bei ihm, packt seine Handgelenke und reißt sie auseinander, dann knallt er ihm die Stirn mit voller Wucht auf die Nasenwurzel. Das Knacken, als die Nase bricht, geht mir durch Mark und Bein. Tränen schießen aus den Augen des anderen, der mit einem Ächzen zu

Boden sackt.

»Fuck!«, heult er, während er sich an die blutige Nase fasst. »Fuck!« Und dann mit glänzendem, hasserfülltem Blick. »Weißt du überhaupt, wer ich bin, du Arschloch?«

»Ja«, antwortet Alec ungerührt. »Und es interessiert mich einen Dreck.«

»Das sollte es aber«, ertönt plötzlich eine Stimme hinter uns. Es ist Jacob Vandeville. »Sie haben meinem Vetter die Nase gebrochen.«

»Er hat es verdient.« Alec packt Evan am Arm, der sich widerstandslos mitziehen lässt. Auf Höhe des Gastgebers bleibt er stehen. »Verklagen Sie mich doch, Mister Vandeville!«, sagt er und geht weiter.

Ich hefte mich an seine Fersen, während die Gaffer eine Gasse bilden, um uns durchzulassen. Sie tuscheln und kichern und unterscheiden sich damit kein bisschen von den Normalsterblichen. Mit Trippelschritten eilt Alicia Morgan auf uns zu. Ihrer Miene nach zu urteilen, war sie anderweitig beschäftigt und hat von dem Trubel nichts mitbekommen.

»Was ist passiert?«, fragt sie.

Alec erklärt es ihr in einem Satz.

»Oh mein Gott! Danke, dass Sie da waren«, sagt sie ehrlich zerknirscht. »Damit konnte doch niemand rechnen.«

»Im Gegenteil.« Alec stößt ein freudloses Lachen aus. »Genau solche Dinge geschehen in Häusern wie diesem hier.«

Nachdem er Evan und Alicia in die Limousine verfrachtet hat, ihr Callboy zieht es offenbar vor, auf der Party zu bleiben, *arme Alicia!*, sehen wir zu, wie die roten Rücklichter immer kleiner werden und schließlich in der Dunkelheit verschwinden.

»Dann fahre ich jetzt wohl auch nach Hause«, sage ich etwas unsicher.

Alec nickt. »Ich kümmere mich darum.«

Kurz darauf bringen zwei Bedienstete unsere Wagen und mein Handy. Einen Dank murmelnd steige ich ein.

»Morgen tritt Evan wieder im *The Forum* auf, sein vorletztes Konzert in L.A.«, informiert mich Alec. Groß und dunkel steht er neben dem Pontiac und blickt mich durch die offene Scheibe an. Seine Miene ist undurchschaubar. »Seien Sie um 7 Uhr abends da.«

»Mache ich. Gute Nacht!«, antworte ich und gebe Gas.

Im Rückspiegel sehe ich, wie Alec in den Cherokee einsteigt und mir folgt. Kurz müssen wir warten, dass sich das Tor öffnet, bevor wir auf die breite palmengesäumte Allee einbiegen. Um diese Uhrzeit sind die Straßen von Bel Air wie ausgestorben. Das Leben spielt sich hinter den hohen Mauern der Villen ab, die sich wie Perlen an einer Schnur aneinanderreihen. Während ich Meile um Meile fahre, versuche ich, meine flatternden Nerven zu beruhigen. Die rohe Gewalt, deren Zeuge ich eben geworden bin, hat mich zwar schockiert, jedoch hat Alecs Stärke und seine gnadenlose Präzision eine Saite in mir zum Vibrieren gebracht. *Der perfekte Kämpfer.* Verwirrt schüttele ich den Kopf. Es soll ja Frauen geben, die sich am Anblick prügelnder Männer aufgeilen. Dazu zähle ich mich nicht. Ich hasse jegliche Art von Gewalt ... eigentlich.

Im Wagen wird es plötzlich heller, als Alec Gas gibt, um mich zu überholen. Offenbar hat er es eilig, nach Hause zu kommen. Ob dort jemand auf ihn wartet? Melissa vielleicht oder die Studiotussi von gestern Abend? Bei der Vorstellung krampft sich mein Herz zusammen. Ob es mir passt oder nicht: Ich habe eine Schwäche für

Alec Cooper. Wie neunzig Prozent der weiblichen Bevölkerung.

Superleistung, Bobby!

Ich habe den Gedanken noch nicht zu Ende gebracht, als der Cherokee unerwartet herumschwenkt, sich mit quietschenden Reifen querstellt und keine zwanzig Meter von mir entfernt stehenbleibt. Nur eine Vollbremsung verhindert, dass ich ihm seitlich reinfahre. Ein Glück, dass ich nicht so schnell unterwegs war. Benommen starre ich aufs Lenkrad, bevor ich den Motor ausmache. Meine Hände zittern. Im Lichtkegel der Scheinwerfer sehe ich, wie Alec aussteigt und sich an den Wagen lehnt. Die Fliege hängt ihm locker um den Hals, die beiden oberen Knöpfe seines Hemdes sind geöffnet. Er wirkt derart gelassen, dass der Schrecken binnen Sekunden der Wut weicht. Fluchend stürze ich aus dem Auto.

»Geht's noch?«, schreie ich ihn an. »Sie hätten mich umbringen können!«

»Unsinn«, entgegnet er seelenruhig. »Ich hatte alles unter Kontrolle.«

»Unter Kontrolle?«, wiederhole ich mit schriller Stimme.

Weiter komme ich nicht. Schon hat er den Abstand zwischen uns überwunden, mich gepackt und gegen den Cherokee gedrückt. Da er seine Hände rechts und links von mir an den Wagen stützt, bin ich eingekesselt. Als ich die Wärme seines Körpers spüre, geraten die Schmetterlinge in meinem Bauch in Panik. Seine breiten Schultern versperren mir den Blick auf die Straße, bis auf das Rauschen des Ozeans in der Ferne ist kein Laut zu hören.

»Mein Körper ist mit Adrenalin vollgepumpt, Lockenköpfchen«, sagt er mit seiner samtigen Karamellstimme. »Du wirst mir helfen, es abzubauen.«

»Wow! Das ist mit Abstand das Romantischste, was ein Mann je zu mir gesagt hat«, stoße ich höhnisch hervor, obwohl mir das Herz bis zum Hals schlägt.

»Ich bin nur ehrlich.« Seine Augen funkeln. »Außerdem weiß ich, dass du scharf auf mich bist. Ich habe es in deinem Blick gesehen.«

»Ist es bei dir üblich, jede Nacht eine andere Frau zu vögeln?«, fauche ich ihn an, ohne auf seine Bemerkung einzugehen.

So schnell sind wir beim Du angelangt.

»Ich habe die Braut gestern nicht gevögelt.«

Wortlos starre ich ihn an, beschränke mich darauf, ihn mit giftigen Blicken zu traktieren.

»Sie hat mir einen geblasen. Mehr nicht.«

Soll mich das jetzt beeindrucken oder was?

»Du bist von Blowjobs regelrecht besessen!« Inzwischen schäume ich vor Wut.

Der Arsch lacht mir offen ins Gesicht. »Zeig mir einen Kerl, der es nicht ist, Lockenköpfchen. Falls es dir ein Trost ist: Ich habe mir vorgestellt, du wärst es, die mir den Schwanz lutscht.«

»Was?« Hörbar nach Luft schnappend, versuche ich, mich aus seiner Umarmung zu lösen, aber genauso gut könnte ich versuchen, mich aus einem Schraubstock zu befreien. »Das ändert nichts«, zische ich.

»Aber das hier schon«, entgegnet er und überrumpelt mich, indem er seine Lippen auf meine presst.

Hitze schießt in meinen Schoß, als er meinen Mund in Besitz nimmt und mit seiner Zunge jeden Winkel auskostet. Ich wehre mich nicht, wie könnte ich? Stattdessen schlinge ich meine Arme um ihn und wünsche mir nichts mehr, als in seinem Kuss zu ertrinken. Ein Stöhnen drängt sich aus seiner Kehle, während er sich enger an mich drückt. Ich kann seinen Schwanz spüren. So groß und hart.

»Ich konnte den ganzen Abend an nichts anderes denken, als dir diesen Fummel vom Körper zu reißen ...«, murmelt er. »... jeden Zentimeter deiner Haut zu lecken ... und dich zu ficken.«

Seine Hand, die sich längst unter mein Kleid geschoben hat, wandert langsam nach oben, und meine Gedanken werden zu Brei. Das Bild von mir, wie ich mit Overknee-Stiefeln und hochgezogenem Rock am Straßenrand von einem Mann befingert werde, lässt mein Höschen nass werden. In Sachen Sex war ich bisher eher das, was man ein braves Mädchen nennt. So etwas Heißes wie das hier habe ich noch nie getan. Schwer atmend lasse ich zu, dass Alecs Fingerknöchel spielerisch über den feuchten Stoff zwischen meinen Schenkeln reiben.

»Sag mir, wenn ich aufhören soll, Lockenköpfchen.«

Sehr witzig!

Zwei seiner Finger tasten sich am Höschen vorbei und spreizen meine Schamlippen. Die Berührung durchfährt mich wie ein elektrischer Stoß. Wimmernd dränge ich ihm meine Hüfte entgegen, was er als Aufforderung begreift, seine Finger langsam in mich hineinzutauchen. Prompt ziehen sich meine Muskeln zusammen, ganz so, als wollten sie ihn dort für immer festhalten. Kundig reibt er über meinen Kitzler, was mir ein leises Stöhnen entlockt.

»Was, wenn ein Auto kommt?«, nuschele ich.

Mir ist schwindelig.

»Es kommt kein Auto«, antwortet er.

Ich ringe nach Luft, als er seine Finger herauszieht, um sie gleich wieder hineinzustoßen, während sein Daumen immer schneller über meinen Kitzler reibt.

»Du Mistkerl!«, keuche ich, und es klingt kein bisschen glaubwürdig, zumal mein verräterischer Körper ein Eigenleben entwickelt und sich seiner Hand entgegengewölbt.

Ich bin gerade dabei, mich in die Liste seiner Melissas einzureihen, aber das nehme ich in Kauf. Ein Zittern überkommt mich, während er mich mit seinen Fingern fickt, und das Herz springt mir fast aus der Brust. Meine Nippel sind so hart, dass sie schmerzhaft gegen den Stoff des Kleides stechen. Alec verstärkt den Druck seiner Finger, gleichzeitig stößt er seine Zunge in meinen Mund. Seine linke Hand hält meinen Nacken umklammert, sodass ich nicht ausweichen kann.

»Letzte Chance, Nein zu sagen«, flüstert er in einer kratzigen Mischung aus Verlangen und sanftem Spott.

Natürlich ist der Zug längst abgefahren. Ich spüre bereits, wie eine gigantische Welle der Lust auf mich zurast. In dem Moment, als sie mich erfasst, bricht Alec seinen sengenden Kuss ab und gibt meinen Kopf frei, der haltlos nach hinten kippt. Ungehemmt stöhne ich meine Lust heraus, während seine Finger zwischen meinen Beinen weiter unermüdlich sind. Zielsicher und auf den Punkt. Der Schweinehund weiß genau, was er tut! Der Orgasmus jagt einen Blitz nach dem anderen durch meinen Leib, ich werde heftig durchgeschüttelt, und ein Schrei kommt aus meiner Kehle, den Alec mit einem Kuss erstickt.

Nachdem der Rausch abgeebbt ist, lasse ich mich ermattet gegen ihn fallen. Das Blut rauscht mir immer noch in den Ohren, so intensiv ist mein Höhepunkt gewesen. Als sich ein Schauer über meine Haut legt, zieht Alec seine Anzugjacke aus, um sie mir um die Schultern zu legen. Dankbar nehme ich sein Geschenk an.

Versonnen streicht er über mein samtenes Halsband.

»Heute Nacht gehörst du mir, Bobby«, sagt er mit heiserer Stimme. »Folge mir mit dem Wagen. Wir fahren an einen Ort, wo ich mir viel Zeit mit dir nehmen werde.«

Das gepresste Geräusch, das ich von mir gebe, ist ein Lachen, könnte aber auch ein Stöhnen sein. »Ich ... ich muss noch meinen Artikel schreiben.«

»Dafür ist hinterher immer noch Zeit.«

Ich rechne im Kopf nach, zumindest unternehme ich den lächerlichen Versuch, aber plötzlich weiß ich nicht einmal mehr, welcher Tag heute ist, wie spät es ist oder wie viele Stunden bis zur Veröffentlichung verbleiben. Die Ziffern purzeln in meinem Kopf wild durcheinander. Eines weiß ich dafür genau: Mein Körper hat Feuer gefangen und verlangt nach mehr.

»Okay«, murmele ich.

»Gut, aber vorher will ich dein Höschen.«

Jetzt bin ich hellwach. »Was?«

»Als Rückversicherung. Nicht, dass du es dir anders überlegst.« Sein Grinsen ist teuflisch.

Mein Puls rast, als ich mir das Stück Stoff über den Hintern ziehe und dieses auf meinen Fußknöcheln landet.

»Füße hoch, Lockenköpfchen!«, befiehlt Alec rau, bevor er sich bückt, um es aufzuheben.

Sein Blick nagelt mich an Ort und Stelle fest, während er mein Höschen an seine Lippen führt. *Oh, mein Gott! Er wird doch nicht ...?* Doch er wird. Seine Zungenspitze fährt langsam über den feuchten Stoff.

»Mmm ... Ich freue mich darauf, mehr davon zu kosten«, raunt er mir zu und steckt das Höschen in seine Gesäßtasche.

Wie ich es mit meinen schlotternden Knien zum Auto geschafft habe, weiß ich nicht mehr. Die Erinnerung daran ist aus meinem Gedächtnis gelöscht.

Das Brandmal

Alec

Hoffentlich verrenke ich mir nicht den Hals, sooft wie ich in den Rückspiegel schaue, um zu sehen, ob Bobby immer noch hinter mir ist. Gut möglich, dass sie kalte Füße bekommt. Aber noch folgt sie mir brav wie ein Hündchen.

Hündchen.

Ihr verflixtes Halsband heizt seit Stunden meine schmutzige Fantasie an. Ich stelle sie mir auf allen vieren vor, nackt und mit hochgerecktem Hintern. Während ich ihr mit meiner Zunge einen Orgasmus nach dem anderen beschere, fleht sie um Erlösung und schreit meinen Namen heraus.

Und du wolltest die Finger von ihr lassen. Der Witz des Jahrhunderts!

Als sie eben gekommen ist, hat sie wunderschön ausgesehen. Anbetungswürdig! Säure steigt meinen Hals hoch, bei der Vorstellung, dass Jacob Vandeville vielleicht kurz davorstand, sie in diesem losgelösten Zustand zu sehen. Als er sie begrapscht hat, hätte ich ihm am liebsten meine Faust ins Gesicht geschmettert. Wenigstens konnte ich mich an seinem Vetter abreagieren.

Gut möglich, dass wir diesen wichtigen Kunden jetzt los sind, aber ich weiß, dass Tom mein Verhalten billigen wird. Nicht auszudenken, welchen Imageschaden Evan davongetragen hätte, wäre er im Drogenrausch gesehen worden. Abgesehen von der Tatsache, dass Koks den Körper eines 17-Jährigen schwer schädigt.

Man mag von Alicia halten, was man will, aber bisher ist es ihr erfolgreich gelungen, den Jungen vor den Schattenseiten des Ruhms zu beschützen.

Erneut blicke ich in den Rückspiegel. Die Scheinwerfer des Pontiacs sind immer noch dicht hinter mir. Wie heiß sich Bobby angefühlt hat und nachgiebig ... So nachgiebig, dass ich sie direkt am Auto hätte vögeln können, aber sie hat etwas Besseres verdient, als einen Quickie am Straßenrand. Mein Schwanz ist steinhart und schmerzt. Wenn ich sie nicht in den nächsten zehn Minuten ficke, platze ich. Es ist keine Zeit mehr, die Karten offen zu legen, ihr zu erklären, dass das hier eine einmalige Sache wird. Ich mag mich wie ein Arschloch verhalten, aber ich will nicht riskieren, dass sie in letzter Sekunde einen Rückzieher macht.

Als in der Ferne das Leuchtzeichen des *Bellevue* auftaucht, atme ich erleichtert auf. Wir sind am Ziel. Ich steuere den hell erleuchteten Parkplatz an und stelle den Wagen direkt am Eingang ab. Der Pontiac kommt neben mir zum Stehen.

»Steig aus, Bobby«, sage ich, nachdem ich ihre Wagentür geöffnet habe.

Stirnrunzelnd starrt sie an mir vorbei auf das Gebäude im Cottage-Stil, über dem das Wort »Hotel« prangt.

»Ich dachte, wir fahren zu dir«, flüstert sie.

»Nein.«

Ich nehme nie Frauen mit nach Hause, abgesehen davon, dass wir eine Stunde unterwegs wären, um dorthin zu gelangen. Behutsam umschließe ich ihre Hand und helfe ihr aus dem Wagen.

»Keine Sorge, es ist sauber, diskret – und schalldicht«, erkläre ich mit einem kleinen Lächeln.

Abrupt bleibt sie stehen. »Ich weiß nicht, Alec.«

Oh nein, meine Süße. Für einen Sinneswandel ist es

jetzt zu spät. Ich umfasse ihr Gesicht mit beiden Händen, ihre wunderschönen Augen weiten sich. Kurz bevor sich unsere Lippen berühren, flattern ihre Lider und schließen sich. Ein Seufzen entweicht ihrer Kehle, als ich sie sanft küsse. Aus Angst, die Kontrolle zu verlieren, halte ich mich zurück.

»Du wirst es nicht bereuen, versprochen«, flüstere ich, nachdem ich mich von ihr gelöst habe.

Gemeinsam gehen wir auf den Eingang zu. Nach wenigen Schritten stolpert sie, und ich umfasse ihre Taille, um sie zu stützen. Wieder plagt mich das schlechte Gewissen. Bobby ist anders als meine üblichen One-Night-Stands. Einen winzigen Moment lang zögere ich. *Herrgott, Alec, stell dich nicht so an!*, meldet sich prompt meine innere Stimme. *Du willst sie nicht schänden oder ihr das Herz brechen, sondern ihr den vielleicht besten Sex ihres Lebens bescheren.* Daran ist nichts Verwerfliches. Bobby ist eine erwachsene Frau. Mein Griff um ihre Taille wird fester, als wir die Lobby betreten. Müde blickt mir der Empfangsmitarbeiter entgegen. Zwei Hundertdollar-Scheine wechseln den Besitzer, ich schnappe mir die Schlüsselkarte, dann begeben wir uns in die obere Etage. Zielstrebig steuere ich das letzte Zimmer rechts auf dem Gang an und öffne die Tür.

»Du bist wohl nicht das erste Mal hier«, wispert Bobby.

Nein, bin ich nicht.

Statt einer Antwort schiebe ich sie hinein. Bevor sie mir wegläuft, habe ich ihren kleinen weichen Körper an die Tür gepinnt. Ihre Atmung geht schneller, und ein Beben fährt durch ihren Körper. Ich kann nicht anders, als meine Finger in ihren blonden Locken zu vergraben und sie wild zu küssen. Während meine Zungenspitze mit ihr spielt, sie neckt und herausfordert, findet meine Hand erneut den Weg zwischen ihre Beine. Nässe benetzt meine Hand. Sie wimmert, und ich genieße ihre Hilflosigkeit. Ein triumphierendes Lächeln stiehlt sich auf mein Gesicht.

»Du bist bereit für mich«, sage ich leise. »Wie aufmerksam.«

Bobby

Oh mein Gott! Was tue ich da? Ich kann nicht klar denken.

Nur keine Panik, Bobby! So etwas passiert unter Erwachsenen. Man mietet sich ein Hotelzimmer und hat Sex. Das ist das Normalste der Welt. Zum Glück erwarten mich keine modrigen Teppiche, löchrigen Gardinen und verwanzten Betten. Trotz meines seltsam entrückten Zustands kann ich erkennen, dass das Hotel ganz nett ist. Die Einrichtung ist geschmackvoll und in hellen Tönen gehalten, hier und da stehen Vasen mit Blumen. Nicht, dass die jetzt eine Rolle spielen würden, aber gut!

Mein Herz hämmert wie verrückt, und alles dreht sich. Ich will Alec so sehr in mir spüren, dass es schmerzt. Mit einer lässigen Bewegung schiebt er seine Jacke von meinen Schultern, dann öffnet er seine Hose und zieht seinen Schwanz heraus. Mit brennendem Blick sehe ich ihm dabei zu, auch wenn mir bedauerlicherweise die Pracht teilweise verborgen bleibt, weil sein Hemd darüber fällt. Seine Finger zittern etwas, als er ein Kondom aus seiner Hosentasche fischt. Dass ich offenbar die gleiche Wirkung auf ihn habe, wie er auf mich, ist absolut berauschend. Nachdem er sich das

Gummi übergezogen hat, entlockt er mir einen erschrockenen Schrei, als er mit beiden Händen meinen Hintern packt und mich hochhebt.

»Schling deine Beine um mich«, fordert er heiser, und ich gehorche.

Mit einem harten Stoß drückt er sich bis zum Anschlag in mich, und mein Schoß krampft sich gierig um seinen Schwanz.

Wie gewaltig er sich anfühlt!

Seine Augen sind von Lust verschleiert, während er die Hüften bewegt und sich wieder und wieder in mich hineinbohrt.

»Das nennst du langsam machen?«, stöhne ich unter seinen festen Stößen.

Sein Blick schnellt von meinen Lippen zu meinem Hals. »Du hättest dieses verfickte Halsband nicht anlegen sollen!«

»Natürlich. Nur weil du deine Triebe nicht im Griff hast, bin ich schuld.«

»Du redest zu viel«, grollt er und senkt seinen Mund auf meinen, um mich hart und fordernd zu küssen.

Wow! Alec Cooper steht kurz davor, die Beherrschung zu verlieren.

In meinem Bauch zuckt es unkontrolliert, was zur Folge hat, dass ein Schauder durch seine Muskeln läuft und er mich noch hemmungsloser stößt. Er nagelt mich förmlich an die Tür, lässt mir keinen Spielraum. Mein Orgasmus baut sich in rasender Geschwindigkeit auf, und als seine Hand meine Kehle umfasst, als wäre ich seine Beute, ist es um mich geschehen. Die Welt zersplittert in tausend Farben, sein Schwanz jagt Schockwellen durch meinen Unterleib. Aus seinem Stöhnen wird ein tiefes Knurren, seine Hände graben sich in mein Fleisch. Ich spüre, wie er sich verkrampft, um sich dann mit einem befreiten Laut in mir zu ergießen. Überwältigt drücke ich meine Arme und Beine fest um ihn, genieße das Vibrieren seines Körpers, bevor er sich keuchend gegen mich fallenlässt. Meinen Namen murmelnd legt er seine Stirn an die Tür. Sein Herz galoppiert, seine Haut glüht, und ich kann nicht umhin, einen Kuss auf seinen schweißnassen Hals zu drücken.

»Willst du mich nicht loslassen?«, frage ich nach einer kleinen Weile.

»Warum?« Er stößt einen wohligen Seufzer aus. »Ich finde es prima so.«

Das ringt mir ein heiseres Lachen ab. »Ich aber nicht. Meine Beine zittern wie verrückt, ich kann sie nicht mehr oben halten.«

»Dir mangelt es offenbar an Übung«, sagt er mit liebevollem Spott.

Die Zärtlichkeit in seinem Blick bringt mich völlig aus dem Konzept.

»Idiot«, murmele ich in seiner Halskuhle, als er mich hochhebt und mich zum Bett trägt.

Vorsichtig lässt er mich herunter. Die Laken fühlen sich auf meiner erhitzten Haut herrlich kühl an.

»Umdrehen«, verlangt er, und ich tue ihm den Gefallen.

Ich spüre, wie sich die Matratze unter mir senkt, als er sich aufs Bett setzt. Routiniert, als hätte er das schon tausend Mal gemacht (was vermutlich auch stimmt) öffnet er den Reißverschluss meines Kleides. Seine Finger gleiten über meine nackte Haut, wo sie eine prickelnde Spur hinterlassen, und öffnen den Verschluss meines BHs. Ebenfalls etwas, das er im Schlaf beherrscht.

»Ausziehen.« Seine harte, raue Stimme, die mit Karamell nicht mehr viel gemein hat, setzt meinen Schoß sofort wieder in Flammen. Ich drehe mich um, streife den Stoff von meinen Schultern, ziehe meine Arme aus den Ärmeln und verharre kurz in der Haltung. Blinzelnd blicke ich zu Alec hoch, der mich mit einem kleinen Lächeln bedenkt.

»Warum so schüchtern, Lockenköpfchen?«

Obwohl er um Gelassenheit bemüht ist, steht ihm die Gier ins Gesicht geschrieben. Das spornt mich an. Ohne ihn aus den Augen zu lassen, ziehe ich das Kleid herunter. Wie erwartet löst sich der schwarze Spitzen-BH mit, und meine Brüste geraten leicht in Bewegung. Sein Blick heftet sich auf mein nacktes Fleisch, und ich kann sehen, wie sein Adamsapfel hüpft, als er schwer schluckt. Das gefällt mir. Ich hebe das Becken, um das Kleid über meinen Hintern zu ziehen, das ich achtlos auf den Boden werfe. Die Schenkel halte ich fest aneinander gepresst. *Noch.* So viel Mut bringe ich dann doch nicht auf.

»Lass die Stiefel an«, sagt er heiser, ehe ich Anstalten machen kann, sie auszuziehen.

Während ich mich auf meinen Ellenbogen abstütze, mustert er mich gründlich. »Hast du deine Sommersprossen schon mal gezählt?«, fragt er.

Ich stoße ein leises Lachen aus. »Nein.«

»Dann muss ich das wohl übernehmen.«

Mit einem schiefen Lächeln beugt er sich über mich, um die hellbraunen Pünktchen auf meinem Dekolletee mit kleinen Küssen zu versehen, dabei zählt er leise mit. Als sich seine Hände zum ersten Mal um meine Brüste legen, schlage ich meine Zähne in meine Unterlippe, um nicht laut aufzustöhnen. Mit den Daumen streichelt er über meine steil aufgerichteten Nippel, zupft sie und beißt sanft hinein. Seine Zunge leckt über die harten Knospen, und mir entschlüpft ein leises Wimmern.

»Du bist wunderschön«, murmelt er.

»Mag sein«, erwidere ich, durch sein Kompliment übermütig geworden. »Aber jetzt will ich sehen, ob du mithalten kannst.«

Mein Atem beschleunigt sich, als ich sein Hemd aufknöpfe und über die Schultern ziehe. Meine Augen saugen sich an dem dunkelblauen Tattoo über seinem Herzen fest.

»Das Trident der Navy-Seals«, erklärt er leise. »Weißt du, was es bedeutet?« Ich schüttele den Kopf. »Der Anker symbolisiert die Zugehörigkeit zur Navy, der Adler die Sprungfähigkeit, der Dreizack die Kampftauglichkeit und die Pistole die Kommandofähigkeit an Land.«

Darunter steht in verschnörkelten Buchstaben *Semper Fidelis*. Immer treu. Wie hypnotisiert starre ich ihn an, als er aufsteht, um sich seiner Hose zu entledigen. Sein Körper ist muskelbepackt, seine Haut glatt und sein Bauch hart wie Stein. Vor allem seine starken Oberarme rauben mir den Atem. Er zieht seine Unterhose herunter, kickt sie weg, und sein Schwanz springt mir entgegen. Groß und schwer, mit dicken Adern überzogen, auf der Spitze schimmert ein Tropfen. Neue Wellen der Begierde ziehen durch meinen Unterleib.

»Kein Wunder, dass dir die Frauen dauernd einen blasen wollen!«, entfährt es mir.

»Was?«, platzt es aus ihm heraus.

Wie eine läufige Hündin, anders kann ich das nicht sagen, robbe ich auf ihn zu und lege meine Hand um sein nacktes Fleisch, was bei ihm ein wollüstiges Geräusch auslöst. Durch meine Wimpern sehe ich zu ihm auf, während ich mit der Zungenspitze über seine samtige Haut fahre. Wie berauscht sauge ich den schwülen Geruch seiner Männlichkeit ein.

»Weißt du eigentlich, wie verboten heiß du aussiehst auf allen Vieren mit deinen Stiefeln und dem Halsband?«, krächzt er.

»Hmm«, antworte ich nur und schiebe seinen Schwanz zwischen meine Lippen.

Sein Penis schwillt in meinem Mund an, und ich höre ihn flach ausatmen. Forschend lasse ich meine Zunge um seine pralle Eichel kreisen, bevor ich ihn tiefer hineindrücke. Seine Finger krallen sich in meinen Haaren fest, fixieren meinen Kopf, während sein Becken zu pumpen beginnt. Inzwischen tropfe ich vor Geilheit. Niemals hätte ich gedacht, dass es mich so erregen würde, einen Mann mit dem Mund zu befriedigen. Die pure Lust, die aus den blauen Tiefen seiner Augen lodert, erhitzt mich zusätzlich. Meine Lippen ziehen sich enger um ihn, saugen mit mehr Nachdruck. Ich spüre, wie er in meinem Mund pulsiert und sein Griff um meinen Kopf fester wird, damit er seinen Schwanz noch tiefer in meinen Rachen rammen kann. Genüsslich lecke ich sein Fleisch, gebe kleine lustvolle Geräusche von mir, bis er sich unerwartet von mir löst.

»Hör auf damit!«, brummt er.

»Womit?« Mit einem unschuldigen Lächeln blicke ich ihn an.

»Du klingst, als würdest du gerade an einer Süßspeise naschen.«

»Aber das tue ich doch«, sage ich und öffne gierig den Mund.

»Fuck, Bobby!«, flucht er und stößt mich rückwärts auf das Bett, dann schnappt er sich ein Kondom aus seiner Hose, die auf dem Boden liegt. »Du machst es einem verflucht schwer, langsam vorzugehen!«

Jetzt liege ich vor ihm auf dem Rücken, die angewinkelten Beine weit gespreizt. Mit verschleierten Augen beobachte ich, wie er sich das Kondom überzieht.

Wie viele von den Dingern hat er eigentlich dabei?

Mit einem Sprung ist er bei mir, zieht meine Arme grob über den Kopf und legt meine Handgelenke über Kreuz. Mit einer Hand nagelt er sie am Bett fest, die andere legt er um meinen Hals. In einer aufreizenden Bewegung wölbe ich mich seinem Schwanz entgegen, der sich zwischen meine Beine schiebt.

»In Sachen Durchhaltevermögen mangelt es dir offenbar an Übung«, säusele ich, seine Formulierung von vorhin aufgreifend.

»Ich werde dir gleich zeigen, was es mit meinem Durchhaltevermögen auf sich hat«, brummt er dicht an meinen Lippen.

Bei seinen Worten zieht sich mein Magen flatternd zusammen. Wider Erwarten dringt er sanft in mich ein, und obwohl mir das Sprechen bereits schwerfällt, kann ich es nicht lassen, ihn auch jetzt noch aufzuziehen.

»Ehrlich gesagt bin ich da ein wenig skept…«

Weiter komme ich nicht. Der Rest wird von seinem Kuss erstickt. Unsere Zungen prallen aufeinander, fechten einen sinnlichen Kampf aus, während er mich gemächlich stößt. Sein Unterleib bewegt sich langsam vor und zurück, erzeugt süße Qualen. Das Feuer, das er schürt, entwickelt sich zu einem Brandherd, als er meinen Hals loslässt und mit dem Daumen meinen Kitzler zu reizen beginnt. Zunächst vorsichtig, dann immer schneller und unbarmherziger. Seine nackte Haut auf meiner, sein warmer Atem in meinem Nacken und sein harter Griff um meine Handgelenke schalten meinen Verstand aus. Raum und Zeit verschwimmen. Meine Zehen krümmen sich, mein Schoß zieht sich zusammen. Ein kurzes Innehalten, dann bricht das Universum auseinander, und ich wirble haltlos durch einen Orkan.

Oh mein Gott!

Als ich wieder die Augen öffne, begegne ich seinem dunklen Blick.

»Bobby …«, stöhnt er und legt seine vornehme Zurückhaltung ab.

Mit einem Knurren krallt er sich in meinen Haaren fest und reißt meinen Kopf nach hinten. Messerscharf stößt er seinen Schwanz in mich, verharrt einen Moment, bevor er seine Bewegungen wieder aufnimmt und ich mich gierig seinen Stößen entgegendrücke. Meine Beine zittern vor Anspannung, das Herz pocht hart in meiner Brust. Sein stählerner Griff lässt kein Entkommen zu, seine Stöße werden immer wilder.

»Du gehörst mir«, sagt er. Seine Stimme ist nicht mehr als ein Keuchen.

Jeder Muskel in meinem Körper beginnt, unkontrolliert zu zittern. Eine nie gekannte Ekstase überkommt mich. Meine Nägel graben sich tief in sein erhitztes Fleisch, als ein Orgasmus mich erneut aus meinem Körper schleudert. Ich ertrinke förmlich in meiner Lust, schnappe hilflos nach Luft, während meine Muskeln seinen Schwanz gierig umklammern. Mein Höhepunkt fühlt sich intensiver an als alles, was ich bisher erlebt habe.

Ich falle in ein schwarzes Nichts.

Sterbe ich gerade?

Die Kontraktionen in meinem Inneren sind so stark, dass ich Alec mit mir in den Abgrund reiße. Wie durch eine Nebelwand sehe ich, wie er den Kopf zurückwirft, die Sehnen am Hals treten überdeutlich hervor.

»Oh Gott, Bobby! Scheiße!«, keucht er, dann stößt er noch einmal hart zu und ergießt sich mit einem kehligen Stöhnen.

Dunkle Punkte tanzen vor meinen Augen, als er

kommt. Wieder und wieder. Es scheint, als ob er gar nicht mehr aufhören kann. Eine Träne der Enttäuschung rollt über meine Wange, weil mir sein heißer Samen verwehrt bleibt.

Ich hasse Kondome!

Hinterher lässt er sich schwer atmend neben mich fallen, ohne mich loszulassen. Ich ringe nach Luft, mein Herz trommelt schmerzhaft gegen meine Rippen. Mein Körper fühlt sich angenehm matt und schwer an. Seufzend schmiege ich mich an ihn, während er träge meinen Rücken streichelt. Fühlt es sich für ihn immer so an? Auch mit Melissa? Ich verdränge den Gedanken, koste seine Nähe aus.

»Es war der ... Wahnsinn.« Ein anderes Wort fällt mir nicht ein.

»Das war es.« Sachte schiebt er mir eine feuchte Strähne aus der Stirn.

Lange Zeit regen wir uns nicht, bis er sich irgendwann aufstützt, um mir ins Gesicht zu sehen. Seine Miene ist schwer zu deuten. »Bobby, hör zu ...« Er räuspert sich. »Ich hoffe, du überbewertest das hier nicht.«

Verwirrt starre ich ihn an. »Ich verstehe nicht.«

»Du bist ein liebes Mädchen, deshalb will ich ehrlich zu dir sein«, sagt er mit gedämpfter Stimme. »Das eben war unglaublich. Aber es war nur Sex, okay?« Als ich seinen Blick suche, weicht er aus. »Ich bin nicht an einer festen Bindung interessiert. Vor dir gab es viele Frauen in meinem Leben, und es wird auch nach dir viele Frauen geben.«

Und ausgerechnet er hat einen Treueschwur über seinem Herzen tätowiert!

»Warum erzählst du mir das?«, frage ich leichthin, obwohl mir übel ist.

»Ich möchte nur eventuelle Missverständnisse aus

der Welt schaffen. Nicht, dass du dir irgendwelche Hoffnungen machst.«

Meine Finger zucken. Am liebsten würde ich ihm eine knallen. »Sagst du das jeder Frau, mit der du gerade Sex hattest? Das ist ziemlich abtörnend.«

»Äh, nein ...« Er wirkt etwas irritiert. »Ich wollte nur, dass zwischen uns alles klar ist.«

»Mach dir keine Gedanken!«, sage ich, während ich meinen BH anziehe, um zu überspielen, wie verletzt ich bin. »Ich habe einen Freund.«

Konsterniert starrt er mich an. »Du hast *was?*«

»Warum so überrascht?«

»Ich hätte dich nicht für jemanden gehalten, der fremdgeht.« Seltsamerweise klingt er wütend. »Du wirkst so verflucht unschuldig!«

»Ich gehe nicht fremd im eigentlichen Sinne«, erkläre ich. »Wir führen eine offene Beziehung. Wenn ich mit anderen Männern schlafe, geschieht das mit seinem Einverständnis.«

»Kommt so etwas häufiger vor?«

Ich zucke mit den Achseln. »Klar.«

Vermutlich war die Geste doch etwas zu lässig, denn Alec runzelt die Stirn. »Wie heißt dein Freund?«

»Dave«, antworte ich wie aus der Pistole geschossen. »Er ist Archäologie-Dozent am UCLA Cotsen Institute.«

»Wirklich?«

»Aber ja«, entgegne ich und schlüpfe in mein Kleid. »Er ist ein wunderbarer Mann. Groß, braunhaarig mit dunklen Augen. Und er hat zwei Doktortitel.«

Ich spüre, wie sich meine Wangen aufheizen, während ich Alec eine Lüge nach der anderen auftische.

»Dass du fremde Typen vögelst, macht ihm also nichts aus?« Seine Miene verfinstert sich immer mehr.

»Nein«, antworte ich und zeige auf den Reißverschluss. »Könntest du bitte?«

Murrend robbt er zu mir rüber, um mein Kleid zu schließen. »Ich würde niemals erlauben, dass ein anderer Mann meine Frau auch nur schief ansieht.«

»Nur gut, dass du nie in die Situation kommen wirst, nicht wahr? Das hast du eben unmissverständlich erklärt«, sage ich. »Wo ist mein Slip?«

»Hosentasche«, brummt er.

Nachdem ich mein Höschen aus der Tasche gefischt und angezogen habe, wende ich mich ihm ein letztes Mal zu. »Ich muss los.«

Ehe ich die Tür erreicht habe, packt mich Alec am Arm und zieht mich forsch zu sich. Sein Mund verschließt meinen mit einem harten Kuss, im Gegenzug streicheln mich seine Hände mit einer Zärtlichkeit, die mich zu Wachs werden lässt. Seufzend dränge ich mich an ihn. Schon lösen sich seine Lippen von meinen, wandern zu meinem Hals und saugen sich an der Haut fest, direkt dort, wo das Samtband endet. Dabei geht er nicht gerade zimperlich vor, es brennt und zwickt heftig.

»Damit du mich nicht vergisst«, sagt er mit harter Stimme und gibt mich frei.

Meine Beine versagen mir beinahe den Dienst, als ich das Hotel verlasse und ins Auto steige. Bevor ich losfahre, schaue ich mir meinen Hals im Rückspiegel an. Der Mistkerl hat mir einen Knutschfleck verpasst, und was für einen! Ich starte den Pontiac und fahre zurück auf die Straße. Immer wieder streiche ich mit dem Finger über die geschwollene Stelle. Eine Woge aus Verzweiflung brandet über mich hinweg. Ich erkenne die ersten Anzeichen einer Verliebtheit, wenn ich sie sehe. Unvermittelt treten mir Tränen in die Augen.

So ein verdammter Schlamassel!

Ein freundschaftlicher Rat

Bobby

Die warmen Croissants in der bunten Papiertasche von *Pierre's* verströmen einen verführerischen Duft, dem ich nicht mehr lange widerstehen kann. Glücklicherweise stehe ich bereits vor dem roten Klinkerhaus im Westen von Pasadena, wo meine Freunde Leo und Dave leben. Ich klingele, und die Tür geht mit einem Summen auf. Jeden zweiten Sonntag bin ich bei ihnen zum Brunch eingeladen. So wie heute. Die beiden wohnen im 4. Stock ohne Aufzug, also quäle ich mich die Stufen hoch. Als ich keuchend oben ankomme, steht Dave auf der Schwelle und begrüßt mich mit einem kleinen Lächeln.

»Bobby!«, ruft er und drückt mich. »Willkommen!«

»Danke.« Ich gebe ihm einen Kuss auf die Wange. »Wie geht's dir?«

»Gut. Komm rein. Leo ist noch in der Küche beschäftigt.«

Als ich Alec meinen »Freund« beschrieben habe, habe ich mich eng an der Wahrheit angelehnt bis auf die unbedeutende Kleinigkeit, dass Dave schwul ist. Er ist schlank, hat braune Haare und ein langes aristokratisches Gesicht. In seinen altmodischen Tweed-Anzügen wirkt er ein wenig so, als wäre er gerade mit der Zeitmaschine aus dem viktorianischen London angereist. Er strahlt Ruhe und Souveränität aus, etwas, das ich sehr an ihm mag.

Nachdem ich meine Schuhe ausgezogen habe, folge ich Dave durch den schmalen Flur, der zum Wohnzimmer führt. Die Altbauwohnung ist mit viel Geschmack eingerichtet, was vor allem Leo zu verdanken ist.

»Möchtest du ein Glas Champagner?«, fragt mich Dave, als ich ihm die Croissants reiche.

»Gern, aber nur einen kleinen Schluck. Im Gegensatz zu euch muss ich heute noch arbeiten. Wo ist Leo?«

»Er kämpft mit der Quiche.«

»Ich kämpfe nicht«, ertönt es prompt aus der Küche. »Ich kreiere.«

»Hast du das neue Buch von T.C. Boyle schon gelesen?«, wendet sich Dave an mich, nachdem er mir ein halbvolles Glas in die Hand gedrückt hat.

»Nein. Ist es gut?«

»Und wie! Es geht um vier Männer und vier Frauen, die zwei Jahre lang in einer Art Terrarium eingeschlossen sind. Der Stoff für jede Menge Ärger. Es ist grandios und sehr böse.« Dave lächelt. »Wenn du willst, leihe ich es dir, sobald ich damit durch bin.«

»Gern.«

In dem Moment schält sich Leo aus der Küche und kommt mit ausgebreiteten Armen auf mich zu.

»Lass dich drücken, Süße!«, ruft er und küsst mich dreimal auf die Wangen. »Du siehst irgendwie anders aus.« Mit zusammengekniffenen Augen mustert er mein Gesicht. »Wüsste ich es nicht besser, würde ich sagen: frisch durchgevögelt.«

So ist Leo. Geradeaus. Er und Dave könnten unterschiedlicher nicht sein. Während sein Partner eher reserviert ist, redet Leo nicht lange um den heißen Brei herum. Auch optisch unterscheiden sie sich deutlich voneinander. Leo trägt die blonden Haare sehr kurz, neigt ein wenig zu Fülle und mag seine Kleidung bunt und ausgefallen, was Sinn macht, ist er doch Stoffdesigner. Leo ist der kreative Typ, Dave der bodenständige, und beide passen perfekt zusammen. In meinem Bekanntenkreis kenne ich kein glücklicheres Paar. Noch niemals habe ich erlebt, dass sie streiten, dabei sind sie schon zehn Jahre liiert. Vor drei Jahren wurde die Homoehe in Kalifornien legalisiert – keine Ahnung, warum sie nicht längst verheiratet sind. So offen sich Leo üblicherweise gibt, aber spreche ich das Thema an, verschließt er sich wie eine Auster, und an Dave beiße ich mir erst recht die Zähne aus.

Ansonsten haben wir kaum Geheimnisse voreinander.

»Also wie sieht's aus, Schatz?«, bohrt Leo. »Habe ich recht, oder verlässt mich mein Instinkt, jetzt da ich ein alter Mann bin?«

Vor zwei Monaten hat Leo seinen vierzigsten Geburtstag gefeiert und ist erst einmal in eine Lebenskrise geraten, die volle acht Stunden gedauert hat. Bis zu dem Moment, als die ersten Gäste eingetroffen sind und ihm eine Party geboten haben, die sich gewaschen hat, samt Champagner-Pyramide, Stripper und singendem Liza-Minelli-Double. Noch heute muss ich lachen, wenn ich daran denke.

Leo kann man schlecht etwas vormachen, also schiebe ich mein Halstuch ein wenig zur Seite.

»Ein Knutschfleck!«, ruft er entzückt, während mich Dave entgeistert anstarrt. »Ich wusste es.«

»Ich brauche euren Rat«, sage ich, als wir an dem gedeckten und mit Leckereien bestückten Tisch Platz nehmen, der mit blühendem Flieder und lila Plastikherzen dekoriert ist.

Leo stößt einen tiefen Seufzer aus. »Du willst dir endlich eine neue Brille zulegen.«

Mit diesen Worten hebt er die Hand zum Highfive, in die Dave einschlägt, ohne hinzuschauen.

»Ehrlich«, brumme ich. »Wer Freunde hat wie euch, braucht keine Feinde.«

Dave versetzt mir einen liebevollen Stoß mit dem Ellenbogen. »Ach komm, wir nehmen dich nur auf den Arm. Mit der Brille siehst du niedlich aus.«

»Ja, wie die Eule Archimedes aus *Merlin und der Zauberer*«, schiebt Leo hinterher.

»Archimedes trägt keine Brille.« Böse starre ich die beiden an. »Außerdem ist es nur eine Ersatzbrille.«

»Und das Erste, was ein Typ nach einem One-Night-Stand von dir sieht«, erwidert Leo.

»Alec hat mich damit schon gesehen und ist trotzdem nicht schreiend davongelaufen«, murmele ich.

»Wer ist Alec?«, kommt es einstimmig zurück.

»Der Typ, der mir das hier verpasst hat«, sage ich und zeige auf meinen Hals.

»Und wie war's?«, fragt Leo mit leuchtenden Augen.

Ich werde flammend rot. »Ziemlich heiß.«

»Was bedeutet ziemlich heiß?«

»Auf einer Skala von 10 war es eine 11.«

Während Leo mit den Lippen ein »Wow« formt, will Dave Details. »Wie ist er so?«

»Ein Albtraum!«, kommt es postwendend zurück.

Dave runzelt die Stirn. »Warum das?«

»Er ist Bodyguard und sieht auch so aus«, erkläre ich, Leos beseeltes Seufzen ignorierend. »Groß und breit wie ein Schrank, eisblaue Augen und ein echter Frauenverschleißer.«

»Aber er ist gut im Bett?«, fragt Dave pragmatisch nach.

»Ja.«

»Na, dann nimm mit, was du kannst.«

Ich senke die Augen. »Das ist das Problem.«

»Oho. Den Ausdruck kenne ich«, sagt Leo alarmiert. »Du bist verknallt.«

»Ich fürchte ja.«

»Wow!«, haucht Dave. »Dass wir das nochmal erleben dürfen.«

»Ich bin völlig durcheinander.« Verlegen fahre ich mir durch die Haare. »Das ist vermutlich auch der Grund, warum ich Alec erzählt habe, ich hätte einen Freund. Und zwar dich, Dave«, füge ich hinzu und blicke auf den Genannten.

»Was?« Leo, der gerade nach einer Scheibe Roastbeef greifen wollte, fällt die Gabel glatt aus der Hand.

»Tut mir echt leid, ich bin in Panik geraten.« Und dann erzähle ich ihnen, wie es dazu kam.

»Heiliger Strohsack!«, murmelt Dave, während Leo das ziemlich unfeine F-Wort von sich gibt. »Aber wenigstens spielt er mit offenen Karten.«

»Toll«, sage ich, obwohl ich weiß, dass er recht hat. Was es nicht leichter macht.

»Und du willst von uns diesbezüglich einen Rat?«, will Dave wissen.

Ich nicke.

»Frag ihn, ob er an einem Dreier mit Dave interessiert ist«, wirft Leo ein, der sich offensichtlich bestens von dem Schock erholt hat.

»Wie bitte?«, rufen Dave und ich gleichzeitig.

»Das ist der ultimative Test. Ich wette, er sagt Nein.«

»Du hast sie echt nicht mehr alle!«, poltere ich.

»Im Ernst, Leo, ich verstehe nicht, was das bringen soll«, sagt Dave.

»Mich interessiert, wie er reagiert. Wenn er etwas für Bobby übrig hat, wird er ablehnen, da bin ich sicher.«

»Wie kommst du darauf, er könnte etwas für mich übrig haben?« Ich kann leider nicht verhindern, dass meine Stimme zittert.

»Der Knutschfleck. Er hat dir sein Zeichen eingebrannt.«

Ein wollüstiges Zittern überkommt mich. »Solange er nicht die Keule schwingt und mir eins überbrät, um mich in seine Höhle zu zerren, geht's ja noch«, flachse ich, um meine Erregung zu verbergen.

»Du glaubst, dass es etwas bedeutet?«, wendet sich Dave an Leo.

»Das gilt es, herauszufinden«, antwortet dieser. »So wie Bobby ihn beschrieben hat, ist er von der altmodischen Sorte. Ein Macho. Er wird sie nicht teilen wollen.«

»Und wenn doch?«, will ich wissen.

»Dann nimm die Beine in die Hand und sieh zu, dass du wegkommst«, antwortet Leo und schenkt mir einen liebevollen Blick. »Bevor er dir das Herz bricht.«

»Also ich weiß nicht ...«, murmele ich.

»Hier, trink noch etwas, das ist gut für die Nerven«, sagt Dave und zwinkert mir zu.

Seufzend halte ich ihm mein Glas hin. Warum kann nicht jeder Mann wie Dave sein? Charmant, intelligent und kein bisschen gefährlich.

Beim Sonntagsbrunch ist das Handy tabu, deshalb habe ich es ausgeschaltet. Als ich wieder auf der Straße bin und es einschalte, springt mir eine Anrufliste mit der immer gleichen Nummer ins Auge. Es ist Olivers Nummer. Zusätzlich hat er mir eine SMS geschickt mit der Botschaft, ihn dringend zurückzurufen.

»Bobby!«, stößt er hervor, kaum dass ich die Rückruftaste betätigt habe. »Warum hat das so verdammt lange gedauert?«

»Beim Gottesdienst ist das Telefonieren verboten«, scherze ich.

»Du gehst in die Kirche? Ist auch egal«, sagt er weiter, bevor ich ihm sagen kann, dass es nur ein Witz war. »Bobby, es ist etwas passiert.«

Sein düsterer Tonfall lässt mich stutzen. »Was ist los?«

»Die Polizei hat heute Morgen Trevors Leiche aus dem Hafenbecken gezogen«, erklärt er leise. »In Anbetracht dessen, dass er jede Menge Alkohol im Blut hatte, geht sie davon aus, dass es ein Unfall war. Er war betrunken, ist ausgerutscht und in den Fluten umkommen.«

Ein Eisklumpen hat sich in meinem Magen gebildet. »Glaubst du das?«

»Ich weiß es ehrlich gesagt nicht, Bobby. Weil er Enthüllungsjournalist war, werden sie vorschriftsmäßig eine Autopsie vornehmen. In ein paar Tagen wissen wir mehr.«

»Ich fahre sofort in die Redaktion und beende den Artikel«, sage ich. »Dann können wir ihn morgen bringen.«

»Das geht leider nicht. Jemand hat sich in unser System gehackt und alles gelöscht, auch Trevors Artikel.«

Übelkeit überkommt mich, und ich lehne mich mit dem Rücken gegen einen Baum. »Hast du es bei der Polizei gemeldet?«

»Nein.«

»Aber das musst du, Oliver«, sage ich eindringlich. »Damit ist doch klar, dass Trevors Tod kein Unfall war.«

»Könnte auch ein Zufall sein.«

»Glaubst du das wirklich?«, frage ich leise.

»Bobby, wenn herauskommt, dass es jemandem gelungen ist, sich einfach so in unser System einzuhacken, trägt unser Ruf einen riesigen Schaden davon. Nach einem solchen Vorfall wird sich uns niemand mehr anvertrauen und die Informationen liefern, die wir für unsere Storys brauchen.«

Ungläubig schüttele ich den Kopf. »Aber Oliver, so etwas passiert den Besten. Sogar US-Regierungsbehörden.«

»Trotzdem.« Oliver atmet schwer durchs Telefon. »Ich will, dass das unter uns bleibt. Die betroffenen Kollegen wurden schon informiert und arbeiten auf Hochtouren, um die morgige Ausgabe fertigzustellen.«

»Ich kann den Artikel bis heute Abend schreiben«, sage ich, obwohl sich die Angst in mir immer mehr breitmacht. »Das meiste habe ich im Kopf, außerdem sind da noch meine handschriftlichen Notizen ...«

»Nein!«, unterbricht mich Oliver scharf. »Wir sollten die Geschichte erst einmal auf Eis legen, bis wir endgültig wissen, ob Trevors Tod ein Unfall war oder nicht.«

»Wieso?«

»Das ist zu gefährlich, Bobby. Außerdem kennen wir den Namen des Drahtziehers nicht. Den kannte nur Trevor, und der ist jetzt tot.«

»Was ist mit der Quelle?« Nervös fahre ich mir durchs Gesicht. »Der Mann hat irre viel riskiert, um zu helfen. Wir können ihn jetzt nicht hängen lassen.«

»Unsere Sicherheit geht vor. Tut mir leid. Vielleicht solltest du eine Weile zu deiner Familie fahren.«

Und sie eventuell in Gefahr bringen? Niemals!

»Ich muss die Quelle warnen«, murmele ich eher zu mir selbst.

»Habe ich schon versucht. Er geht nicht ans Handy. Und zu Hause aufsuchen, wollte ich ihn nicht, um nicht die Aufmerksamkeit auf ihn zu ziehen.«

Was das betrifft, bin ich mit meinem Boss einer Meinung.

»Bestimmt hat Trevor in seinem Apartment eine Kopie des Artikels oder zumindest Notizen«, überlege ich weiter.

»Ich war bereits dort, Bobby.« Oliver räuspert sich. »Nachdem ich von seinem Tod erfahren habe, bin ich sofort hingefahren. Ich habe einen Zweitschlüssel für den Fall, dass er wieder einen Absturz hat ... hatte.« Eine Pause entsteht, während Oliver um Fassung ringt. »Ich habe nichts gefunden, und sein Laptop war nicht da.«

»Was, wenn jemand vor dir da war?«

»Gut möglich.«

»Du musst die Polizei einschalten, Oliver!« Ich raufe mir die Haare. »Das hier ist doch mehr als eindeutig!«

Er stößt ein Seufzen aus. »Vielleicht ist das alles eine Nummer zu groß für uns, Bobby.«

Ich kann kaum glauben, was ich höre. »Machst du jetzt einen Rückzieher?«

»Ich habe auch Vorgesetzte, weißt du ...«

Bleiernes Schweigen entsteht.

»Was ist mit dem *Cerberus*-Job?«

»Vergiss ihn. Ab jetzt hältst du den Kopf unten und meidest die Öffentlichkeit. Ich werde Tom Rennick anrufen, um ihm zu sagen, dass etwas dazwischengekommen ist und die Reportage später fortgesetzt wird.«

»Okay.« Mein Herz wird schwer bei der Vorstellung, mich nicht mehr von Alec verabschieden zu können. Aber wahrscheinlich ist das besser so. »Oliver?«

»Ja?«

»Es tut mir leid wegen Trevor. Ich weiß, dass er ein guter Freund von dir war.«

»Danke, Bobby.« Kleine Pause. »Bitte versprich mir, dass du nichts auf eigene Faust unternimmst. Diese Leute scheuen vor nichts zurück.«

»Versprochen«, sage ich. »Pass du aber auch auf.«

»Das mache ich.«

Auf dem Heimweg gehen mir eine Menge Dinge durch den Kopf. Trevor ist zwar ein Säufer und Egoist gewesen, trotzdem hat er es nicht verdient, so zu enden. Früher einmal hat er zu den Besten gehört. Er hätte sicher nichts unversucht gelassen, um den Tod eines Kollegen aufzuklären und die Verantwortlichen zur Rechenschaft zu ziehen. Ich weiß, dass ich Oliver ein Versprechen gegeben habe, dessen ungeachtet geht das Berufsethos vor. Sobald ich zu Hause bin, setze ich mich an den Artikel, auch wenn mir der Name des Drahtziehers fehlt. Sollte sich Oliver weiterhin weigern, die Story zu drucken, finde ich einen anderen Weg, sie zu veröffentlichen. Diese Leute dürfen nicht ungeschoren davonkommen.

In einer idealen Welt würde ich die Quelle ausfindig machen und dazu überreden, mir die Identität des Drahtziehers zu verraten. Aber nichts liegt mir ferner, als den Mann und seine Familie in Gefahr zu bringen. Wie sagte einst mein Journalismus-Professor an der

State University? »Wir zerstören Menschen nicht und sehen dann, was passiert.«

Meine Gedanken überschlagen sich. Wie gehe ich am schlauesten vor?

Das ist der Moment, da mir der schwarze Ford Escalade im Rückspiegel auffällt. Abgesehen von den getönten Scheiben ist nichts Ungewöhnliches an ihm, außerdem befindet er sich zwei Wagen hinter mir, trotzdem jagt er mir einen eisigen Schauer über den Rücken. Vermutlich bin ich einfach nur überreizt. Als mein Handy klingelt, zucke ich so heftig zusammen, dass ich versehentlich das Lenkrad nach links reiße und einen Fahrradkurier zum Ausweichen zwinge, der mir wütend den Vogel zeigt.

Oh, Mann!

Nachdem ich den Pontiac wieder unter Kontrolle gebracht habe, gehe ich ans Handy, den Blick auf die Straße geheftet.

»Ja?«, melde ich mich ein wenig kurzatmig.

»Hey«, meldet sich Alecs dunkle Stimme, und mein Herz gerät kurz aus dem Takt. »Tom hat mir erzählt, dass du den Job abbrichst.«

»Das stimmt. Ich hätte dich deswegen noch angerufen«, füge ich schnell hinzu. Eine glatte Lüge.

»Das hat doch nichts mit dem zu tun, was gestern Nacht passiert ist?«

Irritiert runzele ich die Stirn. Der Tonfall in seiner Stimme ist mir neu, und ich brauche einen Moment, um zu begreifen, dass es Unsicherheit ist.

»Nein«, antworte ich so sanft wie möglich.

Ich höre, wie er aufatmet. »Womit dann?«

»Tut mir leid«, erwidere ich und stoße ein Lachen aus, das sich schrecklich falsch anhört. »Es ist top secret.«

»Ist alles in Ordnung?«

Kurz überlege ich, ob ich ihm von Trevors Tod und der Glücksspielsache erzähle, schließlich war er ein Navy-Seal und hätte womöglich einen guten Rat für mich in petto. Aber zum einen kenne ich ihn kaum, und zum anderen möchte ich ihn nicht in Schwierigkeiten bringen. Was auch der Grund dafür ist, warum ich Leo und Dave bei dieser Sache außen vor lasse.

»Hey, Lockenköpfchen!«, reißt mich Alec aus meinen Gedanken. »Bist du noch da?«

»Ja«, antworte ich. »Ich bin nur ein wenig hibbelig. Der neue Auftrag ist eine Riesensache und könnte mein großer Durchbruch werden.«

»Verstehe ... Gratuliere.« Ich höre, wie er tief einatmet, als würde er noch etwas sagen wollen.

Unverhofft habe ich wieder seinen Geschmack auf der Zunge, spüre das starke Pochen seines Herzens, und mich zerreißt es beinahe vor Sehnsucht.

»Ich ... ich muss jetzt weitermachen, Alec«, verkünde ich betont fröhlich. »Es gilt, einen Abgabetermin einzuhalten.«

»Alles klar, Bobby.« Er klingt ernst. »Viel Erfolg!«

»Danke«, murmele ich und drücke schnell auf die rote Taste, bevor der Kloß in meinem Hals noch größer wird.

Aus einem Automatismus heraus richte ich meine Augen auf den Rückspiegel, und eine eiserne Faust presst mein Herz brutal zusammen. Der schwarze Ford Escalade ist näher herangekommen. Zwischen uns fährt ein roter Toyota, sodass mir der Blick auf das Kennzeichen verwehrt bleibt. Vielleicht ist das bloß Zufall, andererseits habe ich inzwischen dreimal die Richtung gewechselt. Um ganz sicher zu gehen, beschließe ich, kreuz und quer durch die Stadt zu fahren, statt den direkten Weg nach Hause zu nehmen. Eine volle halbe Stunde geht das so, während der Ford Escalade wie Pech an meinem Hintern klebt. Dabei stellt er sich geschickt an. Mal nähert er sich, mal lässt er sich zurückfallen, mal fährt er rechts von mir, mal links.

Trotzdem gibt es keinen Zweifel: Ich werde verfolgt.

Inzwischen ist mir eiskalt. Mein Körper bibbert, selbst meine Zähne klappern. Ich könnte versuchen, ihn abzuhängen, aber ich habe damit keinerlei Erfahrung. Was, wenn ich mich oder andere in Gefahr bringe? Dennoch habe ich keine große Wahl. Unvermittelt reiße ich das Lenkrad nach rechts und schneide einen Wagen, der mit quietschenden Reifen zum Stehen kommt. Bei dem Versuch, den schlingernden Pontiac wieder auf gerade Linie zu bringen, ramme ich beinahe einen Hydranten. Mir bricht der Schweiß aus. Ohne Vorwarnung biege ich rechts in eine Einbahnstraße. Ein kurzer Blick in den Rückspiegel verrät mir, dass sich der Ford Escalade trotz meiner abenteuerlichen Fahrkünste nicht hat abschütteln lassen.

Was sind das für Leute?

Am Ende der Straße fahre ich nach links, dann sofort wieder nach rechts auf den Washington Boulevard. Zwanzig Meter vor mir schaltet die Ampel gerade auf Gelb. Wenn ich Gas gebe, kann ich es schaffen, die Kreuzung zu überqueren, bevor sie auf Rot schaltet. Mein Fuß liegt schon auf dem Gaspedal, noch ein letzter Kontrollblick in den Rückspiegel und ...

Der Ford Escalade ist verschwunden!

Perplex schaue ich erneut in den Rückspiegel. Nichts. Während ich vor der roten Ampel warte, sehe ich mich gründlich nach allen Seiten um, aber außer den üblichen Sonntagsfahrern in ihren frisch gebohnerten Mittelklassewagen ist nichts zu sehen. Keine Spur von dem schwarzen Ford Escalade. Eine Woge der Erleichterung durchflutet mich, lässt meine Knie weich werden, und als ich rechts von mir einen freien Parkplatz entdecke, setze ich den Blinker und stelle den Wagen ab. Geschlagene zehn Minuten sitze ich da und starre ins Leere. Erst als mein Puls wieder auf Normalgeschwindigkeit heruntergefahren ist, setze ich meinen Weg nach Hause fort.

»Und wie war's?«, begrüßt mich Mrs. Hiddleston, kaum dass ich das Gartentor geöffnet habe. Sie ist gerade dabei, einige Fliederzweige abzuschneiden.

»Was meinen Sie?«

»Der Ball gestern Nacht.«

»Ach der.« Verlegen lächele ich. Mir kommt es wie eine Ewigkeit vor, seit mir Mrs. Hiddleston den Choker umgebunden hat. »Es war ein schöner Abend. Ich habe das Halsband in meinem Apartment«, füge ich schnell hinzu. »Ich hole es.«

Die alte Dame winkt schmunzelnd ab. »Behalt es ruhig, Liebes. Bei dir ist es besser aufgehoben als bei mir«, sagt sie mit einem leisen Kichern.

Trotz meiner inneren Unruhe kann ich nicht anders, als in ihr Lachen mit einzufallen. Wir tratschen noch ein wenig, unsere banale Unterhaltung lenkt mich von dem ab, was in der letzten Stunde passiert ist. Hinterher beschließe ich, mich etwas auszuruhen. Obwohl es erst 3 Uhr nachmittags ist, bin ich hundemüde. Will ich den Artikel bis heute Abend fertighaben, brauche ich einen klaren Kopf. Kaum liege ich auf meinem Bett, falle ich auch schon in einen traumlosen Schlaf.

Einmal Navy-Seal, immer Navy-Seal

Bobby

Ich werde durch ein lautes Klopfen geweckt. Benommen hebe ich den Kopf und blinzele ins Halbdunkle meines Schlafzimmers. Mein Blick fliegt zur Digitalanzeige meines Weckers. Es ist 4:32 Uhr. Ich habe eineinhalb Stunden geschlafen. Wieder klopft es an der Tür.

»Ich komme!«, rufe ich, bis mir einfällt, dass draußen ein Killerkommando stehen könnte.

Auf der anderen Seite: Wie groß ist die Wahrscheinlichkeit, dass Mörder anklopfen, bevor sie einem eine Kugel in den Schädel jagen? Nichtsdestotrotz fällt mir ein Stein vom Herzen, als ich die Tür öffne und Mrs. Hiddleston vor mir steht. In der Hand hält sie eine Reisetasche, aus der ein Strauß Flieder herausragt.

»Ich wollte mich nur verabschieden, Liebes. Ich fahre jetzt zu meiner Schwester nach Bakersfield.«

»Ja richtig!« Das hatte ich völlig vergessen. »Wann kommen Sie zurück?«

»Am Mittwoch.«

Plötzlich erscheint mir der Gedanke, drei Nächte allein in dem Haus verbringen zu müssen, gar nicht so prickelnd. »Was ist mit Melissa?«, will ich wissen.

Nicht zu fassen, dass ich das frage.

»Sie ist zurzeit in Dubai«, erklärt Mrs. Hiddleston. »Sie kommt übermorgen zurück, also am Dienstag.«

Ich nicke, zwei Nächte sind besser als drei, und ringe mir ein Lächeln ab. »Ich wünsche Ihnen viel Spaß bei Ihrer Schwester.«

»Den werde ich sicher haben«, antwortet die alte Dame.

»Soll ich Sie zum Bahnhof bringen, Mrs. Hiddleston?«

»Nein, nein. Ich weiß doch, wie viel Arbeit du hast. Ich habe mir ein Taxi gerufen.« Wie aufs Stichwort hupt es zweimal vor dem Haus. »Ah, da ist es schon.«

»Gut, aber lassen Sie mich wenigstens Ihre Tasche tragen«, sage ich.

Nachdem Mrs. Hiddleston fort ist, lege ich Musik auf, etwas Klassisches, schalte die Kaffeemaschine ein und fahre den Laptop hoch. Während der Kaffee durchläuft, suche ich meine Notizen zusammen und mache mich ans Werk.

Ich tippe und tippe, die Wörter fließen nur so aus mir. Zwischendurch strecke ich den Rücken durch und lasse meine verspannten Schultern kreisen, ansonsten schreibe ich bis zum Abend ohne Unterbrechung. Abgesehen von den halbstündlichen Toilettenbesuchen natürlich, Kaffee treibt ja bekanntlich. Nachdem ich fünf Seiten verfasst habe und mir bewusst ist, dass der Artikel viel zu lang ist, beginne ich mit der Überarbeitung. Vorher gehe ich in die Küche und mache mir ein Erdnussbutter-Sandwich mit Marmelade, das ich vor dem Rechner in mich hineinstopfe. *Ungesund!*, meldet der Alarm in meinem Kopf. *Egal!*, hält meine Workoholic-Stimme dagegen. Es ist elf Uhr, als ich endlich mit dem Resultat zufrieden bin. Meine Augen brennen, und schon vor geraumer Zeit habe ich meine Kontaktlinsen durch die Brille ersetzt, außerdem verspüre ich leichten Kopfdruck. Aber ich bin fertig geworden.

Für alle Fälle ziehe ich den Artikel auf einen USB-Stick, den ich in die Schreibtischschublade lege, dann strecke ich mich ausgiebig. Jetzt bleibt mir nur noch, Oliver anzurufen und ihn darüber zu informieren, in der Hoffnung, dass er es sich inzwischen anders überlegt hat. Schwungvoll stehe ich von meinem Stuhl auf, als mit einem Schlag das Licht ausgeht. Zeitgleich verstummt die Musik, und alle Geräte schalten sich aus.

Stromausfall.

Mal wieder.

Laut fluchend begebe ich mich in die angrenzende Küche, um die Taschenlampe zu holen. Der Sicherungskasten befindet sich im Keller, und der ist nur über eine Außentreppe erreichbar. Das Haus von Mrs. Hiddleston ist mit seinen efeubedeckten Mauern und Fensterläden zwar reizend, aber leider auch alt, was vor allem für die Stromleitungen gilt. Ausfälle kommen regelmäßig vor. Normalerweise stecke ich das mit einem Achselzucken weg, aber jetzt ist ein wirklich schlechter Zeitpunkt. Entsprechend mies ist meine Laune, als ich die Einliegerwohnung verlasse, um zur Rückseite des Hauses zu gehen. Draußen herrscht eine unheimliche Stille, im schwachen Schein der Taschenlampe kann ich keine zwei Meter weit sehen. Ich kann nicht mehr zählen, wie oft ich mir schon vorgenommen habe, die blöde Batterie zu wechseln. Ärgerlich!

Während ich vorsichtig einen Schritt vor den anderen setze, schaue ich angestrengt nach vorn. Da lässt mich ein neuer, beunruhigender Gedanke innehalten. Was, wenn der Stromausfall kein Zufall ist? Vielleicht wäre es besser, ins Haus zurückzugehen und erst morgen früh nach dem Sicherungskasten zu sehen ... Selbstironisch verziehe ich die Mundwinkel.

Also wirklich, Bobby, seit wann bist du eine solche Schisserin?

Ich werfe einen Blick über die Schulter – und mein Herz setzt aus. Eine dunkle Gestalt hat sich soeben aus dem Schatten der Bäume gelöst und schießt auf mich zu. Bevor ich schreien kann, legt sich eine behandschuhte Hand auf meinen Mund. Gleichzeitig spüre ich etwas Kaltes, Metallisches an meinem Hals, das mein Blut in den Adern gefrieren lässt.

»Keinen Laut!«, zischt die Stimme eines Mannes hinter mir. »Sonst steche ich dich ab, du Schlampe!«

Alec

Als ein Lichtstrahl auf das Messer fällt und mich blendet, kneife ich die Augen zusammen. Die Klinge ist lang, und wie ich aus Erfahrung weiß, auch sehr scharf. Kurz überlege ich, bevor ich das Teil zurück in den Block stecke. Kein Bedarf. Stattdessen hole ich die Glasschüssel aus dem Schrank, schlage vier Eier auf, die ich hineingebe, dann füge ich Zucker hinzu und rühre sie zu einer schaumigen Masse. In der Zwischenzeit gebe ich Butter und eineinhalb Tafeln Schokolade in eine Kasserolle – Edelbitter, es *muss* Edelbitter sein – und wärme sie langsam auf, bis sie flüssig geworden sind und einen unwiderstehlichen Duft verströmen. Anschließend rühre ich die schaumige Masse ein und kann nicht umhin, einen Finger hineinzutunken, um daran zu schlecken. Danach hebe ich vorsichtig das Mehl unter. Abschließend verteile ich die Masse auf ein Blech und schiebe das Ganze in den vorgeheizten Backofen. Nun heißt es warten, bis die Brownies fertig sind.

Das Backen ist für mich eine Art Therapie. Zu Beginn hat es mich vom Rauchen abgelenkt. Inzwischen juckt es mir immer dann in den Fingern, Mehl und Eier zu vermengen, wenn ich aufgebracht oder besorgt bin. Oder beides, so wie jetzt.

Dass Bobby einen Freund hat, war für mich ein Schock. Nicht, weil ich tiefere Gefühle für sie hege, sondern, weil ich sie völlig falsch eingeschätzt habe. Irgendwie bin ich enttäuscht. Eine offene Beziehung zu führen, passt nicht zu ihr. Zumindest dachte ich das, aber was weiß ich schon? Außer, dass der Sex mit ihr unglaublich war. So unglaublich, dass bei der Erinnerung mein Blut erneut in Wallung gerät. Das Spiel ihrer Brüste, als ich sie stieß, nicht zu groß und nicht zu klein, *genau richtig*. Ihre glühenden Wangen, als sie mit weit gespreizten Beinen vor mir lag. Ihre Muschi so rosa und feucht und herrlich eng. Mir bricht der Schweiß aus, wenn ich daran zurückdenke.

Ich muss sie unbedingt noch einmal haben! Ich will sie mit meinen Fingern und Lippen verwöhnen, bis sie um Erlösung schreit. Ich will, dass ihre Augen dunkel vor Begierde werden, sobald sie begreift, dass es für sie kein Entrinnen gibt. Sie hat meinen Appetit geweckt, und ich will mehr von ihr kosten. Was vielleicht meine Übersprunghandlung erklärt. Das letzte Mal, dass ich einem Mädchen einen Knutschfleck verpasst habe, war auf der Highschool.

Und jetzt dieser seltsame Anruf. Mein Instinkt sagt mir, dass Bobby in Schwierigkeiten steckt. Der Tonfall in ihrer Stimme war fast panisch. Was, wenn ihr Freund doch nicht so tolerant ist, wie sie glaubt, und zu Gewalt neigt? Ich werfe einen Blick auf die Eieruhr. Noch zwölf Minuten, dann muss ich das Blech herausnehmen. Vielleicht hat es aber nichts mit diesem Dave zu tun, sondern mit dieser Riesenstory, von der sie gesprochen hat. Als sie davon erzählt hat, klang sie keineswegs hibbelig, wie sie behauptet hat, vielmehr ängstlich. Nervös klopfe ich mit den Fingern auf die Arbeitsplatte. Bei der Vorstellung, jemand könnte ihr wehtun, zieht sich mein Inneres zu einem faustgroßen Klumpen zusammen. Auch das hat nichts mit tieferen Gefühlen zu tun, sondern mit meinem ausgeprägten Beschützerinstinkt.

Als die Eieruhr klingelt und ich nach den Topflappen greife, um das Blech herauszuziehen, fälle ich eine Entscheidung. Nachdem ich sechs mal sechs Zentimeter große Brownies ausgeschnitten habe, rufe ich Tom an.

»Ich kann heute Abend nicht«, sage ich unumwunden. »Du musst einen Ersatz für mich finden.«

»Was ist los?«

»Ein Notfall.«

»Ist dir das Mehl ausgegangen?«

»Sehr witzig, Tom.«

»Okay.« Ich kann hören, wie er seine Computertastatur bemüht. »Ich bitte Logan, einzuspringen. Er hat heute Bereitschaft.«

»Danke. Und sag ihm, ich mach's wieder gut.«

»In Ordnung.«

»Morgen bringe ich selbstgemachte Brownies für alle mit«, schiebe ich hinterher, um ihn ein wenig zu beschwichtigen.

»Schon wieder?«, stöhnt Tom.

»Hey!«, stoße ich pikiert hervor. Auf meine Brownies lasse ich nichts kommen.

»Seit du versuchst, mit dem Rauchen aufzuhören, habe ich zwei Kilo zugelegt!«, schimpft Tom. »Neal sogar drei.«

»Der kann's vertragen«, werfe ich gelassen ein.

»Ich etwa nicht?«, kommt es erbost zurück.

»Das habe ich nicht gesagt, Tom«, entgegne ich mit

einem Grinsen. »Manchmal bist du schlimmer als eine Diva!«

Nachdem wir weitere Nettigkeiten ausgetauscht haben, lege ich auf und mache mich auf den Weg nach Glendale. Das Haus, in dem Bobby wohnt, kenne ich wegen Melissa nur zu gut. Es liegt in einer ruhigen Wohngegend, umgeben von hohen Bäumen. Als ich dort ankomme, ist es 6 Uhr am späten Nachmittag, und die Sonne ist gerade dabei, unterzugehen. Im Erdgeschoss wird das Licht eingeschaltet, und ich kann Bobbys Silhouette durchs Fenster sehen. Sie sitzt am Rechner und arbeitet. Nichts Ungewöhnliches also, kein Grund, sich Sorgen zu machen. Trotzdem bleibe ich im Wagen sitzen. Ich weiß nicht, was mich dort festhält, aber auf mein Bauchgefühl kann ich mich normalerweise verlassen.

So vergeht Stunde um Stunde, und obwohl Bobby gut hundert Meter weg ist, fühle ich mich mit ihr verbunden, als säßen wir gemeinsam am Schreibtisch. Zwischendurch bekomme ich Hunger und esse einen von meinen mitgebrachten Brownies, dazu trinke ich Wasser. Ich bin das Warten gewohnt, es macht mir nichts aus. Je länger ich da sitze, desto leichter wird mir ums Herz. Mit Bobby scheint alles in Ordnung zu sein, abgesehen davon ist ihr Freund nicht hier, obwohl es Sonntagabend ist. Womöglich kriselt es in ihrer Beziehung. *Viel wahrscheinlicher ist es, dass sie nur Ruhe zum Schreiben braucht, du Schmock!*, flüstert mir meine innere Stimme zu. Ich beschließe, sie zu ignorieren.

Gerade habe ich den fünften Brownie verputzt, als sich ein schwarzer Ford Escalade mit getönten Scheiben im Schritttempo von hinten nähert und etwas weiter die Straße herunter parkt. Interessant daran ist, dass niemand aussteigt. Nicht in den folgenden neun Minuten und auch nicht in den folgenden neunzig Minuten. Längst habe ich mir das Kennzeichen notiert. Würden da drin zwei eine Nummer schieben, wären sie bereits fertig und würden das Weite suchen. Wer auch immer im Wagen sitzt, hat nichts Gutes vor, das sagt mir mein Instinkt. Als sich irgendwann die Fahrertür öffnet und ein schwarz gekleideter Mann aussteigt, richten sich meine Nackenhaare auf. Erst recht, als er das Haus ansteuert, in dem Bobby wohnt. Er bewegt sich lautlos und geschmeidig. Der Typ ist zweifellos kampferprobt.

Ich mache mich klein und fluche. Eben hat der Kerl mit einem Sprung übers Gartentor das Grundstück betreten, er ist definitiv nicht auf einen späten Kaffee aus. Für mich gilt es, sofort zu handeln. Leise öffne ich die Autotür, steige aus und schließe sie ebenso leise. Kaum habe ich meinen Fuß auf die Straße gesetzt, wird es im Haus schlagartig dunkel, während bei den Nachbarn immer noch Licht brennt.

Fuck! Der Typ hat den Strom abgestellt.

Jetzt heißt es reagieren, aber nichts überstürzen. Kurz rufe ich mir in Erinnerung, was ich über das Grundstück weiß, bevor ich es betrete. In geduckter Haltung schleiche ich zur Rückseite des Hauses, dort, wo der Typ verschwunden ist. In der Sekunde, in der ich ihn entdecke, wie er Bobby ein Messer an den Hals drückt, befinde ich mich im Kampfmodus. Das passiert automatisch. Ich bin nicht das erste Mal in einer solchen Situation, ich habe die Bewegungen sooft wiederholt, dass ich sie anwenden kann, ohne nachzudenken. Trotzdem ist der Nahkampf nicht ungefährlich, zumal niemand vor Überraschungen gefeit ist. Hinzu kommt, dass Zivilisten unberechenbar sind. Es ist unerlässlich, dass ich mich blitzschnell mental auf den Kampf vorbereite, und dazu gehört, auszublenden, dass Bobby dabei verletzt oder getötet werden könnte.

Schritt für Schritt bewege ich mich auf die beiden zu. Dass sie mir den Rücken zuwenden, erspart mir wertvolle Zeit. Der Typ ist auf Bobby konzentriert, was gut ist.

»Wer ist deine Quelle?«, knurrt er. »Sag's mir, du Fotze!«

»I... Ich weiß n... nicht, was Sie m... meinen.« Bobbys Stimme ist vor Angst verzerrt.

»Dein Kollege hat sich gedrückt und ist einfach ins Hafenbecken gesprungen. Die feige Sau!« Der Typ stößt ein gackerndes Lachen aus. »So leicht werde ich es dir nicht machen.«

Bobbys Antwort ist nur unverständliches Gemurmel. Inzwischen stehe ich nur noch einen halben Meter von dem Typen entfernt in einer stabilen Position. Ich atme tief, aber lautlos durch und hole mit beiden Armen aus.

»Du lügst!«, zischt er. Seine Hand mit dem Messer rutscht zu Bobbys Brüsten, und das Rauschen in meinen Ohren nimmt zu. *Konzentrier dich!* »Ich weiß, wie ich dich zum Sprechen brin...«

Weiter kommt er nicht.

Eine der wichtigsten Kampfregeln heißt: Schlag möglichst hart zu. Und das tu ich. Meine Handflächen landen mit solcher Wucht auf seinen Ohren, dass sein Trommelfell platzt. In dem Schrei, den er ausstößt, vermischen sich Überraschung und Schmerz. Instinktiv fliegen seine Hände zum Kopf, dabei entgleitet ihm das Messer, trotzdem bin ich noch nicht fertig mit ihm. Bevor ihm klar wird, was passiert, versetze ich ihm einen Faustschlag gegen die Halsschlagader. Mit einem Röcheln bricht er zusammen und bleibt liegen. Sein Gesicht wird vom Strahl einer Taschenlampe angeleuchtet, die sich auf dem Boden befindet. Der Mann ist um die Dreißig, hat kurze rötliche Haare und eine mehrfach gebrochene Nase. Rasch hebe ich das Messer auf und stecke es in den Bund meiner Hose, gleichzeitig stürze ich auf Bobby zu, die gefährlich taumelt.

Bevor sie fallen kann, lege ich meine Arme um sie. Als sie ihre Finger in mein T-Shirt krallt und sich an mich presst, versetzt es mir einen Stich ins Herz. Einen Moment lang stehen wir einfach nur da, regungslos, und so seltsam es auch klingen mag, ich fühle mich so vollständig wie noch nie. Als hätte ein Teil von mir endlich nach Hause gefunden.

»Alles gut, Lockenköpfchen«, flüstere ich. »Du bist in Sicherheit.«

»Ist er tot?«, fragt sie leise, das Gesicht immer noch in meinem T-Shirt gedrückt.

»Nein, aber er hat starke Schmerzen.«

»Gut.« Das klingt so aufmüpfig, dass ich lächeln muss.

»Hände hoch, ihr Wichser!«, ruft plötzlich eine Stimme aus der Dunkelheit vor uns.

FUCK!

Ich, Vollidiot, bin davon ausgegangen, dass der Typ allein ist! Im Escalade saß offenbar noch jemand. Wie konnte ich nur einen solchen Kapitalfehler begehen? So etwas hätte nicht passieren dürfen. Bevor ich loslaufe wie ein verliebter Gockel, hätte ich aufklären müssen, wie viele Gegner mich erwarten und wie sie aufgestellt sind. Das kommt davon, wenn man emotional eingebunden ist! Für Reue und Selbstvorwürfe ist aber später noch genug Zeit. Jetzt muss ich mich konzentrieren, speziell auf die Männerfüße in Lederstiefeln, die ich am äußeren Rand des Lichtkegels der Taschenlampe ausmache.

»Wer sagt mir, dass du eine Knarre hast, Arschloch?«, werfe ich entschlossen zurück.

In einer solchen Situation ist es wichtig, keine Schwäche zu zeigen, sondern Dominanz und Selbstbewusstsein auszustrahlen. Bei den Seals nannten wir das »das Tier heraushängen lassen«. Im besten Falle kann es den Angreifer dazu bewegen, noch einmal die Lage zu überdenken und möglicherweise auf einen Angriff zu verzichten. In der Stille ertönt ein unmissverständliches Klicken, der Hahn einer Pistole, das Bobby zusammenzucken lässt. Okay, der Typ ist offenbar aus einem härteren Holz geschnitzt.

»Ich gebe euch die Chance, abzuhauen, bevor ich euch beide umlege«, töne ich großspurig, während ich mich sanft von Bobby befreie, was sie geschehen lässt.

Braves Mädchen.

Der Typ mit der Pistole schnaubt verächtlich. »Du bist kaum in der Position, Forderungen zu stellen.«

Mein Vorteil ist, dass der Kerl genauso blind ist wie ich, nur dass ich dank der Taschenlampe weiß, wo er steht. Meinen Standort kann er nur erahnen, trotzdem begehe ich nicht noch einmal den Fehler, ihn zu unterschätzen.

Dann geschieht alles Schlag auf Schlag. Ich schubse Bobby zur Seite, im selben Augenblick greife ich nach dem Messer und werfe es mit Schwung nach vorn, bevor ich einen Hechtsprung zur anderen Seite mache. Wenn der Typ schießt, muss er sich entscheiden. Er kann nur einen von uns ins Visier nehmen. Seiner Stimme nach zu urteilen, müsste er um die 1,80 Meter groß sein. Ich habe mit dem Messer dorthin gezielt, wo ich seinen Hals vermute. Ein Schuss fällt, der mich deutlich verfehlt, zeitgleich ertönt ein Schrei – *ein Gurgeln wäre mir lieber gewesen* – dann stolpert der Typ nach vorn. Mit unkontrollierten Bewegungen schnappt er nach seinem Kumpel, der eben aus der Bewusstlosigkeit erwacht ist. Sein Gesicht ist kurz zu sehen. Ein Kerl mit Pferdeschwanz und Ohrring.

»Komm! Lass uns abhauen!«, stöhnt er schmerzerfüllt. Blut läuft an seinem Arm entlang. Ich schätze, ich habe ihn an der Schulter erwischt.

Eine weitere Kampfregel lautet: Halte dich bedeckt, wenn die angepissten Gegner über Waffen verfügen, du aber nicht. Deshalb muss ich tatenlos zusehen, wie die beiden fluchend und wimmernd den Rückzug antreten. Kurz darauf wird ein Wagen gestartet, quietschende Reifen ertönen, dann ist wieder Stille.

»Alles in Ordnung, Lockenköpfchen?«, frage ich.

»Ja«, kommt es klein und leise von der anderen Seite. »Danke.«

»Habe ich gern gemacht.«

Ich bücke mich nach der Taschenlampe und schwenke sie hinüber. Bobby lugt hinter einem Baum hervor. Ihre Augen wirken in dem blassen Gesicht noch größer als sonst.

»Wo ist der Sicherungskasten?«, will ich wissen. »Es wird Zeit, ein wenig Helligkeit in diese Gruselszenerie zu bringen. Ist ja wie auf dem Set von *The Walking Dead* hier«, sage ich, beim Versuch, die Stimmung aufzulockern.

Bobby zeigt auf die Außentreppe, die nach unten geht. »Im Keller.«

»Okay.« Ich schenke ihr ein tröstendes Lächeln. »Nicht weglaufen. Ich bin gleich wieder da.«

Nachdem ich den Hauptschalter umgelegt habe, gehen überall die Lichter an, aus Bobbys Apartment erklingt Musik. Behutsam lege ich meinen Arm um ihre

Schulter und geleite sie hinein. Sie zittert wie Espenlaub.

»Ist noch jemand im Haus?«, frage ich, obwohl ich es bezweifle. Ein Stromausfall mit anschließendem Pistolenschuss hätte die Bewohner aufgeschreckt. Ein Wunder, dass die Nachbarn nichts mitbekommen haben.

Bobby schüttelt den Kopf.

Ausgeschlossen, dass sie heute Nacht allein hier bleibt. »Kannst du irgendwo unterkommen?«, frage ich sie.

Sie zuckt hilflos mit den Achseln.

»Was ist mit Dave?«, will ich wissen, obwohl mir der Name sauer aufstößt.

»Dave?« Verständnislos starrt sie mich an. Ich glaube, sie steht unter Schock.

»Dein Freund«, helfe ich ihr auf die Sprünge.

»Oh natürlich, Dave.« Müde fährt sie sich durchs Gesicht. »Er ist auf einem Kongress in Washington.«

»Du übernachtest bei mir.« Die Worte sind raus, bevor ich sie aufhalten kann.

Verblüfft sieht sie mich an, so verblüfft, wie ich mich selbst gerade fühle. Nichtsdestotrotz ist die Entscheidung gefallen.

»O... okay«, stammelt sie und räuspert sich. »Ich packe schnell ein paar Sachen zusammen.«

Während sie einige Dinge in eine Reisetasche stopft, darunter frische Wäsche, eine Zahnbürste, ihre Kontaktlinsen und ihren Laptop, blicke ich mich in ihrem Apartment um. Es ist nicht sehr groß, dafür aber freundlich eingerichtet mit hellen Möbeln und gelben Vorhängen an den Fenstern. Hier und da hängen Aquarelle, auf einer Kommode mache ich ein Foto ihrer Familie aus, aber kein Bild von Dave in einem herzförmigen Rahmen. Wahrscheinlich steht es auf dem Nachttisch im Schlafzimmer. Mich würde interessieren, wie dieser Loser aussieht der, statt Bobby zu beschützen, auf irgendeinem Kongress Krabbenhäppchen futtert und sich mit anderen verknöcherten Losern über Zivilisationen auslässt, die seit tausenden von Jahren ausgestorben sind.

Als Bobby in ihrer Schreibtischschublade wühlt und mir einen USB-Stick in die Hand drückt, sehe ich sie fragend an.

»Für den Fall, dass mir etwas passiert«, sagt sie mit belegter Stimme.

Mein Herzschlag beschleunigt sich, Wut steigt in mir auf. »Was redest du da für einen Unsinn? Dir passiert schon nichts.«

»Du meinst, so wie eben«, kontert sie. Da ist sie wieder, meine kleine angriffslustige Reporterin.

»Ich habe auf dich aufgepasst und werde es in Zukunft weiterhin tun.« Wieder Worte, die mir einfach so herausgerutscht sind.

Weiß der Geier, was mit mir los ist!

»Wenn du deinen Freund anrufen willst, tu dir keinen Zwang an«, füge ich fast grob hinzu.

Sie schüttelt den Kopf. »Ich möchte ihn nicht unnötig beunruhigen.«

Der Schwachmat hat eine Frau wie dich nicht verdient!, will ich ihr entgegenschleudern, beiße mir aber diesmal rechtzeitig auf die Zunge.

»Wie kommt es, dass du plötzlich aus dem Nichts aufgetaucht bist?«, fragt sie mich.

Statt einer Antwort packe ich sie sanft am Arm. »Wir müssen los.«

Auf der Fahrt nach Süden erzähle ich ihr das Nötigste.

Meine bangen Gefühle sowie das damit einhergehende Backen lasse ich vorsorglich weg. Ein Mann hat schließlich seinen Stolz. Ich fasele irgendwas von Seal-Instinkt, was zum Teil ja auch der Wahrheit entspricht.

»Dieser Ford Escalade«, sagt sie. »Er hat mich heute Nachmittag durch die Stadt verfolgt.«

»Ich habe das Kennzeichen.«

»Wirklich?«

»Ja. *Cerberus* hat gute Connections zum LAPD. Wäre doch gelacht, wenn wir dazu nicht eine Adresse bekommen würden.«

Sie nickt.

»Willst du mir nicht sagen, was die Typen von dir wollten?«

Stockend beginnt sie, zu erzählen. Etwas von einem Kerl von der Ostküste, der illegale Glücksspiele mit haarsträubendem Ausgang organisiert, einer bedrohten Quelle und einem toten Kollegen. Je länger sie redet, desto ärgerlicher werde ich. In welches Wespennest hat Bobby da hineingestochen? Andererseits, was rege ich mich auf? Sie ist Reporterin. Solche Dinge aufzudecken, ist ihr Job.

»Und der USB-Stick?«, frage ich.

»Da ist der fertige Artikel drauf.«

»Der Name des Drahtziehers fehlt dir noch?«

Sie nickt.

»Solltest du nicht zur Polizei gehen?«

Sie schüttelt vehement den Kopf. »Ich darf meine Quelle nicht gefährden. Wir wissen nicht, wer da alles mit drinhängt.«

Eine Weile denke ich über Bobbys Worte nach. Sie gefallen mir nicht, aber ich kann ihre Argumentation nachvollziehen.

»Vielleicht hilft das Kennzeichen weiter«, sage ich schließlich.

»Vielleicht«, wiederholt sie und schließt die Augen.

Kurz darauf ist sie eingeschlafen. Behutsam streiche ich ihr eine Strähne aus dem Gesicht. Wie weich sich ihr Haar anfühlt! Ich bin gerade dabei, eine eiserne Regel zu brechen, die darin besteht, keine Frau bei mir übernachten zu lassen. Und das Verrückte daran ist: Es stört mich kein bisschen.

Das Allerheiligste

Bobby

Etwas liegt auf meiner Schulter. Ein Störenfried. Mein Arm fühlt sich zentnerschwer an, als ich ihn hebe, um ihn zu verscheuchen. Vergeblich. Als der Druck zunimmt, stoße ich ein unwilliges Stöhnen aus und versuche, mich auf die Seite zu drehen.

»Bobby«, raunt eine warme Karamellstimme.

Unwillkürlich muss ich lächeln. Ich kenne diese Stimme. Zwar kann ich sie nicht einordnen, aber sie erzeugt ein wohliges Gefühl in meinem Bauch.

»Bobby, aufwachen!«, fügt sie hinzu, und ich runzele die Stirn.

Karamellstimme hin oder her: Ich will nicht aufwachen. Ich will mich nicht erinnern, dass mir jemand aufgelauert hat ... mit einem Messer an meiner Kehle gekratzt hat ... Das Adrenalin schießt durch meinen Körper. Sofort sind die Bilder wieder da. Erschrocken reiße ich die Augen auf und blicke direkt in Alecs Gesicht.

»Alles okay, Lockenköpfchen«, sagt er leise. »Wir sind da.«

»Da?«, frage ich verständnislos.

»Bei mir zuhause.«

»Oh, natürlich.« Mühsam rappele ich mich auf. »Habe ich geschlafen?«

Er lächelt, und mein Herz fließt über.

Mein Held.

Habe ich mich überhaupt bei ihm bedankt? Ich weiß

es nicht mehr. »Danke«, sage ich, um sicherzugehen.

»Einmal reicht völlig, Lockenköpfchen«, erwidert er sanft und steigt aus.

Ehe ich reagieren kann, ist er um den Wagen herumgelaufen, um die Beifahrertür zu öffnen und mir beim Aussteigen zu helfen. Während ich mich umschaue, holt er meine Reisetasche aus dem Kofferraum. Entferntes Meeresrauschen dringt an mein Ohr.

»Wo sind wir?«

»Long Beach.«

»Hier wohnst du?«, frage ich und zeige auf den doppelstöckigen Bungalow, vor dem wir geparkt haben.

Die Fassade des Erdgeschosses besteht aus Naturstein, während die Wand darüber gelb oder ockerfarben ist. So genau kann ich das im Schein der Straßenlaterne nicht sagen. Er nickt und zückt einen Schlüssel. Kurz zögert er, dann schließt er die Haustür auf und schaltet das Licht ein.

»Willkommen«, sagt er mit einem seltsamen Ausdruck in den Augen.

»Danke«, murmele ich plötzlich befangen und trete ein. »Schönes Haus«, schiebe ich wahrheitsgemäß hinterher.

Moderner Landhausstil ist das Erste, was mir einfällt. Wir stehen in einem großen mehrfach unterteilten Wohnraum mit offener Küche und Steinkamin. Einen hübschen Kontrast bilden die hellen Wände gepaart mit dem Mosaikparkett und den dunklen Holzschrägen. Die Einrichtung ist größtenteils weiß und schnörkellos, hier und da setzt ein antik aussehender Schrank einen Akzent. Einen Fernseher mache ich vergeblich aus, dafür gibt es eine Bücherwand, was mich angenehm überrascht. Über der weißen Couch hängt ein Landschaftsbild. Zu sehen ist eine Bergkette, davor weiden einige

Rinder auf einer Grasfläche. Der Himmel ist orangeblau. Irgendwie mutet das Bild kitschig an, aber genau das gefällt mir daran.

»Ist das Montana?«, frage ich aus einer Eingebung heraus.

Alecs Gesicht verzieht sich zu einem fast schüchternen Lächeln, das direkt in mein Herz rammt. »Das ist der Mount Gould«, sagt er, und ich kann den Stolz in seiner Stimme hören. »Warst du schon mal in Montana?«

Ich verneine.

»Du solltest mal hinfahren.«

Kaum hat er den Satz beendet, erlischt das Lächeln in seinem Gesicht, und ich spüre erneut diese undefinierbare Spannung.

»Es duftet gut«, sage ich, um das Thema zu wechseln. »Nach Kuchen.«

»Ja.« Für einen Moment scheint es so, als wollte Alec noch etwas hinzufügen, aber er bleibt stumm.

Unschlüssig stehen wir uns gegenüber. Ich setze zum Sprechen an, um das unangenehme Schweigen zu brechen, als ein heftiger Schauer mich erfasst. Übelkeit steigt in mir auf, und ich schwanke. Die unerwartet einsetzende Panik schnürt mir den Hals zu.

»Alec …«, presse ich hilflos hervor.

Schon ist er bei mir und schlingt seine Arme um mich. »Hab keine Angst, Bobby«, murmelt er in meinem Haar. »Bei mir bist du sicher.«

Unfähig zu antworten, nicke ich, während Tränen aus meinen Augen schießen. Wieder ist es da, dieses Gefühl der kalten Klinge an meinem Hals. Wäre Alec nicht rechtzeitig aufgetaucht, wäre ich jetzt vielleicht tot. Als würde er meine Gedanken lesen, presst er mich noch enger an sich. Obwohl sich sein Körper warm und tröstlich anfühlt, kommt es mir vor, als wäre ich in einem Eispanzer gefangen.

»Mir ist kalt«, stammele ich.

Als er mich kurz loslässt, um aus einem Schrank eine Wolldecke zu holen, möchte ich am liebsten schreien, so verloren fühle ich mich. Nachdem er sie mir umgelegt hat, lotst er mich zur Couch und drückt mich sanft hinunter.

»Das ist der verspätete Schock«, sagt er. »Ich werde dir ein heißes Bad einlassen.«

»Das wäre schön, danke«, antworte ich und versuche zu lächeln.

Trotz der kuscheligen Decke rinnt ein Schauer nach dem anderen in Endlosschleife über meinen Körper. Noch nie habe ich so gefroren wie in diesem Augenblick. Umso glücklicher bin ich, als ich keine zwanzig Minuten später ins warme Wasser gleite. Alec hat ein Entspannungsöl beigefügt, sodass der Raum von einem angenehmen Lavendelduft erfüllt ist, der meine ramponierten Nerven streichelt. Mit einem wohligen Seufzen strecke ich mich in der Wanne aus und lege den Kopf zurück, während die Kälte aus meinem Körper gezogen wird. Dass ein Großteil meiner Haare dabei nass wird, nehme ich gern in Kauf. Ich schließe die Augen, versuche, loszulassen. Eine Weile gelingt es mir auch. Bis mir aus heiterem Himmel die Worte des Kerls mit dem Messer wieder einfallen.

»Dein Kollege hat sich gedrückt. Er ist ins Hafenbecken gesprungen. Die feige Sau!«

Oh mein Gott! Erst jetzt begreife ich, dass Trevor eher bereit war, zu sterben, als seine Quelle zu verraten. Gibt es etwas Ehrenvolleres für einen Journalisten? Wie oft habe ich ihn verflucht! Ihm die Krätze an den Hals gewünscht! Insgeheim habe ich ihn einen Säufer genannt, dabei war er ein Mann mit einem großen Herzen. Unwillkürlich sehe ich ihn vor mir. Wenn er nüchtern war, leuchteten seine Augen verschmitzt, und ein sanftes Lächeln lag auf seinem Gesicht. Ich weiß nicht einmal, ob er Familie hatte. Ich bin ein schlechter Mensch.

So schlecht.

Es klopft an der Tür.

»Alles in Ordnung?«, höre ich Alec fragen.

Ein lautes Schluchzen gelangt an mein Ohr, und ich brauche einen Moment, um zu begreifen, dass dieses Geräusch aus meinem Mund quillt. Erschüttert wische ich mir über die Augen, Bäche von Tränen benetzen meine Wangen.

»I… Ich weiß es n… nicht«, stottere ich.

»Ich komme jetzt rein.«

Die Tür geht auf, und Alec betritt das Bad. Ohne seinen Blick von meinem Gesicht abzuwenden, wofür ich ihm dankbar bin, weil der Schaum längst in sich zusammengefallen ist und ich schutzlos da liege, setzt er sich auf den Beckenrand.

»Möchtest du darüber reden?«

Ich schüttele den Kopf.

»Okay.« Er steckt die Hand ins Wasser. »Es ist lauwarm. Komm raus da, sonst erkältest du dich.« Er zwinkert mir zu. »Ich schließe auch die Augen.«

Mühsam stehe ich auf und lasse zu, dass Alec mich in ein riesiges Handtuch wickelt und mich abtrocknet, als wäre ich ein Kind. Dabei geht er so sanft und behutsam vor, dass mir erneut die Tränen kommen. Nachdem ich einigermaßen trocken bin, packt er mich in einen weißen Frotteebademantel. Wie versprochen hält er die ganze Zeit über die Augen geschlossen, was mir die Gelegenheit gibt, ihn zu mustern. Sein Dreitagebart ist etwas länger als gewöhnlich, seine dunklen Wimpern liegen wie Fächer auf seinen Wangen, während ein ernster Zug um seinen Mund liegt. Es ist nur ein flüchtiger Moment, dennoch brennt er sich für alle Zeiten in meinem Herzen ein.

»Besser?«, fragt er, und als er die Augen öffnet, trifft mich die Intensität seines Blickes mit solcher Wucht, dass ich wanke. »Langsam, Lockenköpfchen«, fügt er hinzu, und ehe ich mich versehe, hebt er mich auf seine Arme und trägt mich aus dem Bad.

Seufzend lehne ich mein Gesicht gegen seinen Brustkorb, lausche seinem kräftigen Herzschlag. Kurz bleibt er stehen, sodass ich in Ruhe sein Schlafzimmer begutachten kann. Vorhin habe ich keinen Blick dafür übrig gehabt. Zu meiner Überraschung weist der Raum nichts Skandalöses oder Frevelhaftes auf, sondern ist einfach nur behaglich wie der Rest des Hauses. Das Bett ist groß, *sehr groß*, und cremefarben. Über die gesamte Wandlänge zieht sich ein heller Einbauschrank mit Lamellen, und auch hier gibt es eine dunkle Holzschräge. Auf dem Nachttisch liegt ein Buch, gleich neben einer Tafel Schokolade.

Ob Alec viele Frauen hierher mitbringt?

»Keine Handschellen am Bett? Kein Spiegel an der Decke?«, frage ich übermütig. »Ich bin enttäuscht.«

»Dir scheint es wieder besser zu gehen, hm?« Ich höre den milden Spott in seiner Stimme.

»Ja«, murmele ich und drücke ihm einen Kuss auf den Hals. »Dank dir.«

In diesem Moment entdecke ich meine Reisetasche auf der Kommode.

»Es gibt zwar ein Gästezimmer«, sagt Alec, der meinen Blick bemerkt hat. »Aber wir beide wissen genau, dass du die Nacht in meinem Bett verbringen wirst.« Er schenkt mir ein kleines Lächeln. »Es ist unausweichlich.«

»Da habe ich wohl noch ein Wörtchen mitzureden«, entgegne ich aufgeregt und verlegen zugleich.

Statt zu antworten, setzt er mich vorsichtig auf dem Bett ab. »Leg dich auf den Bauch«, sagt er. Sein Tonfall ist ruhig, aber bestimmt. »Keine Sorge, ich hege keinerlei Hintergedanken.«

Nachdem ich seiner Aufforderung gefolgt bin, höre ich, wie er in meinem Rücken mit verschiedenen Gegenständen hantiert. Kurz kehrt Stille ein, ich halte angespannt die Luft an und zucke erschrocken zusammen, als er meine Wade berührt.

»Was ...?«

Mir bleiben die Worte im Hals stecken, denn er ist gerade dazu übergangen, meine Füße mit warmem Öl zu massieren.

»Oh«, stoße ich selig hervor und schließe die Augen.

Geschickt kreisen seine Daumen über meine Fußsohlen, drücken leicht die Zehen, was mir ein wohliges Seufzen entlockt. Dann umfassen seine Hände meine Fesseln, wandern langsam nach oben zu den Waden, die er mit sanftem Druck massiert. Meine Kopfhaut kribbelt, als er den Bademantel etwas höher schiebt und warmes Öl auf meine Kniekehlen tröpfeln lässt, das er großzügig auf meiner Haut verteilt. Anschließend widmet er sich meinen Oberschenkeln. Erst ist der rechte dran, dann der linke. Während er mich massiert, spricht er kein Wort. Ich höre ihn nicht einmal atmen. Nach und nach gerate ich in einen angenehmen Dämmerzustand, der kurz unterbrochen wird, als er mir den Bademantel von den Schultern zieht. Wieder spüre ich das Öl auf meiner Haut, diesmal zwischen den Schulterblättern, danach seine kräftigen Finger. Ein warmer betörender Duft dringt mir in die Nase.

»Was ist das für ein Öl?«, nuschele ich.

»Öl von der Tiaré-Blume. Sie wächst auf Tahiti.«

»Sie duftet himmlisch.«

»Ich weiß.«

Mit diesen Worten nimmt er sich meinen Nacken vor, dann meinen Rücken. Ein süßer Schauer rinnt meine Wirbelsäule hinunter, als er mit kreisenden Bewegungen über meine Haut fährt. Etwas ungeschickt befreie ich mich aus den Ärmeln, sodass der Bademantel nur noch meinen Hintern bedeckt. Als Alecs warme Finger meinen Steiß berühren, kribbelt es in meinen Zehen. Es fühlt sich so wundervoll an. Ich spüre, wie ich immer mehr wegdrifte.

Alec ist ein wahrer Künstler.

Kein Wunder, dass die Frauen bei ihm Schlange stehen.

Der Gedanke erzeugt ein heftiges Zwicken in meiner Brust. Ich beiße mir auf die Lippen, verbiete mir weiteres Grübeln, genieße das gekonnte Spiel seiner Hände. Bis zu dem Augenblick, als seine Finger unter den Bademantel gleiten und ihn zur Seite schieben. Nun bin ich völlig nackt. Die Hitze schießt mir ins Gesicht, erst recht, als seine Finger die Innenseiten meiner Schenkel streicheln und mir klar wird, welches Ziel sie ansteuern.

»Hast du nicht gesagt, du hättest keine Hintergedanken?«, frage ich betont gelassen, obwohl mein Herzschlag in einen Galopp verfällt.

»Ich bin eben nur ein schwacher Mann.«

»Darf ich das schriftlich haben?«

Mir entfährt ein Keuchen, als er meine Oberschenkel spreizt und seine Finger den Spalt zwischen meinen Schamlippen finden. Ich halte die Luft an, drücke das

Gesicht tiefer ins Kissen. Und kann ein Stöhnen dennoch nicht unterdrücken, weil er damit begonnen hat, meinen Kitzler zu reiben. Gleichzeitig spüre ich seine Zähne auf meinem Po. Sein Biss ist nicht zu fest, aber fest genug, um mir die Nässe zwischen die Beine zu treiben. Ich spüre seinen Atem auf meiner Haut. Einer seiner Finger macht sich selbstständig, findet den Weg zwischen meinen Pobacken. Ein heftiger Schauer überzieht meinen Körper, als er sich vorsichtig ein Stück hineinschiebt. Ein weiterer Finger umkreist den Eingang, neckt mich.

»Hast du schon mal ...?, fragt Alec.

»Nein!«

Er stößt ein leises Lachen aus. »Solltest du mal in Experimentierlaune sein, stelle ich mich gern zur Verfügung.«

Dann widmet er sich wieder meinem feuchten Schoß, dringt mit zwei gekrümmten Fingern ein, sanft und gleichzeitig fordernd. Das Herz donnert in meiner Brust. Ich bäume mich auf, und meine harten Nippel reiben gegen das Laken. Reflexartig gerät mein Becken in Bewegung, kommt seiner Hand entgegen, während er mich immer schneller stößt und schließlich seinen Mund gegen meine Schamlippen drückt. Ich kann seine Zunge in mir spüren sowie ein gewaltiger Orgasmus, der sich unaufhaltsam nähert. Was Alec dazu veranlasst, seine Stöße zu verlangsamen, vermutlich um meine süße Qual in die Länge zu ziehen.

»Bitte«, keuche ich zusammenhanglos und drücke mich gegen ihn.

Als seine Zunge meinen Kitzler leckt, ist es um mich geschehen. Zuckende Wärme durchfährt mich. Ich komme in seinem Mund, wimmernd und stöhnend. Überwältigt schließe ich die Augen, will mich einfach nur fallen lassen, doch Alec ist unbarmherzig. Seine Finger, die immer noch in mir sind, bringen mich ein weiteres Mal zum Höhepunkt, wo Zeit und Raum jegliche Bedeutung verlieren. Hemmungslos schreie ich seinen Namen heraus, bis ich irgendwann aus schwindelnden Höhen herunterkomme. Erst als ich ermattet zusammensinke, lässt er von mir ab. Mit zitternden Händen ziehe ich den Bademantel zu mir herüber und bedecke mich notdürftig, bevor ich mich umdrehe. Mit großen Augen starre ich auf das Fußende des Bettes. Alec hat sich gerade seiner Unterhose entledigt und starrt mit brennendem Blick auf mich herunter.

»Du bist nackt«, keuche ich atemlos.

»Wie schon gesagt: Ich bin ein schwacher Mann.«

Schwach ist nicht unbedingt das Wort, das mir bei seinem Anblick spontan einfallen würde, aber ich will mal nicht kleinlich sein.

»Ich würde dich gern vögeln, wenn es für dich in Ordnung ist«, sagt er und klingt plötzlich sehr heiser.

Na, und ob es in Ordnung ist!

Ich nicke, und er steigt zu mir aufs Bett. Da entdecke ich das Kondom in seiner Hand.

»Du überlässt nichts dem Zufall, oder?«, frage ich ein wenig säuerlich.

Er legt die Stirn in Falten. »Was meinst du?«

»Können wir das Kondom nicht einfach weglassen, Alec?«, sage ich. »Ich möchte dich spüren. Deinen Schwanz, deine Lust, wie du tief in mir kommst. Du kannst mir vertrauen«, füge ich hastig hinzu, als sich seine Miene verzieht. »Ich bin ... sauber.«

Wie schrecklich das klingt!

»Dir kann ich vielleicht vertrauen, Bobby, aber was ist mit deinem Freund?«, fragt er und beugt sich über mich. Der missbilligende Tonfall in seiner Stimme ist nicht zu überhören.

Leo hat recht. Alec teilt nicht gern.

Meine Gedanken rotieren. »Wenn Dave und ich es tun, dann nur mit Kondom.«

Alec schüttelt ungläubig den Kopf. »Nimmst du denn nicht die Pille?«

»Doch natürlich. Aber es mit Kondom zu tun, törnt ihn an. Es gibt ihm einen Kick, als würde er mit einer Fremden schlafen«, erkläre ich.

Die Geschichte denke ich mir nicht aus. Eine Kollegin hat sich mal bei mir ausgeweint, weil ihr Mann im Bett ein seltsames Verhalten an den Tag legt. Armer Dave! Wenn er wüsste, welche Gerüchte ich über ihn in die Welt setze. Das hat er wahrlich nicht verdient.

Alecs Blick flackert. »Nichts für ungut, aber dein Freund hat einen Knall!«

»Bitte lass uns nicht mehr über Dave reden«, murmele ich.

Ein rebellischer Zug legt sich auf Alecs Miene, und ich hege den schrecklichen Verdacht, dass er einen Rückzieher machen will. Ich ziehe seinen Kopf zu mir herunter, um ihn zu küssen. Er versteift sich, hält den Mund fest verschlossen, dennoch lasse ich mich nicht beirren. Mit der Zungenspitze zeichne ich sachte die Konturen seiner wunderschönen Lippen nach, reibe meine Nase an seine Wange und hauche kleine Küsse auf seinen rechten Mundwinkel. Aber er bleibt stur. Zwar wehrt er mich nicht ab, kommt mir aber auch nicht entgegen. Also fahre ich die schweren Geschütze auf. Ohne von ihm abzulassen, stemme ich mich hoch und streife wie zufällig mit meinen Brüsten über seine nackte Haut, während ich an seiner Unterlippe knabbere. Ganz vorsichtig. Durch meine halbgeschlossenen

Wimpern kann ich beobachten, wie sich seine Nasenflügel blähen. Ein triumphierendes Lächeln unterdrückend, schiebe ich meine Zunge zwischen seine Lippen. Ein leises Seufzen entfährt ihm, sein Mund wird weich, gibt nach und lässt mich ein.

»Du kleines Biest«, murmelt er zärtlich und übernimmt die Führung.

Seine Zunge stößt in meinen halb geöffneten Mund, ich schmecke leicht salzig. Mit einem wollüstigen Stöhnen schlage ich meine Fingernägel in seinen Rücken und ziehe ihn zu mir herunter. Seine Hände wandern zu meinen Hüften, um mich in die richtige Position zu bringen. Mit einem schnellen Stoß dringt er in mich ein, stützt sich seitlich auf den Ellenbogen ab und schaut mir ins Gesicht. Während er sich genüsslich vor- und zurückbewegt, verschmelzen unsere Blicke miteinander. Ich schlinge meine Beine um seine Hüften, um ihn tiefer in mir zu spüren.

»Alec«, flüstere ich hingerissen.

Was ich in diesem Moment fühle, macht mich schwindelig. Ist es Liebe? Als sein Schwanz in mir zuckt, zieht sich mein Schoß fest um ihn zusammen. Mit jedem Stoß treibe ich unweigerlich einem erneuten Höhepunkt entgegen. Was mich schließlich über die Klippe fallen lässt, ist sein lustvoll verzerrtes Gesicht gepaart mit seinem heiseren Versprechen, mich beim nächsten Mal ans Bett zu fesseln. Als ich schreiend komme, schießt die Nässe aus mir hervor und benetzt seinen Schwanz, der mich immer noch stößt. Mein heftig zuckender Unterleib massiert den letzten Rest Beherrschung aus ihm heraus.

»Bobby, verflucht«, stöhnt er.

Ein Schauder läuft durch seine harten Muskeln. Schon spüre ich, wie er sich entlädt, seinen Samen in mich hineinschießt, Schwall für Schwall, während es mich innerlich vor Glück zerreißt. Ein letztes Mal versenkt er sich in mich, bevor er keuchend auf mir zusammensackt. Alec ist kein Leichtgewicht, er drückt mir die Luft ab, aber statt ihn wegzuschieben, umarme ich ihn und hauche Küsse auf seinen schwer atmenden Mund. Unsere Zungen finden sich, umtanzen sich in zärtlicher Vertrautheit, wollen gar nicht mehr aufhören ... Irgendwann löst er sich von mir, sieht mir noch einmal tief in die Augen, dann rollt er sich von mir herunter.

Überwältigt und auch ein wenig verzweifelt mustere ich sein Profil. Wie viel bedeute ich ihm wohl?

Tu's nicht! Du versaust nur die Stimmung.

Aber natürlich tu ich es. Wider jede Vernunft. »Wärst du an einem Dreier mit Dave interessiert?«, frage ich.

Verdutzt starrt mich Alec an. »Wie bitte?«

»Davon habe ich schon immer geträumt.«

Sein Gesicht wird zu Stein. »Nein.«

»Nein?«, flüstere ich, mein Glück kaum fassend.

»Ich teile mein Spielzeug nicht gern mit anderen.«

Spielzeug? Das bin ich also für ihn?

Ich setze mich auf, um auf ihn herunterblicken zu können. »Aber ein Dreier mit Melissa wäre für dich vermutlich kein Problem, oder?«, frage ich verärgert.

Ein anzügliches Grinsen legt sich auf sein Gesicht. »Wie kommst du jetzt auf Melissa?«

»War nur ein Beispiel«, blaffe ich ihn an. Ich bin echt sauer. »Also, wie sieht's aus?«

»Es wäre kein Problem, nein.«

Natürlich nicht. Arschloch!

»Das ist so typisch«, schimpfe ich. Keine Ahnung, was mich reitet, aber ich steigere mich richtig hinein. »Zwei Frauen, die dich verwöhnen, wären in Ordnung.

Aber zwei Männer, die mich befriedigen, nicht! Du bist ein Heuchler und ein Egoist.«

»Heuchler von mir aus«, entgegnet er mürrisch und setzt sich ebenfalls auf. »Aber ein Egoist? Willst du etwa behaupten, ich wüsste nicht, wie ich dich zum Schreien bringe?«

»Äh … Das ist etwas anderes«, erwidere ich.

Er sieht mich lange an, und dann: »Also gut, ich bin dabei.«

»Was? Wirklich?« Ich versuche, mir meinen Schock nicht anmerken zu lassen.

»Klar. Sag einfach wann und wo.«

Oh Gott, Bobby, was hast du angerichtet?

»O… okay«, sage ich.

»Du wirkst überrascht.«

»Nein, alles gut«, beeile ich mich zu antworten. »Ich kann nur mein Glück kaum fassen.«

Haha! Selten so gelacht!

Innerlich murrend lege ich mich hin, aber als ich mich von Alec wegdrehen will, vereitelt er meinen Plan, indem er meine Schultern packt und mich auf den Rücken rollt. Das Ganze geht so schnell vonstatten, dass er bereits auf mir liegt, ehe ich auch nur den Hauch eines Widerstands leisten kann.

»Was wird das?«, frage ich und ärgere mich über das gierige Pochen zwischen meinen Beinen.

»Ich zeige dir, was für ein Egoist ich bin«, haucht er mir ins Ohr.

I Don’ t Like Mondays

Bobby

Ein Rauschen dringt an mein Ohr, begleitet von Rufen und Gelächter. Die Sonne kitzelt meine nackten Füße, und ich hebe die Arme, um mich ausgiebig zu räkeln. Während sich der Nebel in meinem Kopf langsam lichtet, halte ich die Augen geschlossen, genieße den flüchtigen Moment zwischen Traum und Wirklichkeit. Keine Ahnung, wie viel Uhr es ist, aber ich tippe auf den späten Vormittag. Vor einigen Stunden bin ich durch Alecs Bartstoppeln an meinem Innenschenkel zum ersten Mal aus dem Schlaf gerissen worden, seine Zunge hat anschließend dafür gesorgt, dass ich vollends wach wurde. Der Anblick seines Kopfes zwischen meinen Beinen hat meinen Puls in die Höhe getrieben und tut es gerade wieder. Mit einem verschmitzten Lächeln hat er mich gemustert, während ich gekommen bin. Danach haben wir uns geliebt, sanft und innig, ohne viele Worte zu machen.

Alec.

Ich vergrabe mein Gesicht im Kissen, sauge seinen Geruch ein. Wollüstig und irgendwie auch berauscht reibe ich die Oberschenkel aneinander, in dem Wissen, dass er immer noch in mir ist. Als trüge ich einen kostbaren Schatz in meinem Schoß. Mein Herz schwillt vor Zuneigung so sehr an, dass es schmerzt.

Verwechsle Dankbarkeit nicht mit Liebe.

Beinahe lache ich auf. Nein, was ich fühle, ist definitiv nicht nur Dankbarkeit. Ausgerechnet Alec Cooper.

Wie originell! Aber ich verbiete mir, jetzt darüber zu grübeln. Ich werde einfach den Moment auskosten. Gestern bin ich knapp dem Tod oder zumindest der Folterung entronnen und habe eine unvergessliche Nacht mit dem aufregendsten Mann verlebt, den ich kenne. Das muss fürs Erste genügen. Nachdem ich mich noch einmal geräkelt habe, springe ich mit einem Satz aus dem Bett. Ich ziehe mir den Bademantel über, der ordentlich über einem Stuhl hängt, und gehe hinaus auf die Terrasse mit Blick aufs Meer. An dieser Stelle ist der Sandstrand besonders breit, einige braungebrannte junge Leute spielen Beachvolleyball. Aus deren Richtungen kommen die Rufe und das Gelächter. Unwillkürlich muss ich lächeln. Ihre gute Laune ist ansteckend.

Im Haus ist es ruhig, was mir nicht weiter Sorgen bereitet. Hier fühle ich mich so geborgen wie in Abrahams Schoß. Ich schnappe mir meine Reisetasche und gehe ins Bad. Bereits zwanzig Minuten später bin ich fertig geduscht und angezogen. Ich trage eine dunkelblaue Sommerhose, dazu ein weißes ärmelloses Shirt. Nur meine Sneakers bleiben unauffindbar. Ich trete vor die Tür des Schlafzimmers und lehne mich übers Treppengeländer.

»Alec!«, rufe ich durchs Haus.

Keine Antwort.

»Alec!«

»Ich bin hier unten, Bobby«, kommt es laut zurück.

»Hast du meine Schuhe gesehen?«

»Ich habe die Sohlen gesäubert. Sie sind draußen auf der Terrasse zum Trocknen.«

»Oh, okay. Danke!«, entgegne ich gerührt.

Ich will mich schon abwenden, als mich eine zweite Männerstimme innehalten lässt. Da mein Name fällt, kann ich nicht anders, als barfuß die Stufen hinunterzugehen. Ich bin Reporterin und von Natur aus neugierig.

»War das eben Bobby Sedgwick?« Ich brauche einen Moment, um Tom Rennicks Stimme zu erkennen.

»Ja.«

»Was macht sie hier?«

Am Fuß der Treppe bleibe ich stehen. Etwas hält mich zurück.

»Was denkst du wohl?«

Tom Rennick stößt einen wüsten Fluch aus. »Du solltest sie nur um den kleinen Finger wickeln, Alec. Von Vögeln war nicht die Rede.«

»Wie ich vorgehe, ist meine Sache, nicht deine!«, erwidert Alec mit einer Kälte, die mir einen eisigen Schauer über den Rücken jagt.

Nein! Nein! Nein!

»Hauptsache ist doch, dass du deine Publicity bekommst, oder etwa nicht?«, fügt er hinzu.

Oh, Alec.

Etwas in mir bricht. Voller Zorn stürze ich ins Wohnzimmer, wo sich die beiden Männer gegenüberstehen. Tom Rennick ignorierend schiebe ich mich vor Alec, blicke zu ihm hoch. *Gott, ich liebe sein Gesicht, vor allem die Lachfältchen um seine Augen.* Verfluchter Scheißkerl!

»Wovon redet er, Alec?« Ich erkenne meine wutverzerrte Stimme kaum wieder.

Wie versteinert starrt er mich an, was mehr aussagt als jede Antwort.

»Du hast mich nur ins Bett gezerrt, um mich bei Laune zu halten? Damit die beschissenen Artikel für *Cerberus* positiv ausfallen?«

In Alecs Blick flackert es. »So war's nicht, Bobby.«

Es klingt so lahm, dass bei mir eine Sicherung durchbrennt. Ich hole aus, um ihm eine Ohrfeige zu verpassen, doch bevor ich sein Gesicht erreiche, packt er mein Handgelenk und zieht mich an sich.

»Bitte lass es mich erklären«, sagt er.

»Du kannst mich mal, du Arschloch!«, zische ich und tue etwas, was ich bisher nur vom Hörensagen kannte.

Ich ramme ihm mein rechtes Knie zwischen die Beine.

»Scheiße, Bobby ...«, stöhnt Alec und lässt mich los.

Mit schmerzverzerrtem Gesicht taumelt er einige Schritte zurück. Über mich selbst erschrocken, starre ich ihn an, spüre, wie der Kloß in meinem Hals zu platzen droht, doch eher sterbe ich, als vor aller Augen in Tränen auszubrechen. Bevor ich schwach werde, wende ich mich an Tom Rennick.

»In Zukunft sollten Sie jemand anderen für den Job auswählen«, werfe ich ihm entgegen. »Alec ist ein miserabler Verführer!«

Anschließend mache ich auf dem Absatz kehrt und renne nach oben. In weniger als einer Minute habe ich meine Schuhe gefunden und angezogen, danach stürme ich mit der Reisetasche wieder hinunter. Alec steht immer noch an der gleichen Stelle, leicht gekrümmt und mit einem gequälten Gesichtsausdruck. Im Radio schmettern die Boomtown Rats ihr berühmtes *I Don't Like Mondays*. Wie passend!

»Du willst doch nicht zurück in dein Apartment?«, krächzt Alec. »Das ist zu gefährlich.«

»Das kann dir doch egal sein, oder?«, entgegne ich kalt.

Gut möglich, dass ich überreagiere, schließlich hat er mein Leben gerettet, aber die Vorstellung, dass er mich nur angemacht hat, um daraus Profit zu schlagen, tut verflucht weh.

»Ich bringe Sie nach Hause, Miss Sedgwick«, sagt Tom Rennick.

»Einen Scheiß werden Sie!«, fahre ich ihn an und registriere mit Genugtuung, dass er zusammenzuckt. »Rufen Sie mir lieber ein Taxi.«

Das übernimmt Alec. Als ich das Haus verlasse, höre ich noch, wie er die Adresse nennt: 3450 East Ocean Boulevard. Während ich auf der Straße auf den Wagen warte, ist mein Herz voller widersprüchlicher Gefühle. Einerseits bin ich stinkwütend auf Alec. Andererseits wünschte ich mir, er würde nach draußen kommen, mich umarmen und mir süße Ausreden ins Ohr flüstern, die ich willig annehmen würde. Aber er kommt nicht. Was beweist, dass er schuldig ist. Wieder kämpfe ich mit den Tränen. Zum Glück taucht in diesem Moment das Taxi auf.

Drinnen atme ich ein paar Mal hektisch ein und aus. Erfreulicherweise empfinde ich keine Liebe für Alec, sondern lediglich Dankbarkeit und sexuelles Verlangen. Ja genau. Es war eine aufregende Erfahrung, mehr auch nicht. Je mehr Abstand ich zwischen mich und Alec bringe, desto eher bin ich davon überzeugt. Irgendwann habe ich mich so weit im Griff, dass ich Oliver anrufen kann. Schließlich habe ich noch einen Job zu erledigen.

»Ich wurde gestern Nacht vor meiner Wohnung überfallen«, beginne ich.

»Was? Oh mein Gott! Geht es dir gut?«

Ich erzähle ihm die ganze Geschichte, einige Details Alec betreffend lasse ich außer Acht. Dessen Auftauchen erkläre ich damit, dass wir verabredet waren, um das weitere Vorgehen der abgebrochenen Reportage zu besprechen. In meinen Ohren klingt die Ausrede ziemlich schlecht, aber Oliver ist so sehr auf den Überfall fixiert, dass er nicht nachhakt.

»Du musst untertauchen, Bobby. Sofort!«

»Im Gegenteil«, entgegne ich. »Die Story muss jetzt ohne Wenn und Aber an die Öffentlichkeit.«

»Das werde ich auf keinen Fall gestatten! Das ist zu gefährlich. Ohne den Namen des Drahtziehers kann die Polizei nichts machen. Der Artikel wäre nur Spekulation und würde dich in tödliche Gefahr bringen.«

»Hast du nicht zugehört?«, empöre ich mich. »Trevor, *dein Freund* Trevor, hat sich geopfert, um unsere Quelle zu schützen.«

»Eben!«, schreit mich Oliver an. »Spiel du nicht auch noch die Heldin!«

»Ich werde den Artikel veröffentlichen, Oliver. Ob du es willst oder nicht!«, stoße ich hervor und lege auf.

Meine Hand zittert, als ich das Handy wieder wegstecke.

»Alles in Ordnung, Miss?«, fragt mich der Taxifahrer und sucht im Rückspiegel meinen Blick.

Ich nicke ihm zu. Was soll ich ihm auch sagen? Dass ich vor Angst fast in die Hosen mache und dass ich gerade den einzigen Menschen verloren habe, der in der Lage ist, mich zu beschützen?

Als das Taxi in meine Straße einbiegt, breitet sich das Gefühl der Beklemmung in meiner Brust weiter aus. Was, wenn Alec recht hat und die Typen zurückkommen, um ihr Werk zu beenden? Wie aufs Stichwort klingelt mein Handy. Auf dem Display erscheint Alecs Nummer. Obwohl alles in mir danach schreit, ranzugehen, halte ich der Versuchung stand, zumal der Taxifahrer in diesem Moment das Wort an mich richtet.

»Hier wohnen Sie?«, fragt er.

»Ja. Wieso?«, antworte ich und blicke auf.

Mir entfährt ein überraschtes Keuchen, als ich die vielen Streifenwagen sehe, die kreuz und quer vor Mrs. Hiddlestons Haus parken.

Wie haben sie davon erfahren?, ist mein erster Gedanke.

Nachdem ich den Taxifahrer bezahlt habe, steige ich aus, die Reisetasche in der Hand. Meine Beine schlottern so sehr, dass ich Mühe habe, geradeaus zu gehen. Am Gartentor werde ich von einem uniformierten Polizisten angehalten.

»Wohin wollen Sie?«, fragt er mich.

»Ich wohne hier«, antworte ich.

»Ihr Name?«

»Bobby Sedgwick.«

Er nickt ernst und lässt mich passieren. Die wenigen Meter bis zum Eingang meiner Einliegerwohnung erscheinen mir plötzlich wie eine halbe Weltreise. Mein Instinkt rät mir, das Weite zu suchen. Eine völlig irrationale Reaktion, schließlich habe ich mir nichts zuschulden kommen lassen. Als ich mein Apartment erreiche, stocke ich mitten im Schritt. Die Eingangstür steht weit offen. Drinnen kann ich einige Uniformierte ausmachen, die in meinen Sachen herumwühlen. Die Reisetasche entgleitet mir aus der Hand. Eine Frau in Zivil kommt auf mich zu und stellt sich als Detective Diaz vor.

»Sind Sie Roberta Sedgwick?«, fragt sie mich.

»Ja. Was tun Sie in meiner Wohnung?«

»Wir haben einen Durchsuchungsbefehl.«

Als hätte mir jemand eine eiserne Gusspfanne an den Kopf geschlagen, starre ich sie an. »Das muss ein Missverständnis sein.«

Ist es nicht, wie ich mit einem Blick feststelle, nachdem sie mir das Dokument in die Hand gedrückt hat.

Da steht es schwarz auf weiß. Mein Name samt Adresse. Nur der Grund für die Durchsuchung, der fehlt.

»Was wird mir vorgeworfen?«, will ich von Detective Diaz wissen.

»Ich bin nicht befugt, Ihnen das zu sagen.«

Während die Polizisten meine Wohnung auf den Kopf stellen, bin ich dazu verdammt, tatenlos daneben zu stehen. Glücklicherweise ist Mrs. Hiddleston nicht da. Der Schlag würde sie treffen. Plötzlich bin ich froh, dass mein Laptop in der Reisetasche ist und der USB-Stick bei Alec.

»Wir haben hier was!«, ertönt es in diesem Moment aus dem Schlafzimmer.

Kurz darauf erscheint einer der Polizisten, in der Hand hält er eine Plastiktüte mit einem Revolver.

»Eine 38er?«, fragt ihn Detective Diaz.

»Ja, und zwei Kugeln fehlen.«

»Das genügt mir«, erwidert der weibliche Detective und kommt auf mich zu.

Bevor ich weiß, was mir geschieht, packt sie meine Arme, biegt sie hinter meinen Rücken und legt mir Handschellen an.

»Das ist nicht meine Waffe!«, protestiere ich lautstark.

»Roberta Sedgwick. Ich nehme Sie vorläufig fest«, leiert die Polizistin ihren Text herunter, meinen Einwand ignorierend. »Sie stehen im Verdacht, Bane Knesic umgebracht zu haben. Sie haben das Recht zu schweigen. Alles, was Sie sagen, kann und wird vor Gericht gegen Sie verwendet werden. Sie haben das Recht, zu jeder Vernehmung einen Anwalt hinzuzuziehen. Wenn Sie sich keinen Anwalt leisten können, wird Ihnen einer gestellt.«

»W... was?«, stammele ich.

Mir ist plötzlich übel.

»Haben Sie das verstanden?«, fügt die Polizistin hinzu.

»Ich habe niemanden umgebracht«, murmele ich.

»Haben Sie das verstanden?« Ein zweiter Polizist baut sich drohend vor mir auf.

»Ja«, sage ich. »Ich möchte meine Anwältin anrufen.«

»Sobald wir auf dem Revier sind, können Sie Ihren Anruf machen.«

Die Fahrt zum Polizeirevier nehme ich wie in Trance wahr. Ich habe keine Ahnung, was vor sich geht. Ich atme tief durch, um nicht in Panik zu geraten. Diane ist eine herausragende Anwältin. Sie wird mich da rauspauken. Dennoch kann ich nicht verhindern, dass mein Kopf qualmt. Wie ist die Waffe in mein Apartment gekommen? Und wer ist dieser Bane Knesic? Eine eisige Faust legt sich um mein Herz. Jemand versucht, mir etwas anzuhängen. Wahrscheinlich hängt es mit der Glücksspielstory zusammen. Erst Trevors gewaltsamer Tod, dann die beiden Typen von gestern Nacht und jetzt das! Das ist definitiv kein Zufall.

Als wir vor dem Glendale Police Department halten, einem mehrstöckigen modernen Bau mit einer Fassade aus Glas und Beton, schießt mir der Schweiß aus den Poren. Bisher bin ich nur einmal verhaftet worden. Damals war ich 17 Jahre alt und habe vor dem Sitz eines Pharmaunternehmens gegen Tierversuche demonstriert, wobei die Veranstaltung ein wenig außer Kontrolle geriet. Nach einer Stunde auf dem Polizeirevier holte mich mein Dad ab. In anderen Familien hätte es vielleicht eine Schelte gegeben, nicht bei uns. Als er den Entlassungswisch unterschrieb, schwoll ihm die Brust vor Stolz. Bei der Erinnerung daran stiehlt sich ein Lächeln in mein Gesicht, das fast zeitgleich wieder erlischt. Hier geht es nicht um eine eingeschlagene Fensterscheibe.

Nachdem meine Personalien und Fingerabdrücke aufgenommen worden sind, rufe ich Diane an. Während es in der Leitung klingelt, bete ich inständig, dass sie nicht vor Gericht ist oder anderweitig beschäftigt. Auf der anderen Seite ist es Mittagszeit. Mit ein wenig Glück isst sie mit einem Mandanten oder Kollegen auswärts oder verputzt einen Salat vor ihrem Rechner. Es klingelt und klingelt, und ich balle angespannt die Faust. Der Polizist neben mir wird schon ungeduldig.

»Ja?«, ertönt es in meinem Ohr.

Meine Knie drohen vor Erleichterung nachzugeben, und für einen kurzen Moment bringe ich keinen Ton heraus.

»Hallo?«

»Diane! Ich bin's, Bobby.«

»Was ist los? Ich habe leider nicht viel Zeit, und ...«

»Ich wurde verhaftet«, falle ich ihr ins Wort.

»Was?«, ruft sie ungläubig.

»Sie behaupten, ich hätte jemanden ermordet.«

»Das ist doch Schwachsinn!«, entgegnet Diane.

»Sie haben eine Waffe in meinem Apartment gefunden«, flüstere ich. »Und ich wette, es ist die Tatwaffe. Jemand will mir etwas anhängen«, erkläre ich weiter und versuche vergeblich, den verzweifelten Unterton in meiner Stimme zu unterdrücken.

»Okay. Wo bist du?« Mit einem Mal klingt meine Schwester völlig ruhig, was meine flatternden Nerven besänftigt.

»Police Department Glendale, 131 N Isabel Street.«

»Ich nehme den nächsten Flug nach L.A.«, sagt Diane, ohne zu zögern.

»Danke«, murmele ich und muss mich räuspern. »Grüß George und die beiden Mädchen von mir, und sag ihnen, dass es mir leid tut, dich für ein paar Tage zu entführen.«

»Ich werde sie herzlich von dir grüßen, Bobby«, antwortet Diane mit warmer Stimme. »Halte durch. Ich hole dich da raus.«

»Können wir?«, fragt mich der Polizist, nachdem ich aufgelegt habe.

Ich nicke.

Kurz darauf werden mir die Handschellen abgenommen, und ich finde mich mit drei anderen Frauen in einer Arrestzelle wieder. Von ihrem Aussehen und dem Inhalt ihres Gesprächs ausgehend sind zwei von ihnen Prostituierte. Bei der dritten handelt es sich um eine gut gekleidete ältere Dame. Was hat sie angestellt? Mit ihrem Gehstock einen Polizisten verprügelt? Ermattet lasse ich mich auf einer Bank nieder, während sich die beiden grell geschminkten Frauen über ihre »Freunde« auslassen, womit sie offenbar ihre Zuhälter meinen. Sie plappern und plappern, und ich bin für die Ablenkung dankbar. Wäre ich allein mit meinen rotierenden Gedanken, würde ich vermutlich durchdrehen. Die ältere Dame, die während der ganzen Zeit regungslos auf den Boden starrt, wird irgendwann von ihrem Enkel in Empfang genommen. Verständnislos schaut sie auf den jungen Mann, der sie in den Arm nimmt, in ihren Augen herrscht völlige Leere. Ich tippe auf Demenz.

Gerade, als den beiden Prostituierten der Gesprächsstoff ausgeht und sie mich mit Fragen zu löchern beginnen, werde ich in Handschellen zum Verhör abgeholt. So fühlt es sich also an, wie ein Verbrecher behandelt zu werden! Es ist nicht halb so sexy, wie man vielleicht denken könnte. Wie man es aus Filmen kennt, ist der Verhörraum klein, grau und fensterlos. Detective Diaz wartet bereits auf mich. Vor ihr auf dem Tisch liegt eine geschlossene blaue Akte, die ich anstarre, als handelte es sich um eine Giftschlange. Verbirgt sich dort womöglich mein Verderben?

»Möchten Sie einen Kaffee?«, fragt mich die Polizistin, nachdem ich ihr gegenüber Platz genommen habe.

Ich schüttele den Kopf.

»Gut, dann fangen wir an.«

In einer quälend langsamen Geste öffnet sie die Akte und holt ein Foto hervor, das sie mit einem Finger zu mir herüberschiebt.

»Kennen Sie diesen Mann?«

Als ich den Blick auf das Foto richte, habe ich alle Mühe, meine Mimik unter Kontrolle zu halten. Der Mann ist um die Dreißig, hat kurze rötliche Haare und eine mehrfach gebrochene Nase. Obwohl er die Augen geschlossen hat und ein unschönes Loch in seinem Schädel klafft, erkenne ich ihn auf Anhieb. Gestern Nacht hat er mir ein Messer an den Hals gehalten.

»Nein«, antworte ich.

Keine fünf Minuten hier drin und schon meine erste Lüge.

»Sind Sie sicher?«

»Natürlich bin ich sicher«, entgegne ich viel zu unwirsch, was Detective Diaz ein Stirnrunzeln entlockt. *Entspann dich, Bobby. Du bist unschuldig.* »Wer soll das sein?«, frage ich in höflicherem Tonfall.

»Sein Name ist Bane Knesic. Er wurde heute Morgen in der Nähe Ihres Hauses erschossen aufgefunden. Der anonyme Anrufer, der den Leichenfund beim Notruf gemeldet hat, hat Sie vom Tatort weglaufen sehen.«

»Anonymer Anrufer?«, erwidere ich. *Wie praktisch!* »Wie will er mich erkannt haben?«

Detective Diaz bleibt mir die Antwort schuldig. »Knesic wurde zweimal getroffen«, erklärt sie stattdessen. »Einmal am Kopf und einmal in der Brust. In der Waffe, die wir in Ihrem Apartment gefunden haben, fehlen zwei Kugeln.«

»Das ist nicht meine Waffe.«

»Unser Labor ist gerade dabei, sie zu untersuchen. Handelt es sich tatsächlich um die Tatwaffe, wird die Staatsanwaltschaft Anklage erheben.«

»Wie ich schon mehrmals betont habe: Das ist nicht meine Waffe!«, entgegne ich um Gelassenheit bemüht. »Keine Ahnung, wie sie in mein Apartment gelangt ist.«

»Wo waren Sie von gestern auf heute zwischen 11 Uhr abends und 8 Uhr früh?«

»Nicht zu Hause.«

»Sondern?«

»Ich habe die Nacht bei einem Bekannten verbracht.«

»Name und Adresse?«

»Alec Cooper, 3450 East Ocean Boulevard«, antworte ich und muss zu meinem Leidwesen feststellen, dass sich mein Herzschlag beschleunigt, nur weil ich seinen Namen laut ausspreche.

Detective Diaz nickt. »Wir werden das überprüfen.«

»Das Ganze ist doch völlig verrückt!«, ereifere ich mich. »Was hätte ich denn für einen Grund haben sollen, diesen Mann zu töten?«

»Das finden wir schon noch heraus, Miss Sedgwick.«

»Hören Sie, Detective, ich glaube, jemand versucht, mir diesen Mord anzuhängen.« Ich zögere. »Wegen einer Story, an der ich gerade arbeite.«

Zum ersten Mal sehe ich ein nachdenkliches Flackern in Detective Diaz' Blick. »Erzählen Sie mir etwas darüber.«

Ich schüttele den Kopf. »Das kann ich leider nicht. Nicht ohne meine Quelle zu gefährden.«

Die Polizistin lehnt sich zurück. »Ihre Entscheidung, aber ich denke nicht, dass es klug wäre, zu schweigen. Sie sollten ...«

In diesem Moment geht die Tür auf, und ein Kollege drückt ihr einen Zettel in die Hand. Während Detective Diaz den Text überfliegt, verkrampft sich mein Magen zu einem Knoten der Angst. Mein Gefühl sagt mir, dass der Zettel nichts Gutes verheißt.

Ich soll recht behalten.

Die Polizistin blickt auf. »Die Laborergebnisse sind da. Fingerabdrücke wurden auf der Waffe zwar nicht gefunden, Miss Sedgwick, aber die ballistische Untersuchung beweist eindeutig, dass es die Tatwaffe ist.«

Angestrengt denke ich nach. Weiterhin meine Unschuld zu beteuern, bringt wohl nichts, die Indizien sprechen gegen mich.

»Ich sage nichts mehr, bis meine Anwältin hier ist«, erkläre ich.

Nachdem meine Finger vergeblich auf Schmauchspuren untersucht worden sind, was mich in den Augen der Polizei kein bisschen entlastet, weil ich Handschuhe getragen haben könnte, werde ich in eine Einzelzelle gebracht. Selbst wenn bei Diane alles reibungslos läuft, sie eine Vertretung für ihre laufenden Fälle findet und den schnellsten Flieger nimmt, wird sie nicht vor heute Nacht in L.A. eintreffen. Mit ein wenig Glück kann ich morgen früh mit ihr sprechen. Bis dahin heißt es warten. Auf der Pritsche sitzend, blicke ich durchs Gitterfenster nach draußen, beobachte, wie die Sonne wandert, sich der Himmel verfärbt und schließlich verdunkelt. Meine Gedanken springen von Alec zu Bane Knesic. Von Bane Knesic zu Trevor. Von Trevor zu meiner Quelle. Von meiner Quelle zu Oliver. Von Oliver zu Diane. Von Diane zu Alec.

Alec. Immer wieder Alec.

Obwohl er mich verletzt hat, sehne ich mich schmerzhaft nach ihm. Ich würde alles tun, ihm notfalls vergeben, nur um seine Hände auf mir zu spüren. Verzweifelt beginne ich, auf meinem Daumennagel herumzukauen, rufe mich jedoch schnell wieder zur Ordnung, bevor ich in Selbstmitleid versinke. Ich bin nicht die Erste, die eine Nacht unschuldig hinter Gittern verbringt, und werde auch nicht die Letzte sein. Im Gegensatz zu den meisten anderen habe ich eine Familie mit Spitzenanwälten im Rücken, die alles tun werden, um meine Unschuld zu beweisen. Kein Grund also, in Panik zu verfallen. Erneut gerate ich ins Grübeln. Warum wurde Bane Knesic getötet? Nur um den Verdacht auf mich zu lenken? Was ist mit meiner Quelle? Lebt sie noch? Befindet sich Oliver in Gefahr? Stöhnend berge ich meinen Kopf in die Hände. Die Achterbahnfahrt meiner Gedanken macht mich verrückt, hinzu kommt, dass meine Augen jucken. Als ich mein Abendessen bekomme, Würstchen mit Püree, dazu ein Erdbeerjoghurt, gieße ich etwas Wasser in den beiliegenden Plastikbecher und lege meine Kontaktlinsen hinein.

Jetzt sehe ich zwar nicht mehr ganz so viel, dafür können sich meine Augen aber entspannen. Notdürftig wasche ich mich am Waschbecken, dann strecke ich mich auf der Pritsche aus und decke mich zu. Immer wieder ertönen Rufe von irgendwoher, was ziemlich beunruhigend ist. Ich stecke mir Klopapier in die Ohren und zwinge mich, meinen Kopf zu leeren. Es dauert eine Ewigkeit, bis ich endlich in Morpheus Arme sinke.

Bobbys große Schwester

Alec

Nach zwei Nächten hängt Bobbys Duft immer noch in den Laken, wenn auch sehr schwach. Die Nase tief im zerwühlten Stoff meines Bettes vergraben, versuche ich der wilden Abfolge meiner Emotionen Herr zu werden. Mit keiner anderen Frau habe ich beim Sex derart die Beherrschung verloren, wie mit Bobby. Nicht einmal mit Evelyn. *Evelyn*. Seit Jahren habe ich nicht mehr an sie gedacht, geschweige denn ihren Namen ausgesprochen. Seltsamerweise macht es mir nichts aus. Ihr Name hat für mich keine Bedeutung mehr, als gehörte er einer Fremden auf der Straße, die ich bereits hinter der nächsten Ecke wieder vergessen habe. Das ist also mit »die Zeit heilt alle Wunden« gemeint. Wann hat Evelyn eigentlich für mich jegliche Bedeutung verloren? Vor fünf Wochen? Fünf Monaten? Fünf Jahren? Ich weiß es nicht.

Gestern habe ich Bobby mehrmals auf dem Handy angerufen, sie hat nicht zurückgerufen. Für einen kurzen Moment habe ich mit dem Gedanken gespielt, nach Evan Youngs Abschiedskonzert vorbeizuschauen. Aber zum einen wäre es mitten in der Nacht gewesen, und zum anderen mache ich mich nicht gern zum Narren. Ich hechle keiner Frau nach. Punkt.

Auch nicht Bobby.

Es ist erst sechs Uhr morgens, aber der Drang nach einer Zigarette wächst von Minute zu Minute. Werde ich schwach, bleibt es heute nicht bei einem Zug, das weiß ich. Vermutlich werde ich die ganze verdammte Packung wegquarzen, was mich um Wochen zurückwerfen würde. Deshalb bleibt mir nur ein Ausweg. Ich hole das Backbuch *Sweet & Easy* aus dem Regal und schlage die Seite 12 auf. Mein Dienst beginnt erst in vier Stunden, also habe ich genügend Zeit. Jetzt, da Evan Young die Stadt verlassen hat, habe ich einen neuen Job. Ich muss einen Ölmagnaten aus Dallas während seiner dreitägigen Konferenz beschützen. Gegen 10 Uhr hole ich ihn vom Flughafen ab, danach fahren wir ins Kongresszentrum.

Natalie hat eine Schwäche für Pecan Cakes, deshalb werde ich einen Pekannusskuchen backen. Wenigstens eine, die im Office meine Backkünste zu schätzen weiß! Ich verknete Butter, Wasser und Salz zu einer Masse, die ich in Frischhaltefolie packe und für eine halbe Stunde in den Kühlschrank verstaue. Dann mache ich mich an die Nussmasse: Butter, Eier, Vanillezucker, Pekannüsse, Zuckerrübensirup ... Ein Fest für den Gaumen.

Gerade als der Kuchen fertiggebacken ist und ich ihn auf die Küchenablage stelle, klingelt es an der Tür. Es ist halb neun.

Bobby!

Ich reiße die Tür auf. Bedauerlicherweise steht nicht das kämpferische Lockenköpfchen mit dem teuflisch spitzen Knie vor mir, sondern eine elegante blonde Frau in den Dreißigern. Sie trägt ein bordeauxrotes Kostüm, ihr Blick ist ernst.

»Alec Cooper?«, fragt sie.

»Ja?«

Erleichterung zeichnet sich auf ihren Zügen ab. Ich kenne sie nicht, aber etwas in ihrem Gesicht kommt mir vertraut vor.

»Mein Name ist Diane Johnson. Ich bin …«

»Bobbys Schwester«, beende ich den Satz.

»Richtig.« Sie wirkt überrascht. »Sie hat Ihnen von mir erzählt?«

»Nein. Ich wusste nicht, dass sie eine Schwester hat. Ich habe es erraten.«

Sie stößt ein kleines melodisches Lachen aus. »Wie das? Bobby und ich sind grundverschieden.«

»Sie haben die gleichen Augen«, sage ich.

Nur sind Bobbys Augen größer und schöner.

Eine leichte Röte befällt ihre Wangen.

»Was ist mit Bobby?«, frage ich. »Ist sie in Schwierigkeiten?«

Diane Johnsons Gesicht wird schlagartig ernst. »Darf ich hereinkommen?«

Das klingt nicht gut.

»Natürlich«, antworte ich.

Nachdem sie eingetreten ist, schließe ich die Tür und steuere die Küche an.

»Bitte nehmen Sie Platz«, sage ich und zeige auf die beiden Hocker vor der Theke. »Möchten Sie eine Tasse Kaffee oder ein Stück Pecan Cake? Ich habe gerade einen frisch aus dem Ofen geholt.«

»Deshalb duftet es hier so gut. Nein danke. Es klingt verlockend, aber ich habe keinen Appetit.« Sie räuspert sich. »Ich bin nicht als Bobbys Schwester hier, sondern als ihre Anwältin.«

Stirnrunzelnd schaue ich sie an. »Was ist passiert?«

»Hat die Polizei Sie noch nicht aufgesucht, Mister Cooper?«

»Bitte nennen Sie mich Alec. Nein, hat sie nicht.«

Nervös kaut Diane Johnson auf ihrer Unterlippe herum. »Das ist seltsam, denn Sie sind Bobbys Alibi.«

Mein Magen zieht sich zu einem säuerlichen Klumpen zusammen. »Alibi?«

»Ja. Sie wird verdächtigt, einen Mann namens Bane Knesic erschossen zu haben.«

»Das ist doch lächerlich!«, schnaube ich.

»Aber leider die Realität. Die Tatwaffe wurde in ihrem Apartment gefunden.«

Entgeistert starre ich sie an. »Was?«

Sie nickt.

Unwillkürlich balle ich die Fäuste. »Wie geht es Bobby?«

»Den Umständen entsprechend gut. Sie hat die Nacht im Gefängnis verbracht. Das muss man erst einmal verdauen.« Diane stößt ein kleines zittriges Lachen aus. »Um 2 Uhr ist der Kautionstermin. Ich hoffe, ich bekomme sie frei.«

Rasch rechne ich im Kopf nach, was ich auf der hohen Kante habe. Es ist kein Riesenvermögen, dennoch ein hübsches Sümmchen. Besser als nichts.

»Sagen Sie Bescheid, wenn ich wegen der Kaution helfen kann«, erkläre ich.

Diane schenkt mir ein warmes Lächeln. »Danke, Alec. Das ist sehr großzügig von Ihnen, aber ich denke, wir kommen klar.«

Ich zucke mit den Achseln. »Wie Sie meinen. Wer ist dieser Bane Knesic überhaupt?«

Diane atmet tief ein. »Ich könnte jetzt doch einen Kaffee vertragen.«

»Gern«, sage ich, hole eine Tasse aus dem Küchenschrank und schenke ihr ein.

»Dankeschön.« Diane nimmt einen Schluck. »Bobby hat mir berichtet, was in der Nacht von Sonntag auf Montag vor ihrem Apartment passiert ist. Der Kerl mit dem Messer ... Sein Name war Bane Knesic. Er wurde einige Stunden später in der Nähe mit zwei Kugeln in Kopf und Brust aufgefunden. Die Spurensicherung geht davon aus, dass er dort getötet wurde.«

Ich brauche einen Moment, um das Gehörte zu verdauen. »Hat Bobby der Polizei von den Ereignissen in dieser Nacht erzählt?«

Diane schüttelt den Kopf.

»Das würde nicht gut aussehen, wüssten die Cops davon«, überlege ich laut. »Damit hätte Bobby ein Motiv.«

»Soweit ich sie richtig verstanden habe, geht es ihr vor allem darum, ihre Quelle nicht zu gefährden.«

»Bobby ist da an einer Story dran ...«, sage ich.

»Ich weiß, sie hat so etwas angedeutet. Wissen Sie mehr darüber?«

Ich nicke.

»Mir wollte sie nichts erzählen.«

»Vermutlich, um Sie zu schützen«, antworte ich.

»Sie würden nicht zufällig ...?«

»Nein, tut mir leid. Das ist Bobbys Entscheidung.«

Auf Dianes Gesicht erscheint ein verlegenes Lächeln. »Sie haben recht. Ich ...«

Ein Klingeln an der Tür lässt sie zusammenzucken. Unsere Blicke kreuzen sich.

»Ja?«, rufe ich.

»Polizei! Wir möchten mit Ihnen sprechen, Mister Cooper!«

Diane wird kreidebleich. Mit Gesten gebe ich ihr zu verstehen, dass sie sich in der Vorratskammer im hinteren Teil der Küche verstecken soll. Ihre Tasse stelle ich in die Spüle, dann gehe ich zur Tür, um diese zu öffnen. Vor mir stehen ein Mann und eine Frau in Zivil, die mir ihre Ausweise vors Gesicht halten.

»Was kann ich für Sie tun, Detectives?«, frage ich.

»Mister Cooper, wir müssen Sie bitten, wegen einer Aussage mit uns aufs Revier zu kommen«, sagt die Frau, die sich als Detective Carla Diaz ausgewiesen hat.

Mit zusammengezogenen Augenbrauen sehe ich auf die Uhr. »Tut mir leid. In einer Stunde muss ich einen Mandanten vom Flughafen abholen«, entgegne ich. »Worum geht es?«

»Dürfen wir hereinkommen?«

»Aber natürlich«, antworte ich freundlich und trete zur Seite.

»Es geht um Roberta Sedgwick«, erklärt Detective Diaz, während sie mit ihrem Kollegen im Schlepptau über die Schwelle tritt.

Ich sehe sie fragend an. »Sie meinen Bobby Sedgwick?«

»Ja«, antwortet die Polizistin und öffnet ihr Notizbuch. Sie hat offenbar das Kommando.

»Schön, und was wollen Sie wissen?«

»Können Sie mir sagen, wo Miss Sedgwick in der Nacht von Sonntag auf Montag war.«

»Ja. Sie war hier bei mir.«

»Die ganze Nacht?«, fragt Detective Diaz, während sie sich Notizen macht.

Ich nicke.

»Sind Sie sicher?«

Ich schenke ihr ein vielsagendes Lächeln. »Oh ja, ganz sicher.«

Detective Diaz blinzelt. »Ich verstehe. Gibt es dafür Zeugen?«

»Nein. Wir haben es traditionell zu zweit getrieben.«

Die Polizistin wird rot im Gesicht. »Können Sie die Uhrzeit bestimmen?«

»Natürlich. Ich habe sie abends gegen Mitternacht von zu Hause abgeholt, und morgens gegen zehn ist sie wieder abgefahren.« Ein besorgter Unterton schleicht sich in meine Stimme. »Warum fragen Sie mich das? Bobby ist doch nicht in Schwierigkeiten?«

»Ich bin leider nicht befugt, Ihnen mehr darüber zu sagen.« In einer schwungvollen Geste klappt Detective Diaz ihr Notizbuch zu. »Danke, Mister Cooper«, sagt sie und will sich abwenden, stockt aber in bester Columbo-Manier mitten im Schritt. »Noch eine Sache: Sie haben nicht zufällig mit Diane Johnson gesprochen, oder?«

Scheiße.

»Nein. Wer soll das sein?«

»Roberta Sedgwicks Anwältin ... und Schwester«, antwortet Detective Diaz, den Blick starr auf mich gerichtet, lauernd. »Sollte das nämlich der Fall sein, wäre Ihre Aussage unglaubwürdig. Sie könnte abgesprochen sein.«

»Hier ist nichts abgesprochen«, erwidere ich. »Und nein, ich habe diese Diane Johnson nicht gesehen, geschweige denn gesprochen.«

Ein Lächeln legt sich auf Detective Diaz' Mund, das mir gar nicht gefällt. »Seltsam, denn vor einer halben Stunde haben wir eine Frau in Ihr Haus gehen sehen, die Mrs. Johnson aufs Haar gleicht. Nicht wahr, Terry?«, wendet sie sich an ihren Partner, der wie ein braves Hündchen nickt.

»Sie haben sich versehen«, sage ich unbeeindruckt.

»Dürfen wir uns hier vielleicht ein wenig umschauen?«

Ich lächele sie an. »Haben Sie ein Durchsuchungsbefehl?«

Sie schüttelt den Kopf.

»Dann ist die Antwort Nein.« Mein Lächeln verfliegt. »Dort ist die Tür.«

Offenbar ist mein Blick ziemlich finster, denn die beiden Cops weichen unwillkürlich zurück.

»Sie hören von uns«, kann sich Detective Diaz beim Hinausgehen nicht verkneifen.

»Wie Sie meinen«, erwidere ich. »Einen schönen Tag noch«, füge ich hinzu, bevor ich die Tür hinter ihnen schließe.

»Das war eine Falle«, ertönt in diesem Moment Dianes Stimme in meinem Rücken. Damit spricht sie genau das aus, was mir eben durch den Kopf gegangen ist. »Und ich bin hineingetappt.« Sie rauft sich die Haare. »Deshalb haben sie sich Zeit gelassen, Sie aufzusuchen. Weil sie gehofft haben, ich käme ihnen zuvor.«

»Gut möglich.«

»Ganz sicher sogar.« Unruhig tigert sie hin und her. »Normalerweise hätten diese Detectives bereits gestern mit Ihnen sprechen sollen, Alec. Davon bin ich ausgegangen, als ich mich heute Morgen auf den Weg zu Ihnen gemacht habe. Nachdem Sie mir eröffnet haben, dass dem nicht so ist, hätte ich sofort den Rückzug antreten müssen. Stattdessen …«

»Bobby ist Ihre Schwester«, sage ich sanft.

Sie nickt traurig. »Ich hab's vermasselt. Ihre Aussage wird keinen Pfifferling mehr wert sein, wenn die Polizei nachweisen kann, dass ich zuvor mit Ihnen gesprochen habe. Schlimmstenfalls haben sie mich gefilmt, als ich hereinkam.«

»Und wenn schon! Sie sind Bobbys Schwester.« Ich setze mich auf einen der Hocker. »Wie wollen die Cops beweisen, dass wir uns nicht privat unterhalten haben? Außer sie haben Richtmikrofone benutzt, und die wären in unserem Fall illegal.«

»Sie haben recht«, sagt Diane. »Wenn wir so argumentieren, besteht eine klitzekleine Chance, aus der Sache heil herauszukommen.«

»Die große Frage ist doch, warum die Cops daran interessiert sind, Bobbys Alibi zu torpedieren. Was haben die davon? Und wie kommt die Tatwaffe in ihr Apartment?«

»Glauben Sie, dass jemand von der Polizei mit drinhängt?«

Nachdenklich reibe ich mir das Kinn. *Ich muss mich unbedingt rasieren.* »Möglich wär's. Fingierte Beweise fallen nicht einfach so vom Himmel.«

»Alles nur wegen der Story, an der sie dran ist.« Es ist keine Frage, vielmehr eine Feststellung.

»Wie kam die Polizei eigentlich auf Bobby?«, will ich wissen.

»Ein anonymer Anrufer«, antwortet Diane mit einer vielsagenden Miene.

Natürlich.

»Jemand will Bobby unter allen Umständen kaltstellen.« Ich atme tief durch. »Hören Sie, *Cerberus* hat gute Verbindungen zum LAPD. Neal, ein befreundeter Kollege, ist dort als Berater tätig. Ich werde ihn bitten, diskret nachzuforschen. Wenn Detective Diaz und ihr Hündchen Dreck am Stecken haben, findet er das heraus.«

»Ist er vertrauenswürdig?«

»Hundertprozentig.«

»In Ordnung. Danke.« Sie kaut auf der Innenseite ihrer Wange herum, was mich schmerzhaft an ihre Schwester erinnert. »Wenn wir nur beweisen könnten, dass Bobby zur Tatzeit hier war.«

»Wann wurde der Typ erschossen?«

»Irgendwann in der Nacht von Sonntag auf Montag. Näheres kann man noch nicht sagen. Der Obduktionsbericht steht aus.«

Kurz überlege ich. »Die Videoüberwachung«, murmele ich.

»Was meinen Sie?«

»Auf dem Freeway 710 hat es Sonntagnacht einen Großeinsatz der Feuerwehr gegeben, deshalb musste ich einen Umweg fahren. Dabei haben wir die Vincent Thomas Bridge überquert. Das muss gegen halb eins gewesen sein. Die Mautstation hat eine Videoüberwachung. Wenn Sie sich die Aufnahme besorgen, könnten wir mit etwas Glück beweisen, dass Bobby dreißig Meilen vom Tatort entfernt war, als Knesic ermordet wurde.«

Diane nickt langsam. »Das ist gut, sehr gut sogar.« Sie lächelt. »Haben Sie schon mal daran gedacht, als Ermittler für eine Anwaltskanzlei zu arbeiten?«

Den ernsthaften Umständen zum Trotz muss ich lachen. »Nein, danke! Mein Job als Leibwächter lastet mich voll aus.«

»Ein Glück, dass Bobby Sie hat!«

»Ich verstehe nur nicht, warum ihr Freund Dave sie in dieser Situation hängen lässt«, sage ich schroffer als beabsichtigt.

»Dave?« Diane hebt fragend die Augenbrauen. »Nun, ich schätze, Bobby hält ihn aus der Sache raus, um ihn nicht in Gefahr zu bringen.«

»Ach wirklich?« Ich spüre, wie mir die Galle hochkommt.

Sie schenkt mir ein nachsichtiges Lächeln. »Dave verfügt nicht unbedingt über das nötige Nervenkostüm.«

»Nicht das nötige Nervenkostüm?«, wiederhole ich garstig.

Irritiert blickt mich Diane an. »Nicht jeder kann ein Navy-Seal sein, Alec.«

Zwischen einer Lusche und einem Navy-Seal gibt es ja wohl noch ein paar Abstufungen!

»Sie wissen davon?«, frage ich stattdessen.

»Bobby hat es mir erzählt. Ich wollte wissen, was für eine Art Mensch Sie sind.«

»Macht Sinn.« Ich lege eine kurze Pause ein. »Können Sie ihr bitte etwas ausrichten?«

»Natürlich.«

»Sagen Sie ihr, dass es mir leid tut.«

Diane schaut mich lange an. »Mehr nicht?«

»Nein.«

Sie nickt.

»Danke, Diane.«

»Ich habe zu danken, Alec, für Ihre Unterstützung.« Ihre Augen schimmern feucht. »Bobby ist meine kleine Schwester, und ich liebe sie ...«

In einer spontanen Geste drücke ich ihre Hand. »Wir biegen die Sache schon wieder gerade«, sage ich leise.

Danach tauschen wir unsere Handynummern aus und verabschieden uns. Bevor Diane geht, checke ich die Straße für den Fall, dass irgendwo ein Streifenwagen steht oder ein Zivilfahrzeug der Polizei. Ich habe ein Auge dafür, sie anhand der Modelle und Kennzeichen zu erkennen. Zum Glück ist die Luft rein. Nachdem Dianes Mietwagen aus meinem Sichtfeld verschwunden ist, schnappe ich mir das Telefon und rufe Tom an.

»Hast du schon etwas zum Autokennzeichen?«, frage ich, nachdem wir uns begrüßt haben.

»Noch nicht.«

»Beeil dich, Tom. Es ist wichtig. Außerdem möchte ich Neal um einen Gefallen bitten.«

Und dann erzähle ich ihm von Bobbys Verhaftung.

Bobby

Wer schon einmal beim Kautionsgericht war, weiß, dass es dort zugeht wie im Bienenstock. Für jeden Fall nimmt sich der Richter gerade mal drei Minuten. Da bleibt für die Argumentation wenig Zeit.

»Hast du mit Alec gesprochen?«, frage ich, während wir darauf warten, aufgerufen zu werden.

Diane nickt. »Er hat dein Alibi bestätigt, und er macht sich Sorgen um dich.«

»Er ist ein Arsch«, murmele ich.

»Ich weiß zwar nicht, was zwischen euch vorgefallen ist, Schwesterchen. Aber ich habe mich eine Stunde lang mit ihm unterhalten, und nichts, aber auch gar nichts wies darauf hin, dass er ein Arsch ist. Ganz im Gegenteil.«

Wortlos starre ich vor mich hin.

»Ich soll dir ausrichten, dass es ihm leid tut«, fügt sie hinzu.

Ich zucke mit den Schultern. »Ist das alles?«

Sie nickt. »Ich glaube, er mag dich, Bobby.«

Obwohl sich in mir drin alles zusammenkrampft, versuche ich, mir den Schmerz nicht anmerken zu lassen.

»Und ich mag Tomatensuppe und Spaziergänge am Strand!«, mosere ich. »Was hat das schon groß zu bedeuten?«

Diane kommt nicht mehr dazu, mir zu antworten, weil wir in diesem Moment aufgerufen werden. Der Vertreter der Gegenseite, ein dünnes Männlein mit Brille, der nicht aussieht, als besäße er viel Humor, verliest die Anklage und plädiert auf Verbleib in Haft. Obwohl ich mich gewappnet habe, wird mir bei seinen Worten speiübel. Diane greift unauffällig nach meiner Hand und drückt sie.

»Worauf plädiert Ihre Mandantin, Frau Anwältin?«, meldet sich der Richter zu Wort.

»Auf nicht schuldig, Euer Ehren«, antworte ich, wie von mir erwartet wird.

»Meine Mandantin stammt aus einer respektablen Familie und hat sich bis zum heutigen Tage nichts zuschulden kommen lassen«, übernimmt Diane. »Sie hat einen festen Job und ist in ihrer Gemeinde integriert. Es besteht also keine Fluchtgefahr. Wir beantragen eine Kaution von 100.000 Dollar.«

»Die Familie Sedgwick ist mir ein Begriff, Mrs. Johnson. Ich bewundere Ihr Engagement und das Ihrer Eltern sehr«, erwidert der Richter. »Ihre Schwester ist keine Anwältin?«

»Nein, Euer Ehren. Sie ist investigative Journalistin. Ihre Arbeit ist mindestens ebenso wichtig für die Gesellschaft …«

»Miss Sedgwick wird des Mordes beschuldigt!«, brüllt der Vertreter der Anklage, der offenbar seine Felle davonschwimmen sieht. »In der Wohnung der Angeklagten wurde die Tatwaffe gefunden …«

»Die ihr nicht gehört!«, wirft sich Diane dazwischen. »Jemand hat sie ihr untergeschoben.«

»Verehrte Anwälte, heben Sie sich Ihre Argumente für die Hauptverhandlung auf. Ich setze die Kaution auf

300.000 Dollar fest.« Der Hammer fällt. »Nächster Fall.«

Vor Erleichterung wird mir schwindelig. Sobald ich das Geld zusammenhabe, bin ich frei. Das Erste, was ich dann tun werde, ist duschen. Zwar hat mir Diane heute Morgen Augentropfen und frische Unterwäsche mitgebracht, wofür ich ihr bis zu meinem Lebensende dankbar sein werde, dennoch habe ich das dringende Bedürfnis, mich zu waschen.

»Danke, Diane«, murmele ich und umarme meine Schwester.

»Sie haben nichts in der Hand, Bobby, außer ein paar Indizien und einem ominösen Zeugen«, sagt sie und tätschelt mir den Rücken. »Bis zum Prozess sind es drei Wochen. So viel Zeit haben wir, um die Anklage zu zerpflücken.«

Ich nicke langsam. »Vorher musst du für mich einen Kautionsagenten aufsuchen, um die Summe zu besorgen.«

Was kein Problem sein dürfte, da die meisten ihre Geschäfte unweit des Gerichts betreiben.

Diane sieht mich mit einem seltsamen Ausdruck an. »Du willst einem dieser Blutsauger zehn Prozent Provision in den Schlund stecken? Nicht mit mir, Schwesterchen!« Sie wirft einen Blick Richtung Eingang und lächelt. »Außerdem hat sich die Sache eben geklärt.«

»Was? Aber …«

Ich folge ihrem Blick und entdecke einen großen, etwas korpulenten Mann in einem teuren Anzug, der zu uns herübersieht. Sein blondes Haar wird immer lichter, was ihn maßlos ärgert, wie ich sehr wohl weiß, und er hat riesige Füße.

»Dad«, rufe ich und renne auf ihn zu, als wäre ich sechs Jahre alt.

Als sich seine Arme um mich legen, entfährt mir ein leises Schluchzen. Zugegeben, ziemlich uncool das Ganze. Aber wird man des Mordes verdächtigt und hat eine Nacht unschuldig im Gefängnis verbracht, darf man sich in der Öffentlichkeit ruhig mal gehen lassen.

»Nana, Bobby«, tröstet mich Dad. »Alles wird gut.«

Für jemanden, der einmal im Monat vor dem Obersten Gericht eindrucksvolle Reden schwingt, ist er privat erstaunlich unbeholfen.

»Ist Mom auch da?«, frage ich die Nase in seinem Jackett vergraben.

»Sie wäre gern mitgekommen, Bobby. Aber das Bein macht ihr seit gestern wieder zu schaffen. Deshalb ist sie zu Hause geblieben.«

Ich nicke.

»In einer Stunde geht mein Flieger zurück nach San Francisco«, fügt Dad bedauernd hinzu. »Ich habe einen wichtigen Fall …«

Unwillkürlich muss ich lächeln. Dad hat immer einen wichtigen Fall.

»Kein Problem«, sage ich. »Dass du gekommen bist, finde ich lieb von dir. Ich weiß, wie sehr ihr eingespannt seid, du und Mom. Und was die Kaution betrifft …«

»Mach dir deswegen keine Sorgen, Bobby. Wir haben ein paar Rücklagen.« Er zwinkert mir zu. »Außerdem bekommen wir das Geld ja zurück.«

»Danke Dad.«

»Du musst mir nicht danken. Wir sind eine Familie, das ist selbstverständlich.«

Ein Polizist schiebt sich zwischen uns. Bis die Formalitäten erledigt sind, muss ich zurück ins Gefängnis, aber zwei Stunden später bin ich wieder draußen. Mein Handy und den Geldbeutel, den ich bei meiner Verhaftung am Körper getragen habe, hat man mir zurückgegeben. Diane, die sich einen Mietwagen besorgt hat, wartet vor dem Tor auf mich. Wir umarmen uns lang und innig, dann fahren wir los.

Versonnen blicke ich aus dem Fenster. Die Sonne scheint. Es ist ein herrlicher Tag.

»Ich will da nicht nochmal rein, Diane«, flüstere ich.

Meine Schwester schenkt mir ein Lächeln. »Dafür sorge ich schon.«

Da mein Apartment immer noch versiegelt ist, suchen wir uns eine Unterkunft in der Nähe. Das Hotel, in dem Diane die letzte Nacht verbracht hat, ist nur einen Steinwurf vom Gefängnis entfernt, deshalb schließen wir es aus. Auf dem Weg zum neuen Hotel machen wir ein paar Besorgungen. Klamotten, Unterwäsche, ein Kamm, eine Zahnbürste ... Gerade, als wir vor dem Regal für Dentalpflegeprodukte stehen, fällt mir meine Reisetasche wieder ein. Da ich außerhalb meines Apartments verhaftet worden bin, habe ich sie zurücklassen müssen. Wie konnte ich nur so etwas Wichtiges vergessen, zumal sich mein Laptop darin befindet? Wenigstens ist der USB-Stick mit meinem Artikel bei Alec in sicherer Obhut.

»Diane«, wende ich mich an meine Schwester. »Kannst du im Revier nachfragen, ob sie meine Reisetasche beschlagnahmt haben?«

Kurz erläutere ich ihr die Details.

Sie nickt. »Ich kümmere mich darum. Sobald wir im Hotel sind, rufe ich an.«

»Danke.«

»Sag mal, was läuft da eigentlich zwischen Alec Cooper und dir?«

Ich seufze. »Sei mir nicht böse, Diane, aber ich will jetzt nicht darüber reden.«

»So schlimm?«

Hilflos zucke ich mit den Achseln. Inzwischen kommt mir alles so surreal vor, dass ich mich frage, ob ich nicht überzogen reagiert habe. Er hat mit mir geschlafen, damit meine Reportage positiv ausfällt. Ist das schlimm? Ja. Ist das die ganze Wahrheit? Ich weiß es nicht. Wenn es nur darum ging, mir Honig ums Maul zu schmieren, hat er sich ziemlich holperig angestellt. Entsprechend spöttisch fiel mein zweiter Beitrag aus. Hat er mich deshalb am selben Abend flachgelegt? Um sicherzugehen, dass ein solcher Ausrutscher nicht noch einmal passiert? Mir schwirrt der Kopf. Sein Verlangen wirkte so verflucht echt.

»Jedenfalls hat er die Lösung geliefert, die zu deiner Entlastung führen könnte«, sagt Diane und erzählt mir von der Videoüberwachung auf der Vincent Thomas Bridge.

»Das ist schön«, erwidere ich matt, kann aber nicht verhindern, dass mein Herz einen Freudenhüpfer macht.

Im Hotel angekommen, lasse ich mir ein Bad einlaufen, während sich Diane im Zimmer nebenan einrichtet und ein paar Telefonate führt. Meine Schwester hat bei der Wahl des Etablissements keine Kosten gescheut, und ich genieße den Luxus von Massagedüsen und einem Flachbildfernseher über dem Fußende der Badewanne. Nachdem sie mir berichtet hat, dass man auf dem Polizeirevier keine Kenntnis von einer braunen Reisetasche hat, nehmen wir ein frühes Abendessen ein. Wir sind recht schweigsam, genießen die Ruhe und die exquisit zubereiteten Speisen. Mit einem »Ich muss noch arbeiten« verlässt sie mich gegen 9 Uhr, um auf ihr Zimmer zu gehen, während ich träge durch die Programme zappe. Durch die Wand kann ich hören, wie sie telefoniert. Ein leises verschwommenes Murmeln. Wie ich sie kenne, wird sie bis weit nach Mitternacht arbeiten. Ihre Bostoner Fälle haben sich schließlich nicht in Luft aufgelöst.

Gerade, als ich am Einnicken bin, klingelt mein Handy. Auf dem Display erscheint Alecs Nummer. Mein Herzschlag beschleunigt sich. Kurz zögere ich.

Du schuldest ihm was, flüstert mir meine innere Stimme zu. *Seit wann bist du ein solcher Feigling?*, schiebt sie erbost hinterher, als ich nicht reagiere.

Das gibt den Ausschlag.

»Ja?«, melde ich mich.

»Ich bin's, Alec.«

Seine Karamellstimme. Ein süßer Schauer läuft über meinen Nacken.

»Ich weiß.«

»Ich habe gehört, was passiert ist, Lockenköpfchen …«

»Nenn mich nicht so«, werfe ich ein, aber es klingt schrecklich schwach.

Ein Schweigen ist die Antwort.

»Danke, dass du mein Alibi bestätigt hast«, murmele ich.

»Das ist doch selbstverständlich. Wenn ich irgendwie helfen kann, musst du es nur sagen.« Er räuspert sich. »Hör zu, wegen dem, was Tom gesagt hat …«

Gequält schnappe ich nach Luft. »Mir ist jetzt nicht nach einer Aussprache zumute, Alec.«

Ich möchte einfach nur, dass du mich küsst. Ich möchte deine warme Haut auf meiner spüren, deine Finger in meinem Haar, dein Körper fest gegen mich gepresst …

»Mit dir zu schlafen, gehörte zu keinem Plan, Bobby, das versichere ich dir.«

»Blödsinn!« Der Druck auf meiner Brust nimmt weiter zu. »Bei unserem ersten Gespräch im Büro stand es dir ins Gesicht geschrieben.«

»Ist dir nie in den Sinn gekommen, dass ich mit dir schlafen wollte, weil du mir gefällst?«

»Ich lege jetzt auf, Alec.«

»Nein, warte! Wollen wir uns nachher auf einen Drink treffen?«

»Ich kann nicht.«

Kälte schleicht sich in seine Stimme. »Ich werde vor dir nicht auf den Knien rutschen, Bobby.«

»Das verlangt auch niemand. Tut mir leid«, flüstere ich noch in den Hörer und lege auf.

Mit brennenden Augen umschlinge ich das Kissen neben mir und drücke es an meine Brust, darauf wartend, dass sich der stechende Schmerz in meinem Herzen legt.

Die Beichte

Bobby

Am anderen Morgen weckt mich Diane mit einer guten Nachricht. Ich darf in mein Apartment zurückkehren. Obwohl es ein bisschen eng wird, beschließen wir, sie bei mir wohnen zu lassen, solange sie in L.A. ist. Als wir dort ankommen, entdecke ich als Erstes Melissas gelben Sportflitzer, der vor dem Haus parkt. Ob Alec die Nacht bei ihr verbracht hat?

Sag mal, spinnst du?, blafft mich meine innere Stimme mit solcher Schärfe an, dass ich zusammenzucke.

»Alles okay?«, fragt mich Diane, der meine Reaktion nicht entgangen ist.

»Ja. Es fühlt sich nur seltsam an, hier zu sein. Ich wurde überfallen, dann verhaftet. Ich werde dieses Haus nie wieder mit den gleichen Augen sehen, fürchte ich.«

»Sollen wir zurück ins Hotel fahren?«

Ich schüttele den Kopf. »Das packe ich schon. Sofern Mrs. Hiddleston mich als Mieterin behalten will. Sie kehrt heute von einem Familienbesuch zurück. Keine Ahnung, wie sie reagiert, wenn ich ihr erzähle, dass es hier vorgestern von Polizisten nur so gewimmelt hat und ich in Handschellen abgeführt wurde. Was übrigens die halbe Nachbarschaft mitbekommen hat.«

Wie sich wenige Stunden später herausstellt, bereitet es Mrs. Hiddleston keinerlei Probleme, eine vermeintliche Schwerverbrecherin zu beherbergen. Von dem Überfall erzähle ich ihr nichts, eine Entscheidung, die mir nicht leicht fällt. Sie hätte das Recht zu erfahren, dass ihr Zuhause nicht sicher ist, solange ich darin wohne. Aber wird sie von der Polizei verhört, darf sie diese Information nicht zurückhalten, und ich gerate in Teufels Küche. Auch Diane rät mir, die Füße stillzuhalten, bis meine Unschuld bewiesen ist. Wer immer mich aus dem Weg schaffen will, hat sein Ziel erreicht, so ihr Argument. Mein Ruf als Journalistin ist angeschlagen, also kann ich vorerst niemandem gefährlich werden. Wie um das zu untermauern, hat mir Oliver Zwangsurlaub verordnet, zu meiner eigenen Sicherheit, wie er sagt. Die Zeitung und auch er seien selbstverständlich von meiner Unschuld überzeugt.

Die vermisste braune Reisetasche mit dem Laptop darin und anderen persönlichen Sachen finde ich auf meinem Bett im Schlafzimmer. Alles scheint da zu sein, nichts fehlt. Trotzdem darf ich die Möglichkeit nicht ausschließen, dass auf meinem Rechner herumgeschnüffelt wurde. Auch wenn er passwortgeschützt ist, verfügt das LAPD über Mittel und Wege, ihn zu knacken.

Gerade sind Diane und ich dabei, uns einzurichten – wir haben uns darauf geeinigt, dass sie in meinem Bett schläft und ich auf der Couch, weil sie Schlaf nötiger hat als ich – platzt Mrs. Hiddleston mit einem Angebot herein. Das Musikzimmer im Erdgeschoss sei unbenutzt, wenn wir wünschten, könnte sie ein Gästebett hineinstellen. Da sich auf der Etage eine Gästetoilette befindet, werden wir uns schnell einig. Als es um die Miete geht, bekommen sich Diane und Mrs. Hiddleston allerdings in die Haare. Während die alte Dame aufs Geld verzichten will, beharrt Diane darauf, ihr einen wöchentlichen Betrag zukommen zu lassen. Am Ende setzt sich meine Schwester durch. Sie erhält einen

Zweitschlüssel für meine Wohnung, und alle sind glücklich.

Während Diane Akten studiert, mit Kollegen und Behörden telefoniert und E-Mails verschickt, bin ich zur Untätigkeit verdammt.

»Lies ein Buch«, rät sie mir, also schnappe ich mir einen Schmöker aus meinem Regal und fläze mich aufs Sofa.

Aber so sehr ich mich auch bemühe, die Seiten verschwimmen vor meinen Augen, und ich bekomme vom Inhalt nichts mit.

»Geh ein wenig spazieren«, lautet der nächste Ratschlag, doch von den Nachbarn begafft zu werden, scheint mir nicht sehr reizvoll.

Also schalte ich den Fernseher ein. Schon mal das Nachmittagsprogramm geschaut? Nach zehn Minuten gebe ich entnervt auf. Irgendwann macht sich Diane auf den Weg, um das Foto von der Videoüberwachung auf der Vincent Thomas Bridge zu besorgen. Unruhig schreite ich durch die Wohnung, über meinem Kopf höre ich Melissas Absätze klacken, wenn sie von ihrem Wohnzimmer zur Toilette geht und wieder zurück. Was recht häufig geschieht. Ich fühle mich wie ein eingesperrtes Tier, dessen Käfigtür geöffnet wurde, das sich aber nicht traut, hinauszugehen.

Am Ende sind es Leo und Dave, die mich davor bewahren, durchzudrehen. Am späten Nachmittag stehen die beiden vor meiner Tür mit einem riesigen Blumenstrauß in den Händen und einem anklagenden Ausdruck in den Augen.

»Wann wolltest du uns sagen, dass du in der Klemme steckst?«, begrüßt mich Leo und zieht mich stürmisch an seine Brust.

Von Dave gibt es ein Küsschen auf die Wange und ein vorwurfsvolles Kopfschütteln. Ihr plötzliches Erscheinen bringt mich dermaßen aus der Fassung, das ich aus heiterem Himmel in Tränen ausbreche. Ehe ich mich versehe, liege ich in den Armen zweier Männer, die zwar schwul sind, aber himmlisch duften und mir so herrliche Dinge zuflüstern wie: »Alles gut, Süße, es war nicht so gemeint«, »Wir konnten kaum schlafen vor Sorge« und »Möge demjenigen, der dir das eingebrockt hat, der Schwanz abfallen und das Arschloch zuwachsen«. Bald versiegen meine Tränen und machen Platz für ein breites Lächeln.

»Besser?«, fragt Leo, nachdem wir uns voneinander gelöst haben.

Ich nicke. »Danke euch. Darf ich?«, frage ich mit Blick auf den Blumenstrauß, der durch die Knuddelorgie ein wenig zerknautscht aussieht.

Dave reicht ihn mir.

»Wollt ihr was trinken?«, frage ich, nachdem ich die Blumen ins Wasser gestellt habe. »Eine heiße Schokolade vielleicht?«

»Hast du auch etwas für Erwachsene?«, erwidert Leo und wirft sich auf die Couch.

»Einen Bourbon, aber ist es nicht ein bisschen früh für ...«

»Nein!«, unterbricht mich Leo. »Her damit!«

Ich grinse. »Für dich auch, Dave?«, frage ich den braunhaarigen Mann, der versonnen aus dem Fenster schaut.

»Mich gelüstet es mehr nach der heißen Schokolade«, antwortet er mit einem milden Lächeln. »Ich bin heute euer Fahrer, kein Alkohol also für mich«, fügt er hinzu.

»Damit meint er uns drei«, präzisiert Leo und macht die entsprechende Handbewegung.

»Ich verstehe nicht«, sage ich, während ich den Bourbon für Leo einschenke.

»Heute Abend ist in der Deschant Gallery eine Vernissage. Der Künstler ist ein Bekannter. Seine Installationen sind zwar ein wenig extrem, aber ein Vermögen wert.« Leo verschränkt die Arme hinter dem Kopf. »Wir sind hier, um dich abzuholen.«

»Also ich weiß nicht ...«

»Das ist genau die Ablenkung, die du brauchst.«

Dann begreife ich. »Diane hat euch angerufen.«

»Genau genommen haben wir uns gegenseitig angerufen.« Leos Blick ist so voller Wärme, dass es mir die Kehle zuschnürt.

»Du wirst doch nicht schon wieder flennen!«, ruft er in gespieltem Entsetzen.

Ich schüttele heftig den Kopf. »Nein, nein, versprochen!«

»Gut.« Das ist Dave. »Also, kommst du mit?«

Gerührt blicke ich von einem zum anderen. »Ihr seid die besten Freunde, die man sich wünschen kann.«

»Wissen wir!«, kommt es einstimmig zurück.

»Aber in den Klamotten kannst du nicht hin«, wirft Leo ein. »Du siehst aus, als kämst du zum Putzen in die Galerie und nicht als Gast.«

Mein Angriff erfolgt so schnell, dass er ihn nicht kommen sieht. Schon habe ich mir die Vase mit den Blumen geschnappt und über seinen Kopf geschüttet.

»Du jetzt auch«, erwidere ich.

Während Leo zur tropfenden Salzsäule erstarrt, sein verblüffter Gesichtsausdruck ist unbezahlbar, brechen Dave und ich in brüllendes Gelächter aus. Als Diane nach Hause kommt, albern wir drei immer noch rum wie die Kinder. Die Blumen stecken längst wieder in der Vase, die Couch wurde mit dem Föhn notdürftig getrocknet.

»Ihr seid gut drauf, wie ich sehe«, sagt Diane.

»Ja«, antworte ich und werde schlagartig ernst. »Und? Hast du etwas erreicht?«

Ihr Gesicht verzieht sich zu einem Grinsen, und mir fällt ein Stein vom Herzen. »Ich habe das Foto. Es beweist, dass du um 0:33 Uhr gemeinsam mit Alec am westlichen Zugang der Vincent Thomas Bridge warst.«

Später am Abend treffen wir in bester Laune auf der Vernissage ein. Zuvor haben wir einen Umweg gemacht, damit sich Leo umziehen und seine Haare in Ordnung bringen kann, was sage und schreibe eine Stunde gedauert hat. Am Ende trägt er eine enge schwarze Hose mit einer schreiend bunten Vintagejacke, *seine zweite Wahl, wie er mir unmissverständlich zu verstehen gibt*, dazu eine gelbe Mütze. Ich für meinen Teil habe mich für das hellblaue Cocktailkleid mit den Spaghettiträgern und weich fallenden Volants im Rockteil entschieden. Darüber trage ich ein kurzes weißes Strickjäckchen, denn selbst in L.A. kann es im Mai abends etwas kühl werden.

Diane ist zu Hause geblieben, weil noch einiges anliegt, wie sie sagt. Auf der einen Seite bin ich ihr unendlich dankbar, auf der anderen Seite plagt mich das schlechte Gewissen, weil ich ihr die zusätzliche Arbeit aufbürde. Auch wenn sie mir immer wieder versichert, wie gern sie es für mich tut. Um es wiedergutzumachen, habe ich ihr angeboten, ihre beiden Mädchen bei mir aufzunehmen, damit George und sie endlich in den längst überfälligen Romantikurlaub fahren können.

Während Leo, Dave und ich durch die Räume der gut besuchten Kunstgalerie stolzieren, schnappe ich das eine oder andere auf. Die meisten der distinguiert aussehenden Gäste deuten die blutgetränkten Steinblöcke auf dem Boden und die Neonschriften, die von der Decke hängen, als eine Manifestation unserer verrohten Gesellschaft. Einige halten sie für absoluten Schwachsinn, andere für reine Abzocke. Es wird heftig diskutiert. Indessen sonnt sich der Künstler, ein Japaner um die Fünfzig mit kahlgeschorenem Kopf und Schottenrock, in der allgemeinen Aufmerksamkeit.

Meine Freunde und ich haben jedenfalls viel Spaß. Wenn wir uns nicht gerade das Maul über die Möchtegern-Kunstkenner zerreißen, genehmigen wir uns Champagner und Amuse-Gueules, die von jungen Mädchen in Tarnanzügen gereicht werden. Mich auf diese Vernissage mitzunehmen, war eine exzellente Idee meiner Freunde, und ich bin unendlich dankbar für die Ablenkung. Bis zu dem Augenblick, als ich einen breitschultrigen Mann mit kurzen dunklen Haaren entdecke, der die meisten um einen ganzen Kopf überragt.

»Oh mein Gott!«, keuche ich, während sich mein Atem beschleunigt. Weil Leo mit dem Künstler in einem Gespräch vertieft ist, stehen Dave und ich allein in einer Ecke. »Da hinten ist Alec.«

»*Der* Alec?«, fragt Dave.

»Ja.« Ich wende mich ab. »Ich muss weg. Sofort!«

»Wieso? Ich dachte, er sei der Hammer.«

»Ja ... nein ... Bitte lass uns gehen!«, stammele ich.

»Zu spät«, antwortet Dave. »Er kommt schnurstracks auf uns zu.«

Oh nein!

»Bobby?«, fügt er leise hinzu.

»Ja?«

»Er *ist* der Hammer. Wir müssen ihn vor Leo verstecken«, sagt Dave mit einem Lächeln in der Stimme, während ich so tue, als wäre ich im Anblick eines blutgetränkten Steinhaufens vertieft.

»Er hält dich für meinen Freund«, flüstere ich. »Vergiss das nicht.«

»Ich hasse sowas, ehrlich«, stöhnt Dave.

»Guten Abend, Bobby«, ertönt Alecs dunkle Stimme in meinem Rücken.

Kurz schließe ich die Augen, atme tief durch, bevor ich mich mit einem viel zu breiten Lächeln umdrehe. Alec trägt einen schwarzen Anzug mit bordeauxfarbenem Hemd, sein Kragen steht offen und enthüllt ein Stück braungebräunter Haut. Er sieht umwerfend aus.

»Alec! Was für eine Überraschung!« Ich stoße ein viel zu schrilles Lachen aus, wie mir Daves irritierter Seitenblick verrät. »Ich hätte dich nicht für einen Fan blutdürstiger Künstler gehalten.«

Seine eisblauen Augen durchbohren mich. »Ich bin beruflich hier.«

»Oh, na dann will ich dich nicht länger aufhalten.« Das Herz klopft mir bis in die Kehle hinauf, was mir das Atmen erschwert. »Du warst es, der mir erklärt hat, dass man seine Schutzperson nicht aus den Augen verlieren darf.«

Lässig steckt Alec die Hände in die Taschen. »Ich bin nicht allein hier. Ich habe Verstärkung.«

»Oh.«

Ein unangenehmes Schweigen entsteht, das Dave schließlich bricht.

»Willst du uns nicht vorstellen, Bobby?«, wendet er sich an mich.

»Ja, natürlich, entschuldige«, beeile ich mich zu sagen, froh darüber, mich in Formalitäten flüchten zu können.

»Dave, das ist Alec, der Leibwächter, den ich letzte Woche im Rahmen meiner Reportage kennengelernt habe.« *Wie kalt und unpersönlich das klingt.* Ich räuspere mich. »Alec, das hier ist Dave, meine ... bessere Hälfte.«

Beinahe erwarte ich, dass mich zur Strafe für diese dreiste Lüge der Blitz trifft.

»Es ist mir eine Freude«, sagt Alec und reicht Dave die Hand. Sein harter Blick scheint meinen Freund in Stein verwandeln zu wollen, aber dieser hält dem Angriff wacker stand.

»Ganz meinerseits«, antwortet Dave auf seine freundliche Art und drückt Alec die Hand, so fest er kann. »Sie sind also Leibwächter? Das klingt nach einer interessanten Tätigkeit.«

»Ja. Und Sie sind Dozent für Archäologie, habe ich gehört?«, erwidert Alec, der sich offensichtlich um einen höflichen Umgangston bemüht.

»Für Altamerikanistik, um genau zu sein. Dabei geht es um die präkolumbischen Kulturen des gesamten amerikanischen Kontinents«, erklärt Dave.

»Dave ist eine Koryphäe auf dem Gebiet«, werfe ich ein.

Dieser haucht mir einen Kuss auf die Wange. »Danke, Süße.«

Alles in allem könnte seine Stimme etwas zärtlicher ausfallen, trotzdem ist es ein Glück, dass ich damals spontan seinen Namen genannt habe. Obwohl er in dem braunen Cordanzug wie ein zerstreuter Professor wirkt, nimmt man ihm den Hetero mühelos ab. Im Gegensatz zu Leo, der in diesem Moment wie ein schillernder Paradiesvogel auf uns zusteuert. Als sein Blick auf Alec fällt, kann ich sehen, wie er anerkennend mit der Zunge schnalzt und seine Augen übermütig aufblitzen. Mir bricht der kalte Schweiß aus. Hoffentlich vermasselt er es nicht! Bevor er den Mund aufmachen kann, wende ich mich an Alec, mein Herz schlägt wie ein Vorschlaghammer.

»Alec!«, rufe ich laut genug, damit es Leo garantiert mitbekommt. »Darf ich dir einen gemeinsamen Bekannten vorstellen? Das ist Leo, er ist mit dem Künstler befreundet.« Ich stoße ein Lachen aus, das furchtbar brüchig klingt. »Er hat uns hierher geschleppt.«

»Angenehm, Sie kennenzulernen!«, wirft Leo mit einem umwerfenden Lächeln ein, bevor Alec überhaupt reagieren kann. »Und? Wie gefällt Ihnen die Ausstellung?«

»Alec ist beruflich hier«, mischt sich Dave ein.

»Ah, ich verstehe«, antwortet Leo und mustert Alec von Kopf bis Fuß. »Sie sind also der Bodyguard.«

»Ja, ich bin der Bodyguard.« Ein Muskel zuckt in Alecs Wange, während sein Blick von Leo zu mir wandert. »Ich muss zurück zu meiner Schutzperson.« Ein höfliches Lächeln legt sich um seinen Mund, das seine Augen nicht erreicht. »Einen angenehmen Abend noch.«

Er nickt mir ein letztes Mal zu, dann entfernt er sich. Einen gepressten Laut ausstoßend blicke ich ihm nach und muss mich an der Wand stützen, so sehr schlottern mir die Knie.

»Wow!«, seufzt Leo. »Den musst du dir krallen und nie wieder loslassen, Bobby. Am besten, du sperrst ihn irgendwo ein.«

»Sehr witzig«, murmele ich und erzähle ihnen von dem Gespräch zwischen Alec und Tom, dessen Zeuge ich war.

»Ich kann mir nicht vorstellen, dass er nur aus Kalkül mit dir geschlafen hat«, entgegnet daraufhin Dave. »Ich denke, er hat was für dich übrig. Seinem Blick nach zu urteilen, hätte er mich am liebsten in den Boden gestampft. Das hat mich irgendwie angetörnt.«

Schockiert schaue ich Dave an, während Leo in Lachen ausbricht. »Wusstest du das nicht, Bobby? Mein Schatz hier hat es faustdick hinter den Ohren.«

»Scheint mir auch so.«

Leo wird schlagartig ernst. »Liegt dir etwas an Alec?«, fragt er mich.

Ein Kloß bildet sich in meinem Hals. Was macht es für einen Sinn, es zu leugnen? Ich habe mich verliebt. *Wie ein dummer Teenager!*

Ich nicke.

»Dann sollest du es ihm sagen«, meint Leo.

»Was sagen?«

»Dass das mit Dave eine Lüge war.«

»Nein!«, widerspricht der Genannte. »Das wäre ein Fehler.«

»Wieso?«, fragt Leo.

»Er würde ihr die Lüge nicht verzeihen«, antwortet Dave. »Hast du mal sein Gesicht gesehen? Mit dem ist nicht zu spaßen. Er ist nicht der *Lass uns in Ruhe darüber reden*-Typ.«

»Aber Bobby liebt ihn!«

»Äh, verliebt. Ich bin nur verliebt«, werfe ich ein, werde aber von den beiden komplett ignoriert.

»Ich finde, sie sollte reinen Tisch machen!«, wettert Leo. Auf seinen Wangen bilden sich die ersten roten Flecken.

»Das ist zu früh!« Auch Daves Stimme wird lauter. »Sie würde etwas zerstören, das gerade erst aufblüht. Sie muss warten, bis sie sich besser kennen. Hinterher kann sie immer noch behaupten, dass sie sich von ihrem Freund ... also von mir ... getrennt hat.«

»Dann soll ihre Beziehung auf einer Lüge aufbauen? Das ist unanständig!«, ereifert sich Leo.

Verblüfft starre ich ihn an. Dass ausgerechnet er eine solche Meinung vertritt, hätte ich nie gedacht. So kann man sich täuschen.

»Welche Beziehung?«, werfe ich leise ein. »Wir haben keine Beziehung. Alec will keine Beziehung, bloß Sex.«

»Eben«, entgegnet Dave. »Und deshalb musst du den Mund halten.«

»Das hätte ich von dir nicht gedacht, Dave«, sagt Leo durch zusammengepresste Zähne. »Bobby einen solchen Rat zu geben, zeugt von mangelnder Moral. Ich habe dich für ehrlich und integer gehalten.«

»Du kommst mir jetzt mit Moral? Ausgerechnet?«, zischt Dave böse zurück. »Der größte Schaumschläger von allen!«

Fassungslos starre ich auf meine beiden Freunde, die sich mit feindseligen Blicken traktieren. Dave hat sogar die Fäuste geballt. Inzwischen ist der Kloß in meinem Hals so groß wie einer der hässlichen Exponate um uns herum. Ich habe noch nie erlebt, dass sich Leo und Dave streiten. Niemals. Aber jetzt tun sie es, alles nur wegen mir.

»Hört auf!«, schreie ich. So laut, dass sich Köpfe nach uns umdrehen und die Streithähne aufhören, sich zu zanken, um mich verdutzt anzustarren. »Bitte hört auf, euch wegen mir zu streiten«, füge ich leiser hinzu. »Das ist es nicht wert.«

In den Gesichtern der beiden Männer ist die Wut schlagartig verflogen.

»Wir machen uns Sorgen um dich«, ergreift Leo das Wort.

»Du bist unsere Freundin«, ergänzt Dave.

»Ihr seid lieb, wirklich, aber ich komme klar.« Ich ziehe das Jäckchen an, das ich über dem Arm getragen habe. »Ich will jetzt nach Hause.«

»Wir begleiten dich«, sagt Leo.

»Nein, nein«, beeile ich mich zu sagen. »Ich nehme mir ein Taxi.«

»Bist du sicher?«, fragt Dave.

»Ganz sicher. Amüsiert euch noch ein bisschen. Und bitte streitet euch nicht mehr, okay?«

Dave nickt.

»Leo?«

Widerwillig nickt auch er. »Ich finde nur, dass du …«

Ich lege ihm die Hand auf den Arm. »Ich weiß, was du sagen willst. Lasst mich eine Nacht drüber schlafen.«

Nachdem ich mich von ihnen verabschiedet habe, durchquere ich den Raum und verlasse das Gebäude durch die Lobby. Kurz orientiere ich mich, dann lenke ich meine Schritte nach links Richtung Santa Fe Avenue, in der Hoffnung, dort ein Taxi zu ergattern.

Ich komme keine zwanzig Meter weit.

»Das also war dein Freund«, erklingt eine dunkle Stimme hinter mir.

Langsam drehe ich mich um. Alec hat sich vor mir aufgebaut, und ich kann sehen, wie seine Kiefer mahlen.

»Ja«, antworte ich.

»Nach allem, was passiert ist, lässt er dich nachts allein durch die Straßen gehen?«, grollt er. »Warum ist er nicht bei dir?«

»Ich ... Er hat noch zu tun.«

Sein Blick bannt meinen. »Er liebt dich nicht. Ich habe es in seinen Augen gesehen.«

Ich schnaube verächtlich. »Seit wann bist du ein Experte in Sachen Liebe?«

Er rückt näher an mich heran, sodass ich die Wärme seines Körpers spüren kann. Plötzlich will ich ihn so sehr, dass mein Herz schneller schlägt und mein Hals eng wird. Wie sagt man so schön? Der Geist ist willig, aber das Fleisch ist schwach. Davon kann ich gerade ein Lied singen.

»Gut, dann sprechen wir doch über den Bereich, in dem ich mich auskenne«, entgegnet Alec leise und gefährlich. »Wenn dich dein Freund in fremde Männerarme treibt, kann es mit seinen Qualitäten im Bett nicht weit her sein.«

»Er ist einfühlsam und tolerant, etwas, das du offensichtlich nicht bist«, erwidere ich.

Alec erhebt die Stimme nicht, dennoch ist sie plötzlich hart und bestimmend. »Er ist eine Niete.«

»Beim Sex kannst du ihm nicht annähernd das Wasser reichen!«, blaffe ich ihn an, weil mir nichts Besseres einfällt.

Ein Mann wie Alec kann eine solche Behauptung natürlich nicht auf sich sitzen lassen. Ehe ich reagieren kann, hat er meinen Arm gepackt und zerrt mich durch einen Eingang in einen schlecht beleuchteten Hinterhof. Im Dämmerlicht blitzen seine Augen unheilvoll.

»Du bist also der Meinung, dass er das hier besser beherrscht?«, knurrt er und presst mich gegen die Hauswand.

Mein Magen krampft sich flatternd zusammen, als er den Kopf senkt und seine Zunge eine Feuerspur über meinen Hals zieht. Den Knutschfleck bedenkt er mit einem zärtlichen Kuss. Prompt entgleitet das Handtäschchen meinen zitternden Fingern und landet mit einem leisen Plumps auf dem Boden.

»Oder das hier?«

Seine Hand schiebt sich in mein Dekolletee und legt sich um meine Brust. Seine Finger zupfen an meinen Nippel, so fest, wie es zuvor niemand getan hat. Der köstliche Schmerz jagt geradewegs in meinen Schoß. Ich beiße mir auf die Lippen, versuchte die wachsende Erregung zu unterdrücken, aber Alec kennt kein Erbarmen. Er drückt sich gegen mich, ich kann seine Erektion spüren. Und seine Wut.

»Spürst du mit ihm dasselbe wie mit mir?«

Mein verräterischer Körper begehrt ihn so sehr, dass es schmerzt.

»Lass mich in Ruhe!«, rufe ich und traktiere seine Brust mit meinen Fäusten, was rein gar nichts ausrichtet.

Grob umfasst er mein Kinn und zwingt mich, ihn anzusehen. »Sag mir die Wahrheit! Spürst du mit ihm dasselbe?«

Seine Augen krallen sich in meinen fest, und zum ersten Mal entdecke ich darin einen Anflug von Verzweiflung. In diesem Moment ist mein Herz voller Liebe für ihn.

»Nein«, hauche ich.

»Gut.« Wilder Triumph flackert in seinem Blick auf. »Bitte mich, dich zu ficken!«

»Alec …«

»Sag, dass du meinen Schwanz in dir willst.«

»Warum ... warum quälst du mich so?« Ich weiß nicht, ob ich weinen oder vor Sehnsucht wimmern soll oder beides.

Seine Hände umfassen meinen Kopf, unnachgiebig und fest. »Weil ich verrückt nach dir bin, Lockenköpfchen.«

Kaum hat er die heiseren Worte ausgesprochen, senken sich seine Lippen auf meine. Es ist kein Kuss, sondern eine Inbesitznahme, der ich nichts entgegenzusetzen habe. Als ich meine Lippen für ihn öffne, nimmt er die Einladung dankbar an. Mit jeder Sekunde wird unser Kuss wilder und hemmungsloser.

»Musst du nicht auf deine Schutzperson aufpassen?«, keuche ich und ziehe ihm das Hemd aus der Hose. Meine Finger gieren danach, die samtige Haut über den harten Bauchmuskeln zu streicheln.

»Wie ich schon sagte, ich bin heute nicht allein unterwegs.« Seine Hände finden meinen Po und heben mich mit einem Ruck hoch. »Die können eine Zeitlang auf mich verzichten.«

Während ich meine Beine um ihn schlinge, trägt er mich zu einer Kiste, um mich darauf abzusetzen. Seine Hand gleitet unter mein Kleid und schiebt den Slip nach unten, den ich mit dem Fuß wegkicke. Er öffnet seine Hose, doch als ich seinen Schwanz umfassen will, packt er meine Handgelenke, um sie hinter meinem Rücken an der Kiste zu positionieren. Ich lasse es geschehen, kann eh nicht mehr klar denken. Danach umfasst er meine Beine, schlingt sie um seine Hüften und drückt seine Eichel in meine heiße pochende Öffnung. Ich liebe das Gefühl seines Schwanzes, der sich langsam hineinschiebt und mein enges Fleisch dehnt. Nachdem er sich bis zur Wurzel versenkt hat, verharren wir einen

Moment in dieser Haltung der vollkommenen Verbundenheit ...

Ohne seinen Blick von mir abzuwenden, zieht er sich ein Stück zurück, um wieder in mich hineinzustoßen. Er gibt kleine zufriedene Laute von sich, während er seine Bewegungen wiederholt, gemächlich und voll auskostend. Nach einer Weile nehmen sie an Fahrt und Härte auf. Leise stöhnend werfe ich den Kopf zurück, biete ihm alles dar, was ich habe. Dass wir jeden Moment erwischt werden könnten, kommt mir nicht in den Sinn. Nichts hat Bedeutung außer Alec, der tief in mir drin ist. Er nimmt mich mit einer verzweifelten Hingabe, spießt mich in einem intensiven Rhythmus immer schneller auf.

»Nur ich darf dich ficken!«, knurrt er und unterstreicht seine Worte mit festem Fingerdruck. Er umschmeichelt meinen Kitzler, reibt ihn hart.

Ein Beben erfasst seinen stählernen Körper, kurz spannt er sich an, bevor er seine Lust mit einem dunklen Stöhnen herausspritzt und mich in einer Explosion aus Funken und Farben mitreißt. Während der gemeinsame Orgasmus uns verschlingt, drücken wir uns keuchend und zuckend aneinander, als würde unser Leben davon abhängen. Seine Rechte hat meinen Kopf gepackt und presst ihn fast schmerzhaft gegen sein Schlüsselbein. Ich spüre sein Zittern, das schnelle Trommeln seines Herzens, als wäre es mein eigenes. Die Sekunden dehnen sich. Ich bin eins mit ihm. Hinterher berge ich mein Gesicht in seine Halsbeuge, während er mir zärtlich übers Haar fährt.

Leo hat recht. Ich sollte klar Schiff machen.

Alec

Mein Herz hämmert so laut, dass ich Angst habe, es könnte mir aus der Brust springen. Keuchend blicke ich auf Bobby hinunter, die mich mit lustvoll verhangenen Augen ansieht. Ihr Kleid samt Jäckchen ist verrutscht, die Locken sind noch verwuschelter als sonst, ihre feuchten Lippen sind ein Stück weit geöffnet.

Wie schön sie ist!

»Du bist der Einzige«, haucht sie.

»Der Einzige was?«

»Du weißt schon ...« Sie macht eine vielsagende Geste. Hitze steigt ihr in die Wangen, und ihr ohnehin rosiger Teint nimmt eine dunkle Färbung an.

So süß.

»Sag es«, flüstere ich in ihr Ohr.

»Der mich fickt«, sagt sie ebenso leise, und mein Schwanz zuckt.

»Ich finde es heiß, wenn du solche Dinge sagst, Lockenköpfchen, aber willst du damit sagen, dass dein Freund impotent ist?«

Die Vorstellung macht mich high. Ich kann nicht verhindern, dass mein Inneres die Faust in die Luft reckt und einen Jubeltanz aufführt. Eigentlich müsste ich Mitleid mit diesem Dave haben. Dem ist aber nicht so. Ich bin so sehr in meinen Gefühlen verfangen, dass ich den Wandel in Bobbys Gesicht nicht gleich bemerke. Sanft löst sie sich von mir, bückt sich, um ihren Slip wieder anzuziehen, bevor sie sich aufrichtet. Erst als sie hörbar einatmet, werde ich stutzig.

»Alec ...«, beginnt sie.

»Was ist los?«, frage ich, weil sie nicht weiterredet. »Du kannst mir alles sagen.«

Als ich ihren Arm streicheln will und sie mich abschüttelt, weiß ich mit Sicherheit, dass etwas nicht stimmt. Ihre Anspannung ist fast mit Händen greifbar. Mich überkommt ein ungutes Gefühl.

»Dave ist nicht mein Freund«, sagt sie und sucht meinen Blick. »Zumindest nicht auf diese Weise. Er ist schwul, und er ist mit Leo liiert.«

Lange starre ich sie an. Ihr Knie in meinen Eiern hat nicht annähernd die gleiche Wirkung gehabt wie das, was sie eben gesagt hat.

»Du hast mich belogen?«, flüstere ich.

Sie nickt, und mit einem Schlag ist alles wieder da. Evelyn, die Hochzeit, der Typ am Strand, die Lügen, das gehässige Lachen ... *Bobby ist nicht Evelyn*, versucht mir meine innere Stimme zu sagen, aber ich blende sie gewaltsam aus. Dieser Schmerz! Er trifft mich völlig unvorbereitet, droht mich innerlich zu zerreißen. Ich hatte schon fast vergessen, wie er sich anfühlt, aber nun ist er zurückgekehrt, ungleich stärker und intensiver. Plane für den Erfolg und trainiere für den Misserfolg, sagen die Seals. Und was bringt mir das jetzt? Nichts. Meine Schilde sind komplett unten. Ich bin schutzlos wie ein Neugeborener.

»Was war das für dich?«, bricht es aus mir heraus. »Irgendein krankes Spiel? Wie der bescheuerte Einfall mit dem Dreier?«

»Das war nicht meine, sondern Leos Idee«, antwortet sie, bevor sie sich auf die Lippen beißt.

»Na, das wird ja immer besser!«

Sie macht einen Schritt auf mich zu, aber diesmal bin ich es, der zurückweicht.

»Du verstehst das alles falsch«, sagt sie und wirkt dabei so unschuldig, dass mir übel wird. »Bitte Alec, ich wollte dich nicht verletzen.«

»Nimm das Bibbern wieder aus der Stimme, Bobby!«, entgegne ich mit eisigem Tonfall. »Die Betroffenheit nehme ich dir nicht ab.«

Etwas in ihrem Blick verändert sich. Die Kälte in ihren Augen trifft mich mit der Wucht einer Keule. Ich wusste nicht einmal, dass sie zu einem solchen Ausdruck fähig ist.

»Du bist so ein Heuchler!«, schleudert sie mir entgegen. »Dir kann es doch egal sein, ob ich einen Freund habe oder nicht. Ich bin für dich doch nur ein Spielzeug. Schon vergessen? Ich würde sagen, damit sind wir quitt«, fügt sie hinzu, als ich nichts erwidere.

»Quitt?« Bei mir brennt eine Sicherung durch. Hasserfüllt schaue ich sie an. »Wir beide sind nicht quitt! Ich habe dir nie etwas vorgemacht, nicht eine Sekunde lang!«, brülle ich sie an.

Kämpferisch reckt sie das Kinn. »Habe ich auch nicht. Es war nur eine Notlüge! Du hast mir keine andere Wahl gelassen.«

Nur eine Notlüge. Die Verharmlosung ihrer Täuschung, für die ich auch noch verantwortlich sein soll, feuert meine Wut weiter an. Unwillkürlich balle ich die Fäuste. Ich spüre das Zittern meines Körpers und weiß, dass ich kurz davor stehe, die Beherrschung zu verlieren.

»Geh mir aus den Augen, Bobby!«, knurre ich. Ich ertrage ihren Anblick keine Sekunde länger. »Sonst weiß ich nicht, was ich tue!«

Der Blick, den sie mir zuwirft, bevor sie sich abwendet, um ihre Handtasche aufzuheben, ist voller Zorn und Trotz und noch etwas, das ich nicht näher definieren will. Ich höre die Absätze ihrer Pumps, als sie sich mit kleinen hastigen Schritten entfernt, dann bin ich allein mit den Geräuschen der Großstadt. Was bin ich nur für ein Idiot! In den letzten Tagen habe ich mir über einen Kerl den Kopf zerbrochen, der so gar nicht existiert. Die Eifersucht hat sich wie ein Dämon in mich hineingefressen, bis ich nur noch davon beherrscht war.

Vor einem knappen Jahr habe ich Neal gesagt, dass Gefühle nur Ärger bringen. Hätte ich doch nur meinen eigenen Ratschlag beherzigt!

Aufgeschmissen!

Bobby

Ich sitze im Zug. Der Pazifik zieht schimmernd an mir vorbei, am Strand aalen sich Hunderte röhrender Giganten in der Mittagssonne. Die berühmte See-Elefanten-Kolonie von Piedras Biancas. Ich bin auf dem Weg nach San Francisco. Mir ist nicht nach Lesen zumute, also halte ich den Blick starr nach draußen gerichtet, bis sich eine graue Wand vors Fenster schiebt und das Licht verschluckt. Seltsam, ich wusste gar nicht, dass sich an dieser Stelle ein Tunnel befindet ... Niemand im Abteil scheint es zu beunruhigen, bis Metall kreischend über Metall schleift, wir langsamer werden und der Zug ruckend zum Halten kommt. Die Menschen geraten sofort in Panik, springen schreiend auf, um zum Ausgang zu gelangen. Verwundert blicke ich mich um. Mir erscheint das Ganze ein wenig übertrieben.

Da wird der Zug von einer heftigen Erschütterung erfasst, einige stürzen, Fensterglas geht zu Bruch.

»Der Tunnel bricht ein!«, schreit jemand.

Wie um den Worten Nachdruck zu verleihen, ist plötzlich ein Poltern zu hören. Die Wand draußen vor dem Fenster bekommt Risse, Teile bröckeln ab, ein wahrer Steinregen fällt auf das Dach des Zuges. Erst jetzt werde ich mir des Ernstes der Situation bewusst. Verängstigt versuche ich ebenfalls zum Ausgang zu gelangen, aber meine Beine versagen mir den Dienst. Ich komme keinen Meter weit. Etwas scheint mich festzuhalten. Draußen vor dem Ausgang taucht ein großer

Mann auf, mit seinen kräftigen Händen schiebt er die verbogene Doppeltür auseinander, um die Menschen zu retten. Ich will schreien, aber mein Mund ist wie zugeklebt. Hilflos muss ich mit ansehen, wie einer nach dem anderen aussteigt, während ich allein zurückbleibe.

Sieh mich an!, will ich rufen. Heb den Blick, ich bin keine zehn Meter von dir entfernt.

Er tut es. Seine eisblauen Augen richten sich auf mich, aber sein Blick gleitet über mich hinweg, als sei ich gar nicht da. Dabei kann er mich sehen. Ich weiß es. Am Ende wendet er sich ab und geht.

Nein!

Zwischen ihm und dem Ausgang schiebt sich ein Felsblock, während der Steinregen über meinem Kopf an Stärke zunimmt. Es kracht laut, als ein schwerer Brocken das Dach des Zuges eindrückt. Dann geht das Licht aus. Ich bin in der Finsternis gefangen.

Muss ich jetzt sterben?

Schluchzend setze ich mich auf.

Wo bin ich?

Das Herz klopft hart in meiner Brust. Während ich mit der Übelkeit kämpfe, öffne ich mühsam die Augen und blinzle, bis die Umrisse an Schärfe zunehmen. Erleichtert atme ich auf. Ich liege wohlbehalten in meinem Bett, durch die Vorhänge schimmert das Licht eines neuen Tages. Mit dem Unterarm wische ich mir übers verschwitzte Gesicht. Ein Kloß setzt sich in meiner Kehle fest, als mich die Wirklichkeit einholt. Der schreckliche Streit mit Alec vor einer Woche. Der Prozess, der immer näher rückt. Am liebsten würde ich mich unter meiner Bettdecke vergraben und nie wieder hervorkommen. Aber ich muss kämpfen! Mit Dianes Hilfe muss ich meine Unschuld beweisen. *Und die Verantwortlichen entlarven.* Aber das spreche ich lieber nicht laut aus. Außer mir scheint das jeder für eine blöde Idee zu halten. Warum versteht eigentlich niemand, dass diese Leute mit ihren kriminellen Machenschaften nicht davonkommen dürfen?

Ich bleibe liegen, bis sich meine Atmung etwas beruhigt hat, erst dann steige ich aus dem Bett. Meine Beine zittern, als ich mich ins Bad begebe. Während ich unter der Dusche stehe, sehe ich wieder Alecs Gesicht vor mir bei unserer letzten Begegnung. In seinem Blick aus Stahl ist keine Spur von Wärme gewesen. Was mir entgegengeschlagen hat, war blanker Hass. Ein Schauer überzieht meinen Körper bei dem Gedanken, und ich drehe die Wassertemperatur höher. Nie hätte ich mir träumen lassen, dass er so emotional reagieren würde. Dass er nicht vor Begeisterung in die Hände klatschen würde, war klar, aber einen solchen Ausbruch hätte ich von ihm niemals erwartet. Alec vermittelt nicht den Eindruck, als sei er ein Choleriker, ihn umgibt nichts Grimmiges. Ganz im Gegenteil. Er ist das, was ich den achselzuckenden Typen nenne, den so leicht nichts aus der Fassung bringt. Wie man sich doch irren kann!

Trotz allem fehlt er mir schrecklich. Immer dann, wenn die Sehnsucht besonders groß ist, schaue ich mir die Fotos an, die ich von ihm gemacht habe.

Als ich später ins Wohnzimmer komme, sitzt Diane bereits am Laptop. Ich umarme sie fest und drücke ihr einen Kuss auf die Stirn.

»Guten Morgen«, murmele ich und mit Blick auf ihre leere Kaffeetasse: »Soll ich dir noch einen bringen?«

Sie schüttelt den Kopf. »Ich hatte schon drei Tassen, und es ist gerade mal halb zehn.«

Seit der Obduktionsbericht vor zwei Tagen gekommen ist, arbeitet sie wie eine Besessene. Leider hat die

Gerichtsmedizin den Todeszeitpunkt von Bane Knesic zwischen elf und ein Uhr nachts festgelegt. Dass ich mich um halb eins 30 Meilen entfernt befunden habe, entlastet mich nicht.

»Und? Gibt es etwas Neues?«, frage ich Diane, nachdem ich mir in der Küche Kaffee eingeschenkt und mich zu ihr an den Tisch gesetzt habe.

Sie nickt. »Gegen Detective Carla Diaz wird intern wegen Korruption ermittelt.«

Sie hat mit Alec gesprochen.

»Das ist doch etwas Gutes, oder nicht?«

»Schon.« Sie sieht erschöpft aus. »Ich werde beim LAPD eine offizielle Beschwerde wegen Beweismittelmanipulation einreichen. Das wird die interne Ermittlung aufhorchen lassen, mit ein wenig Glück übernehmen die den Rest für uns. So oder so wird das ausreichen, um Diaz' Glaubwürdigkeit vor Gericht anzuzweifeln.«

»Und wenn sie unschuldig ist?«

Diane fährt sich übers Gesicht. »Dann hat sie vor uns nichts zu befürchten. Aber ganz gleich, ob sie dir die Waffe untergeschoben hat oder nicht: Wir können das vor Gericht nutzen. Sieh mich nicht so an, Bobby! Dein Gerechtigkeitssinn in allen Ehren, aber die Frau ist nicht koscher. So oder so nicht. Die internen Ermittler der Polizei liegen mit ihren Verdächtigungen selten falsch.«

»Du meinst: Wo Rauch ist, ist auch Feuer.«

»Ganz genau.«

»Danke, dass du hier bist«, wispere ich und drücke ihre Hand wohl wissend, dass sie George und die Mädchen schrecklich vermisst. Das abendliche Skypen, kurz bevor die Kinder ins Bett gebracht werden, ist da nur ein schwacher Ersatz.

»Was ist mit dem Kennzeichen? Immer noch eine Sackgasse?«, frage ich wenig später.

Diane zieht eine Grimasse. »Leider ja.«

Ich überlege. »Was weißt du über Bane Knesic?«

»Nur dass er aus Serbien stammt, zwanzig Jahre lang illegal hier lebte und alles Mögliche gemacht hat, um Geld zu verdienen. Von der Küchenhilfe bis zum Taxifahrer war alles dabei. Mehr weiß ich nicht. Er hat sich verständlicherweise bedeckt gehalten.«

»Ich werde versuchen, etwas tiefer zu graben«, sage ich. »Ich schätze, wir können zusätzliche Informationen gut gebrauchen.«

»Bobby ...«

»Diane, ehrlich, ich werde wahnsinnig, wenn ich noch länger untätig herumsitze und mich selbst bemitleide«, füge ich eindringlich hinzu.

Und Alec nachweine.

Diane sieht mich nachdenklich an. »Okay, aber bitte sei diskret«, antwortet sie schließlich.

»Keine Sorge«, sage ich mit einer wegwerfenden Handbewegung. »Ich will mich nur nützlich machen. Momentan macht es eh keinen Sinn, mit der Sache an die Öffentlichkeit zu gehen.« Ich stoße ein tiefes Seufzen aus. »Als mutmaßliche Mörderin stehe ich auf der Vertrauenswürdigkeitsskala irgendwo zwischen Drogendealer und Immobilienmakler.«

Mutmaßliche Mörderin ... Oh Gott!

Bei dem Versuch, die jäh aufkommende Panik zu unterdrücken, verstumme ich und starre blind meine Kaffeetasse an.

»Ruf ihn an, Bobby«, sagt Diane mit weicher Stimme.

Wen sie damit meint, ist klar.

Nach der Vernissage bin ich völlig aufgelöst nach Hause gekommen, wir haben eine Flasche Rotwein geköpft, und ich habe Diane alles erzählt. Dann haben wir eine weitere Flasche gekillt. Was zur Folge gehabt hat, dass ich nicht nur sturzbetrunken gewesen bin, sondern auch Rotz und Wasser geheult habe. Am Ende hat mich Diane ins Bett gepackt. Sie hat neben mir gesessen, bis ich eingeschlafen bin.

»Das ist keine gute Idee, glaub mir«, antworte ich der besten Schwester der Welt.

»Aber ich sehe doch die Sehnsucht in deinen Augen.«

Ich schüttele den Kopf. »Du warst nicht dabei, Diane. Er war so voller Wut! Er hat mir Angst gemacht.«

Geh mir aus den Augen, Bobby! Sonst weiß ich nicht, was ich tue!

»Inzwischen hat er sich beruhigt.« Diane, die Stimme der Vernunft. »Er wird dir zuhören.«

»Wenn er die Wahrheit erfahren will, kann er mich ja anrufen«, erwidere ich bockig. »Ich werde nicht zu Kreuze kriechen. Außerdem haben wir nur gefickt, mehr nicht!«, füge ich bewusst derb hinzu.

»Wenn du das sagst«, erwidert Diane sanft.

Ich lasse nicht locker. »Glaubst du nicht, dass ich im Moment andere Sorgen habe?«

»Schon. Aber gerade jetzt könntest du einen Mann wie ihn an deiner Seite gut gebrauchen.«

»Warum musst du immer das letzte Wort haben?«, seufze ich.

»Ich bin Anwältin, schon vergessen?«, antwortet sie und hebt in gespielter Hochnäsigkeit die rechte Augenbraue.

Eine Kunst, die sie übrigens perfekt beherrscht. Als Kind habe ich versucht, ihr nachzueifern, aber so oft ich auch vor dem Spiegel geübt habe, immer ruckten beide Augenbrauen nach oben. Was völlig dämlich aussah.

Ich bringe mit Mühe ein Lächeln zustande. »Lass uns trotzdem das Thema wechseln, okay?«

Alec

Die Glasschüssel mit der Vanille-Butter-Creme fliegt durch die Luft und zersplittert am Boden. Gefolgt von drei Eiern, einer Handvoll Zucker, einer Tasse mit Zimt, einer Tasse mit Muskatnuss und einem Messbecher. Die Hände zu Fäusten geballt starre ich auf die Riesensauerei. Es hätte Buttermilk Cake werden sollen. Daraus wird nun wohl nichts. Mein Herz rast, als ich vor die Tür gehe, um eine Zigarette zu rauchen. Am Ende werden es drei, und mir ist speiübel. Der Aufruhr in meinem Inneren besitzt die zerstörerische Kraft einer Naturgewalt. Die Sehnsucht nach Bobby zerreißt mich. Wie konnte es nur so weit kommen? Zu allem Überfluss wird sie in knapp zwei Wochen angeklagt, und ich habe nichts Konkretes in der Hand, um das zu verhindern.

Das Autokennzeichen ist eine Spur, doch je länger ich sie verfolge, desto verworrener wird sie. Ich konnte den Fälscher des Nummernschildes ausfindig machen, der mir nach »gutem Zureden« den Namen seines Auftraggebers genannt hat. Letzterer hat sich als Geschäftsführer einer Briefkastenfirma herausgestellt mit dem Namen *Arcane Limited*. Arcane bedeutet obskur oder verborgen. Da besitzt jemand einen seltsamen Sinn für Humor. Noch habe ich keinen blassen Schimmer, wer hinter alldem steckt, aber wer immer die Person ist: Sie weiß ihre Fährten zu verwischen. Und die Zeit läuft mir davon! Als mich Diane angerufen und nach dem Kennzeichen gefragt hat, habe ich sie angelogen. Ich möchte nicht, dass Bobby von der Spur erfährt. So wie ich sie einschätze, würde sie sofort losziehen und auf eigene Faust recherchieren. Ich mag wütend auf sie sein und sie verfluchen, aber die Vorstellung, sie könnte erneut in Lebensgefahr geraten, bringt den Boden unter meinen Füßen zum Wanken. Als Knesic ihr das Messer an die Kehle gehalten hat, klang sie so schrecklich verängstigt. Ihre Stimme war klein und dünn, wie das eines Vögelchens in der Falle ...

Du tust es schon wieder, du Idiot. Du denkst an sie.

Jetzt ist Schluss! Aus! Feierabend!

Nachdem ich den Küchenboden sauber gemacht habe, was eine volle Stunde gedauert hat, weil Glassplitter und Creme bis in die hintersten Winkel geflogen sind, begebe ich mich ins Bad. Vierzig Minuten später stehe ich frisch geduscht, nach Aftershave duftend und mit gestutztem Dreitagebart nackt vor dem großen Spiegel im Schlafzimmer. Meine kurzen schwarzen Haare habe ich mit ein wenig Gel aufgestellt. Als mein Blick zufällig aufs Bett fällt, sind blitzartig die Erinnerungen an unsere verschwitzten Körper in zerwühlten Laken wieder da. Mein Schwanz wird hart. Gut. Genau das, was ich jetzt brauche. Aus dem Schrank wähle ich eine enge schwarze Jeans und ein dunkelblaues Seidenhemd, unter denen sich meine Muskeln abzeichnen. Die ersten beiden Knöpfe lasse ich offen, dann tackere ich mir ein laszives Lächeln ins Gesicht.

Heute Abend ficke ich mir das Hirn raus!

Das *Sixty One* in Downtown ist ein klassischer Anmachschuppen, aber mit Niveau, wie der Besitzer Eduardo nicht müde wird, zu betonen. Aus dem Grund bekommt man hier auch keinen Drink unter 25 Dollar.

Hin und wieder besuche ich den Laden nach Feierabend, um Dampf abzulassen, und verlasse ihn nie ohne weibliche Begleitung. Ich steuere direkt die Bar an und bestelle beim Keeper einen Whiskey. Das Licht ist gedämpft, aus den Lautsprechern trällert belanglose Klaviermusik. Die kleinen runden Tische sind zur Hälfte besetzt, außer mir sitzen noch vier Gäste an der länglichen Theke. Drei Männer und eine attraktive Frau mit weißblonden Haaren, die von allen Seiten mehr oder weniger diskret begafft wird. Sie trägt ein hautenges schwarzes Kleid, das keinen Raum für Fantasie lässt, dazu Stilettos. Ihre langen Beine hat sie gekonnt übereinandergeschlagen. Sie ist scharf, und sie weiß es.

Ich lasse meinen Blick schweifen, bis er wie zufällig an ihrem Gesicht haften bleibt. Natürlich hat sie mich bereits abgecheckt, als ich hereingekommen bin. Kein Grund also, schüchtern zu sein. Meine Augen stechen in ihre, halten sie fest, während ich ohne hinzusehen, nach meinem Whiskey greife und ihr mit einem kaum merklichen Lächeln zuproste. Die Frau ist wirklich schön, hat hohe Wangenknochen und grüne Katzenaugen, in denen eine ausdruckslose Kälte wohnt. Kein warmer Bernsteinton, der dir den Atem raubt …

Hör auf damit, Alec! Sofort!

Der Hocker neben ihr ist frei. Also stehe ich auf und mache mich mit dem Whiskey in der Hand auf den Weg zu ihr. Gemächlichen Schrittes, um ihr noch einmal die Möglichkeit zu geben, mich zu mustern. Offenbar gefällt ihr, was sie sieht, denn sie lächelt mich an. Dabei wirft sie ihr langes Haar zurück, präsentiert mir ihren Nacken. Eine klare Einladung, die den anderen Männern an der Bar nicht entgangen ist. Ich kann deren Enttäuschung fast mit den Händen greifen. Sie hätten nicht so lange warten sollen. Diese Art von Frau schätzt keine Zauderer.

»Hi, mein Name ist Alec«, sage ich mit meiner Samtstimme.

Ihr Lächeln vertieft sich. »Ich bin Rachel.«

Wir reichen uns die Hände, verharren in der Haltung ein wenig länger als üblich, während sie sich etwas nach vorne beugt, um mir einen Blick in ihr Dekolleté zu gewähren. Ebenso wie ich beherrscht sie das Spiel im Schlaf, was mir nur recht sein kann. Heute ist mir nicht nach langem Vorspiel zumute.

»Ein schöner Name. Er passt zu dir«, spule ich das Programm herunter. »Was möchtest du trinken, Rachel?«

»Einen Martini mit drei Oliven.«

Während ich ihren Drink bestelle, fährt sie mit ihren Fingern über meine Hand. Ihre Nägel sind lang und dunkelrot lackiert, ich versuche mir vorzustellen, wie sie sich um meinen Schwanz legen. Aber stattdessen habe ich Bobbys zarte Hand mit den akkurat geschnittenen Nägeln vor Augen, die mein hartes Fleisch umfassen.

Herrgott nochmal!

»Und? Was machst du hier?«, fragt mich Rachel, nachdem ihr Drink gekommen ist.

Ohne meine Antwort abzuwarten, spießt sie mit dem Zahnstocher eine der Oliven auf, stülpt ihre feuchten Lippen über die Frucht, um diese langsam und genüsslich abzuziehen. Kurz hält sie die Olive zwischen den Zähnen, dann wirft sie den Kopf in den Nacken und lässt sie über ihre Zunge nach hinten kullern. Das macht sie gut. Verdammt gut sogar. Trotzdem kann ich mir ein Augenrollen gerade so verkneifen, was mich gelinde gesagt schockiert. Wann hat dieses Spiel begonnen, mir keinen Spaß mehr zu machen? Oder liegt es vielleicht nur an der Frau?

»Ich will mich entspannen«, beantworte ich ihre Frage. »Und du?«

Sie gleitet von ihrem Hocker und schiebt sich zu mir herüber.

»Ich bin hier, weil ich heute Nacht hart durchgefickt werden will«, haucht sie mir ins Ohr. »Und irgendwas sagt mir, dass du genau der bist, den ich suche.«

Ich gebe es offen zu: Ich bin von der altmodischen Sorte. Zum einen erobere ich gern Frauen (auch wenn es heute Abend etwas schneller gehen darf als gewöhnlich). Zum anderen finde ich es abtörnend, wenn eine Frau bereits nach dem »Hallo, wie geht's?« das F-Wort in den Mund nimmt. Vielleicht ist sich Rachel ihres Fehlers gerade bewusst geworden, oder aber sie zieht ihre direkte Masche weiter durch, jedenfalls verirrt sich ihre Hand zwischen meine Beine. Gekonnt beginnt sie, mich zu massieren. Und es wirkt.

»Oh ja«, schnurrt sie. »Und ob du der Richtige bist.«

Obwohl mein Schwanz auf den Sinnesreiz reagiert, bricht mir der kalte Schweiß aus. Irgendwie fühlt es sich falsch an. Trotzdem lasse ich sie gewähren, in der Hoffnung, das Unbehagen vergeht wieder. Ohne die Massage zu unterbrechen, presst sie sich an mich, ihre Brüste streifen meinen Arm, und ich kann ihr Parfum riechen. *Zu süßlich.* Ihre Augen fixieren meinen Mund. Als sie ihre Lippen öffnet, kann ich die rosa Spitze ihrer Zunge sehen. Das Blut rauscht mir in den Ohren, aber nicht vor Verlangen, sondern vor Panik.

Fuck! Was passiert mit mir?

Ich muss es wissen! Als sie ihre Lippen auf meine drückt, erwidere ich den Kuss nicht nur, sondern intensiviere ihn. Forsch drücke ich meine Zunge in ihren

Mund, auf ein vertrautes Zeichen der Lust lauernd, aber nichts geschieht. Und was noch schlimmer ist: Ich fühle mich schlecht dabei, als würde ich Bobby betrügen. Was natürlich Bullshit ist! Mein Schwanz, der normalerweise eher schwer von Begriff ist, scheint die Botschaft bereits erhalten zu haben, denn er sackt langsam in sich zusammen. Verzweifelt packe ich Rachel, drücke sie an mich, was ihr ein leises Stöhnen entlockt. Auf die Gefahr hin, dass wir hochkant hinausgeschmissen werden, grapsche ich ihr an den Arsch und an die Titten. Aber nada. Nichts. Falls ein Fünkchen Lust je existiert hat, ist es endgültig verflogen.

Fluchend löse ich mich von ihr und rutsche von meinem Hocker herunter.

»Tut mir leid«, sage ich nur, während ich einen Geldschein aus meiner Hosentasche fische und auf den Tresen knalle. »Das mit dem Ficken wird heute nichts.«

»Was? Aber ...«

Als wäre der Teufel hinter mir her, flüchte ich aus der Bar. Rachels zischendes »Wichser!« in meinem Rücken entgeht mir nicht, lässt mich jedoch völlig kalt. Hauptsache, ich bin raus aus der Sache! Zurück im Wagen lasse ich meinen Kopf gegen die Lehne fallen und schließe gepeinigt die Augen.

Ich bin so was von aufgeschmissen!

Ruhig und würdevoll

Bobby

Bane Knesic mag sich bedeckt gehalten haben, aber selbst er ist nicht um die sozialen Netzwerke herumgekommen. Nachdem ich im Internet seinen Namen eingegeben und keine zufriedenstellenden Ergebnisse erhalten habe, bin ich ruckzuck bei Facebook gelandet. Es war nicht schwer, ihn zu finden. Sein Name kam nur dreimal vor. Zwar ist sein Profil nicht öffentlich, doch die zugänglichen Infos und Fotos zeigen mir, dass es sich zweifellos um den Mann handelt, der mich bedroht hat.

Es mutet seltsam an, ihn Arm in Arm mit Freunden zu sehen, lachend und feiernd. Ein Foto zeigt ihn sogar mit einem Welpen im Arm. Ein ganz normaler Mensch also. Was ist da bloß schiefgelaufen? Bevor ich Mitleid für ihn entwickle, was völlig gaga wäre, schaue ich mich weiter um. Wonach genau ich suche, weiß ich nicht. Aber ich schätze, sobald ich es gefunden habe, werde ich es wissen. Die wenigen Fotos auf seinem Profil geben nicht viel her, deshalb versuche ich mein Glück bei seinen Freunden, in der Hoffnung auf öffentlich zugängliche Profile zu stoßen. Und werde fündig. Ein bulliger Kerl mit kurzen Haaren und dem blumigen Namen Dragan Drago erweist sich als wahre Fundgrube mit jeder Menge interessanter Fotos.

Knesic und er biertrinkend am Strand.

Knesic und er biertrinkend im Pool.

Knesic und er biertrinkend vor dem Fernseher.

Okay, die beiden mochten Bier. Aber das hilft mir gerade überhaupt nicht weiter. Mit dem Zeigefinger wische ich immer wieder über den Bildschirm, während die Fotos nach und nach zu einer einzigen Aufnahme verschwimmen.

Plötzlich stutze ich.

Knesic und Drago stehen mit erhobenem Daumen und einem breiten Lächeln vor dem Eingang eines Gebäudes, *ausnahmsweise nicht biertrinkend*. Hinter den beiden ist ein weiterer Mann zu sehen. Er hat ein hageres Gesicht, seine dunkelblonden Haare sind zu einem Pferdeschwanz zusammengebunden, und er trägt einen Ohrring. Zwar ist er nicht komplett zu sehen, weil er in dem Moment aus dem Gebäude tritt, dennoch reicht der Ausschnitt aus, damit das Adrenalin wie eine Rakete durch meine Adern schießt. Das ist der Typ, der auf Alec geschossen hat! Auch wenn ich sein Gesicht nur kurz gesehen habe, als er den halb bewusstlosen Knesic gepackt hat, um ihm aufzuhelfen, würde ich die Visage überall wiedererkennen. Es gibt keinen Zweifel. Er ist es. Innerlich vor Aufregung zitternd mache ich mich daran, seine Identität herauszufinden. Doch weder wurde er getaggt, noch findet sich ein aufschlussreicher Kommentar in den Postings unter dem Bild. Ich suche in Dragos Fotos weiter, aber der unbekannte Mann taucht nirgendwo mehr auf.

Verdammt!

Also sehe ich mir das Bild mit den drei Männern genauer an. Der Eingang des Gebäudes, vor dem sie stehen, besteht aus einer doppelten Glastür. Daneben ist ein Messingschild mit einer Gravur zu erkennen. Angestrengt kneife ich die Augen zusammen, aber der Schriftzug ist zu klein, ich kann ihn nicht lesen. Meine Brille vor das Bild zu halten, hilft auch nicht weiter, deshalb hole ich eine Lupe aus meinem Schreibtisch hervor, die ich speziell für solche Zwecke nutze. Dragos Kopf verdeckt einen Teil der Schrift: a*lth Angels Club* steht da. Was soll das sein? Dank Google ist die Antwort schnell gefunden. *Health Angels Club* ist eine Fitness-Kette mit fünf Filialen in Los Angeles. Nachdem ich die Websites besucht und die Gebäude miteinander verglichen habe, bin ich mir bald sicher, dass die Filiale, vor der die drei Männer sich fotografieren ließen, in Venice steht.

Das Fitnessstudio ist nicht mehr als ein Brotkrümel, der aber mit etwas Glück zu einer echten Spur führen könnte, deshalb muss ich ihm nachgehen. Als ich Diane von meinem Vorhaben erzähle, mich dort umsehen zu wollen, ist sie wenig begeistert, dennoch lasse ich mich nicht davon abbringen. Da Oliver den Pontiac längst wieder abgeholt hat, nehme ich ihren Mietwagen. Eine gute halbe Stunde später bin ich am Ziel angelangt und parke den Wagen etwas versetzt auf der anderen Straßenseite. Das moderne, mehrstöckige Gebäude, in dem sich der *Health Angels Club* befindet, ist für Venice eher untypisch. Nachdem ich ausgestiegen bin, überquere ich die stark befahrene Straße im Laufschritt. Kurz bleibe ich vor der doppelten Glastür stehen, um mich zu orientieren, bevor ich hineingehe. Vor mir liegt ein breiter Flur mit zwei Aufzügen und der Damentoilette, aber mein Weg führt mich nach rechts zum Empfang des Fitnessstudios.

Die blonde junge Frau hinter der Theke ist naturgemäß schlank, durchtrainiert und braun gebrannt.

»Hi!«, begrüßt sie mich mit einem weißen Lächeln.

Das Namensschild an ihrem mintgrünen Sportshirt weist sie als Leila aus.

»Hi!«, grüße ich freundlich zurück. »Vielleicht

kannst du mir helfen. Ich habe vor zwei Wochen einen Typen kennengelernt. Sein Name ist Bane. Kurze rötliche Haare und Wahnsinnsbizeps. Er hat mir seine Nummer gegeben, aber ich habe sie verlegt.« Ich verziehe verzweifelt das Gesicht. »Ich muss ihn unbedingt wiedersehen. Er hat mir erzählt, dass er hier trainiert. Kannst du ihm eventuell was ausrichten?«

In dem Moment, da ich den Namen Bane erwähne, verschließt sich Leilas Miene, was nicht zwangsläufig etwas bedeuten muss, schließlich hat er den Löffel abgegeben. Womöglich trauert sie um ihn.

»Tut mir leid«, antwortet sie. »Aber ich kenne keinen Bane, der hier trainiert.«

Also doch keine Trauer.

»Kannst du vielleicht im Computer nachschauen?«, frage ich auf den Monitor zeigend. »Der Typ war echt heiß.«

Leila schüttelt den Kopf. »Tut mir leid. Ich fürchte, ich kann dir nicht helfen.«

Um meiner Enttäuschung Nachdruck zu verleihen, kaue ich auf dem Daumennagel herum.

»Aber du kannst mir deinen Namen geben, für den Fall, dass er wider Erwarten hier auftaucht«, schlägt Leila vor.

Netter Versuch.

Ich winke ab. »Schon gut. Muss ich's halt woanders probieren, danke«, nuschele ich, bevor ich das Gebäude schnell wieder verlasse.

Ich gehe nach links, dann nach rechts einmal um den Block, für den Fall, dass Leila mir durch die Glasfront hinterherstarrt, und kehre erst danach zum Wagen zurück.

Nun heißt es abwarten und das Fitnessstudio beobachten. Wer weiß, mit etwas Glück ... Ich habe den Gedanken noch nicht zu Ende gebracht, als Knesics Kumpel um die Ecke biegt, der Typ mit dem hageren Gesicht und dem Pferdeschwanz. Er trägt Jeans und ein kurzärmeliges Shirt, unter dem links ein Schulterverband hervorlugt. Ungläubig stoße ich ein Lachen aus. Geistesgegenwärtig zücke ich das Handy und schieße von ihm so viele Bilder wie möglich. Vielleicht kann Alec mithilfe des LAPD dessen Identität herausfinden. Sofort verdränge ich den Gedanken an Alec und konzentriere mich erneut auf den Typen, der gerade dabei ist, im Gebäude zu verschwinden. Nach knapp zehn Minuten kommt er wieder heraus. Zum Trainieren war er nicht dort. Ob Leila ihn angerufen hat? Er nimmt den gleichen Weg zurück, den er gekommen ist. Ich warte, bis er ungefähr dreißig Meter vom Eingang des *Health Angels Club* entfernt ist, bevor ich mich an seine Fersen hefte. Er ist die einzige Spur, und ich will sie nicht verlieren. Unterwegs rufe ich Diane an, um sie darüber zu informieren.

»Mir passiert schon nichts«, beruhige ich sie, als sie besorgt reagiert. »Außerdem schalte ich mein Handy nicht aus, sodass du es im Notfall orten kannst.«

Ehe sie weitere Einwände vorbringen kann, beende ich das Gespräch. Fast zwanzig Minuten lang verfolge ich den Typen, ohne dass er mich bemerkt. Sobald er stehenbleibt, starre ich interessiert ins Schaufenster oder tippe auf meinem Handy herum, als würde ich eine SMS schreiben. Nachdem wir eine Straße mit bemalten Häuserfassaden passiert haben, wo sich ein Geschäft ans andere reiht, gelangen wir zur palmengesäumten Strandpromenade. Vorbei am bunten Treiben, für das Venice Beach berühmt ist: die Inline-Skater in den Halfpipes, die Althippies, die Wasserpfeifen verkaufen, T-Shirt-Stände und Imbissbuden, flanierende

Bikinischönheiten und Rollerblade-Akrobaten, exhibitionistisch veranlagte Bodybuilder, die unter freiem Himmel trainieren. Und dazwischen Unmengen von Touristen. Gar nicht so einfach, bei all dem Getümmel, Knesics Freund nicht aus den Augen zu verlieren. Andererseits bleibe ich auf diese Weise unentdeckt.

Irgendwann verlässt der Typ die Strandpromenade und biegt in eine schattige Gasse ein. Sofort beginnen meine Alarmglocken zu schrillen, schließlich habe ich genügend Psychothriller gesehen, um zu wissen, dass er dort auf der Lauer liegen könnte. Womöglich hat er mich bemerkt und lockt mich jetzt in eine Falle. Dessen ungeachtet setze ich meinen Weg fort. Was bleibt mir anderes übrig? Bevor ich die Gasse betrete, pirsche ich mich heran und linse vorsichtig um die Ecke. Ich bekomme Herzrasen, und mir ist schlecht. Was, wenn er mir eine Kugel verpasst? Einfach so, am helllichten Tag? Keine Seltenheit in L.A.

Um es kurz zu machen: Ich werde nicht erschossen. Vielmehr muss ich verblüfft feststellen, dass die Gasse menschenleer ist. Wo ist der Kerl hin? Unsicher verharre ich auf der Stelle. Erst als eine italienische Reisegruppe in die Gasse einbiegt, folge ich ihrem Beispiel. Bei so vielen Zeugen wird mich der Typ kaum von hinten anfallen. Zu meinem Leidwesen nimmt sich die Gruppe viel Zeit, lacht und plappert, blickt nach links und nach rechts, stößt haufenweise Ohs und Ahs aus. Keine Ahnung, was an dieser Gasse so bemerkenswert sein soll! Nach wenigen Metern verliere ich die Geduld, sprinte an der Gruppe vorbei bis zum Ende (noch mehr Ohs und Ahs!) und lande auf einer belebten Shoppingmeile. Hektisch wende ich den Kopf hin und her, in der Hoffnung den Typen in der Menge zu entdecken. Ich stelle mich auf die Zehenspitzen, um besser sehen zu können, aber Fehlanzeige. Der Kerl mit dem Pferdeschwanz scheint wie vom Erdboden verschluckt zu sein.

Die Ernüchterung trifft mich wie ein Schlag. Nach all der Mühe habe ich ihn verloren. Gut, dass ich Fotos von ihm gemacht habe. In Gedanken versunken mache ich einen Schritt zur Seite, aber weil ich meinen Blick immer noch in die Ferne gerichtet halte, sehe ich nicht, wo ich hintrete und pralle mit jemandem zusammen. Der zu meinem Pech einen vollen Colabecher in der Hand hält! Erschrocken versuche ich auszuweichen, doch es ist zu spät: Die Brause schwappt in großen Mengen heraus und landet vorn auf meinem vormals blütenweißen Shirt.

»Entschuldigen Sie!«, erklingt eine Männerstimme. »Sie sind mir leider direkt vor die Füße getreten. Ich konnte nicht mehr ausweichen.«

»Schon gut«, murmele ich, während ich den nassen, klebrigen Stoff vom Körper wegziehe, um ihn mehr schlecht denn recht auszuwringen.

So ein Mist, echt!

»Sagen Sie, kennen wir uns nicht?«, fügt die Stimme unerwartet hinzu.

Neugierig blicke ich auf. Vor mir steht ein dunkelhaariger Mann um die vierzig mit braunen Augen. Sein verschmitztes Lächeln kommt mir entfernt bekannt vor.

»Chachacha«, hilft er mir auf die Sprünge. »Sie sind Bobby.«

Ich tippe mir mit dem Handrücken an die Stirn. »Natürlich! Die Party bei den Vandevilles.« Kurz muss ich überlegen. »Terry, richtig?«

»Fast«, antwortet er grinsend. »Gary.«

»Stimmt. Entschuldigen Sie«, sage ich mit einem verlegenen Lachen. »Ich habe ein miserables Namensgedächtnis. Schon peinlich für eine Reporterin, finden Sie nicht?«

»Ach was! Dafür haben Sie andere Talente«, erwidert er charmant. »Tut mir leid wegen des Shirts.«

Ich zucke mit den Achseln. »Einmal bei 60 Grad gewaschen, dann geht's wieder!«, witzle ich in dem Wissen, dass das Teil damit hinüber wäre.

»Lassen Sie es mich wiedergutmachen, Bobby. Darf ich Sie zum Kaffee einladen?«

»Tut mir leid, Gary«, antworte ich. »Aber ich kann heute nicht. Ich habe noch etwas vor.«

Nämlich in einer Millionenstadt nach einem Typen mit einem Pferdeschwanz suchen. Kann ja nicht so schwer sein.

»Vielleicht ein andermal?«, fragt mich Gary mit einem Zwinkern.

Offenbar hat er gerade das Bild von mir im sexy Kleid vor Augen, anders kann ich mir seinen Blick nicht erklären. Das colabefleckte Shirt und mein abgehetzter Gesichtsausdruck sind es sicher nicht, die ihn in den Flirtmodus versetzen. Ich denke an Alec und wie er mich angebrüllt hat. Vielleicht wäre es nicht verkehrt, mit jemand anderem auszugehen.

»Gern«, antworte ich schließlich.

Garys Lächeln vertieft sich. »Schön! Wie wär's mit morgen Abend? Wir könnten ins Princess Theatre gehen und anschließend eine Kleinigkeit essen. Diese Woche ist der neue Nicolas Sparks angelaufen. Wie wär's? Haben Sie Lust?«

Die Geschichten von Nicolas Sparks sind zwar nicht so meins, zu viel Drama und Herzschmerz, aber ich schätze, Gary glaubt, den Frauengeschmack damit zu treffen. Was ich wiederum sympathisch finde.

»Ich dachte, wir trinken bloß einen Kaffee?«, erwidere ich mit einem kleinen Lächeln.

»Das heißt also Ja?«

Ich nicke. Gary ist ein attraktiver Mann, und ich fühle mich geschmeichelt.

»Schön. Die Vorstellung beginnt um 7 Uhr.« Er bannt meinen Blick. »Wann soll ich Sie abholen?«

»Um 6 passt es gut«, antworte ich und nenne ihm meine Adresse.

»Ich freue mich.«

Ein letztes Lächeln, und er ist weg. Die freudige Erregung, die ich eben noch empfunden habe, löst sich in Rauch auf, als mir der Typ aus dem Fitnessstudio wieder einfällt. Wenigstens weiß ich, dass er dort verkehrt, und ich habe die Fotos. Besser als nichts.

Alec

Das *Chez Albert* im Stil eines Pariser Straßencafés auf der Oxford Avenue ist ein beliebter Treffpunkt bei Studenten und Touristen. Diane sitzt draußen auf der überdachten Terrasse an einem der zahlreichen runden Rattantische und winkt mir zu, kaum dass ich den Laden betrete.

»Sie haben etwas für mich?«, frage ich ohne Umschweife und blicke auf die Uhr. Es ist 4:17 Uhr nachmittags. In dreißig Minuten muss ich bei *Cerberus* sein.

Diane sieht zu mir hoch. Trotz ihres Lächelns kann ich die Müdigkeit in ihren Augen sehen. »Setzen Sie sich doch. Der Cappuccino hier ist gut.«

»Dafür habe ich leider keine Zeit.«

»Wie Sie meinen.« Sie kramt in ihrer Handtasche

und überreicht mir einen USB-Stick. »Ich wollte das nicht per Handy oder E-Mail schicken.«

»Was ist da drauf?«

»Fotos von dem Mann, der auf Sie geschossen hat«, antwortet Diane.

»Wie sind Sie daran gekommen?«

»Bobby hat sie gemacht.«

Fast knirsche ich mit den Zähnen. »Wie hat sie den Kerl gefunden?«

Dianes Lächeln ist sanft. »Sie ist Reporterin, und eine gute noch dazu. Bobby hat sich bemüht, ihn frontal zu fotografieren. Wir hoffen sehr, dass Ihr Kontakt beim LAPD mithilfe der biometrischen Gesichtserkennung seine Identität feststellen kann. Er steht in Verbindung mit dem *Health Angels Club* in Venice. Das ist ein Fitnessstudio.«

Ich nicke. »Klingt gut.«

Dass sich Bobby in Gefahr begeben hat, hingegen weniger.

Als ich Anstalten machen will, wegzugehen, hält mich Diane am Arm fest.

»Sie müssen ihr vergeben, Alec.«

Mein Herz wird schwer. »Das habe ich schon längst«, murmele ich.

»Warum rufen Sie sie nicht an?«

Nervös fahre ich mir über den Nacken. »Es ist so ...« Gott, ich fühle mich so hilflos. »... ich weiß nicht, was ich sagen soll. Unser letztes Zusammentreffen endete nicht wirklich gut. Ich habe sie angebrüllt.«

»Wenn es so weit ist, tun Sie bestimmt das Richtige.«

»Das sagt sich so einfach«, entgegne ich und habe es plötzlich sehr eilig, wegzukommen. »Auf Wiedersehen, Diane.«

»Bobby vermisst Sie!«, ruft sie mir noch hinterher, als ich das Café verlasse.

Ich vermisse sie auch.

Zwanzig Minuten später trete ich durch die Glastür von *Cerberus*. Am Empfang steht ein schlanker, athletischer Mann in Jeans und Lederjacke, der Fletcher den Bauch krault, während Natalie telefoniert. Er trägt die dunkelblonden Haare kurz, seine Züge sind hart, und aus dem Kragen seines Shirts ragt der Kopf einer tätowierten Schlange heraus. Es ist Neal, mein Kumpel und Kollege. Perfekt! Genau der Mann, den ich brauche.

»Gut, dass du da bist, Neal«, sage ich, nachdem wir uns begrüßt haben. Wir tauschen ein paar Floskeln aus – viele sind es nicht, Neal ist eher von der wortkargen Sorte – dann reiche ich ihm den USB-Stick, den ich von Diane erhalten habe. »Finde für mich heraus, wer der Typ ist, okay?«

»Geht's immer noch um diese Bobby-Sedgwick-Sache?«

»Ja. Und?«, füge ich gereizt hinzu, als er mir einen vielsagenden Blick zuwirft.

Neals Lippen kräuseln sich. »Nichts.«

Klasse!

Mit mir geht's definitiv bergab, wenn ein Typ mich angrinst, der sich normalerweise nur im Beisein seiner Frau, der Schauspielerin Scarlett Falkner, dazu herablässt, die Mundwinkel überhaupt zu bewegen!

»Komm, lass es raus, bevor du daran erstickst!«, fahre ich ihn an.

Er zuckt mit den Achseln. »Ich erinnere dich nur an deinen großkotzigen Rat von vor einem Jahr ...«

»Fick dich, Neal!«

Er bricht in Gelächter aus. *Das kann doch wohl nicht wahr sein!* Indessen starrt ihn Natalie mit großen

Augen an, als hätte er gerade einen weißen Tiger verschwinden lassen. Dafür ist Fletcher ganz von den Socken, springt hoch und bellt fröhlich. Keine fünf Sekunden später öffnet Tom seine Bürotür und streckt den Kopf hinaus.

»Alec! Komm rein!«, sagt er, als er mich entdeckt. Und dann an Neal gewandt: »Alles okay bei dir? Nicht, dass du krank wirst.«

Die beiden zwinkern sich zu, und in dem Moment könnte ich ihnen in den Arsch treten! Fluchend schiebe ich mich an Tom vorbei in sein Büro.

»Ich brauche ein paar Tage unbezahlten Urlaub«, stoße ich forsch hervor.

Ruhig schließt Tom die Tür hinter sich. »Ganz schön kurzfristig.«

»Es ist wichtig.«

»Ist es wegen der Reporterin?«

Statt einer Antwort starre ich ihn wortlos an.

Tom schüttelt den Kopf. »Langsam nimmt das hier überhand! Erst Sheryl, dann Neal, und jetzt du. Ausgerechnet drei meiner abgebrühtesten Mitarbeiter stellen sich als die größten Softies heraus.«

»Jetzt fängst du mit dem Scheiß auch noch an!«, murmele ich verstimmt. »Ich will ihr doch nur aus der Patsche helfen, mehr nicht.«

»Schon klar.« Toms Tonfall macht deutlich, dass er mir kein Wort glaubt. »Wir machen Folgendes. Ab sofort reduziere ich deinen Dienst auf vier Stunden. Aber mehr als drei Tage am Stück kann ich dir nicht gewähren.« Er kratzt sich am Kopf. »Ein Halbtages-Bodyguard, mal was Neues.«

Ich nicke. Das ist besser als nichts.

»Unabhängig davon, dass du Gefühle für die Kleine hast ...« Energisch winkt er ab, als ich Einspruch erheben will. »... kann ich Wichser nicht ausstehen, die Unschuldige in die Pfanne hauen, und dann glauben, damit durchzukommen. Was immer passiert, du kannst auf die Unterstützung des Teams zählen.«

Dankbar klopfe ich ihm auf die Schulter. »Ich schulde dir was, Tom.«

Den Nachmittag verbringe ich damit, eine Millionärsgattin am Rodeo Drive von Edelboutique zu Edelboutique zu begleiten. Ein Kinderspiel. Während sie drinnen nach Handtaschen und Schuhen Ausschau hält, die die Hälfte meines Jahresgehaltes kosten, beziehe ich draußen meinen Posten. Ich habe viel Zeit zum Nachdenken. Irgendwann, ich stehe vor der dreiteiligen Glastür des Juweliers Van Cleef & Arpels, treffe ich den Entschluss, nach Feierabend zu Bobby zu fahren. Diane hat recht. Es wird Zeit, dass wir uns aussprechen, zumal ich immer mehr zu der Erkenntnis gelange, dass Bobbys Notlüge keine Katastrophe ist. Ganz im Gegenteil. Es bedeutet, dass sie Single ist. Wenn ich es also geschickt anstelle, wird sie mein Bett nie wieder verlassen.

Nachdem ich geduscht und mich umgezogen habe, ich trage eine blaue Jeans, ein schwarzes Shirt und darüber ein offenes Hemd mit hochgekrempelten Ärmeln, mache ich mich auf den Weg. Als ich in Bobbys Straße einbiege, beschleunigt sich mein Herzschlag ein wenig. Was, wenn sie mir die Tür vor der Nase zuknallt? Diane meinte zwar, sie würde mich vermissen, aber auch große Schwestern können irren. Nun ... wenn ich das Risiko nicht eingehe, werde ich es nie erfahren. Ich parke den Cherokee zwei Häuser weiter, weil Dianes Mietwagen und ein silberner Porsche vor Mrs. Hiddlestons Haus stehen. Hat Melissa Besuch von einem ihrer Model-Kollegen? Ich dachte, die wären alle schwul.

Gerade, als ich nach der Türklinke greifen will, kommt Bobby aus dem Haus. Ihr Anblick versetzt mir einen Stich. Sie trägt ein gelb leuchtendes Sommerkleid, ihre Haare trägt sie offen … Wildromantisch ist der Begriff, der mir unwillkürlich durch den Kopf schießt. Sie sieht zum Anbeißen aus.

Und sie ist nicht allein.

Neben ihr steht ein Typ im hellblauen Poloshirt. Wer zum Geier ist der Knilch? Als er Bobbys Arm berührt, kämpfe ich gegen den Drang an, ihm die Finger abzuhacken. Nie ist eine Axt da, wenn man eine braucht! Angestrengt kneife ich die Augen zusammen. Den Typ habe ich schon mal gesehen. Kurz grabe ich in meinem Gedächtnis, dann fällt es mir wieder ein. Bobby hat auf der Party der Vandevilles mit ihm getanzt. Ich weiß es noch, weil ich meine Augen nicht von ihnen lassen konnte, was höchst unprofessionell war. Der Kerl heißt Gary. Den Nachnamen habe ich vergessen, aber ich werde die Gästeliste bemühen, die bei mir noch irgendwo rumliegt.

Die beiden steuern den Porsche an, sie lächeln und unterhalten sich angeregt, dennoch wirkt Bobby ausgebrannt. Ein warmes Gefühl durchzuckt mich. Sie durch lebt zurzeit einen Albtraum. Ich kann mir nicht einmal ansatzweise vorstellen, wie verängstigt sie sein muss. Deshalb sollte ich Größe beweisen und ihr den Abend mit diesem Gary gönnen. Ich werde jetzt hinübergehen, ihr sagen, dass ich nicht mehr sauer auf sie bin und wir alles in Ruhe besprechen können, sobald sie Zeit hat. Genau. Ich werde mich wie ein Gentleman verhalten. Ruhig und würdevoll. Mit etwas Glück hat sie nach einer Stunde keine Lust mehr auf den Typen und ruft mich an.

Bobby steht mit dem Rücken zu mir, als ich mich nähere. Der Himmel ist rosa angehaucht, ein laues Lüftchen weht, und in den Bäumen geben die Vögel ihr allabendliches Konzert. Grund genug offenbar für Gary, sein Gesicht zu Bobby zu neigen und die Lippen zu schürzen.

Er wird doch wohl nicht …?

»Was will der Typ hier?«, platzt es aus mir heraus.

So viel zum Thema ruhig und würdevoll.

Erschrocken wirbelt Bobby herum. Ihre Augen sind geweitet, ihr Teint ist rosig, und ich muss alle Kraft der Welt aufbringen, um sie nicht in meine Arme zu reißen und zu küssen.

»Die Frage lautet doch eher, was du hier willst?«, kontert sie etwas kurzatmig.

Unsere Blicke verhaken sich ineinander, ich versinke in bernsteinfarbenem Treibsand, aus dem ich mich nie wieder befreien möchte. Und dann, schwups, ist sie da, die eine, unfassbare Erleuchtung:

Ich liebe dich, Lockenköpfchen.

Ich bin darüber so schockiert, dass ich auf dem Absatz kehrt mache und zu meinem Wagen zurückgehe.

»Wer war das?«, höre ich Gary noch fragen.

Bobbys Antwort ist leise. »Ein Freund.«

Hinterher verbiete ich mir, an sie zu denken, was sich als verflucht schwierig erweist, zumal alles, was ich tue, mit ihr zusammenhängt. Insbesondere die Vorstellung, Gary könnte sie betatschen oder sogar küssen, treibt mich schier in den Wahnsinn, also stürze ich mich in die Recherche. Zunächst einmal finde ich heraus, dass Bobbys Date mit vollem Namen Gary Newman heißt und Prokurist in einer Firma namens *Solivan Industries* ist. Was für ein Langweiler! Es bringt mich kein bisschen weiter, vermittelt mir aber das Gefühl, ihn im Visier zu haben. Tut er etwas, was mir nicht gefällt, wird er meine Faust spüren. Das Bild seiner eingeschlagenen Zähne zaubert ein kurzes Lächeln auf mein Gesicht.

Im Laufe des Abends erfolgt zwar nicht Bobbys heißersehnter Anruf, dafür kommt Neal vorbei, mit einer gigantischen Käsepizza und hervorragenden Neuigkeiten, die meine Laune deutlich heben. Er hat nicht nur die Identität des Kerls mit dem Pferdeschwanz ermittelt. Eine Beamtin der Internen Ermittlung hat ihm ein Video zukommen lassen, auf dem zu sehen ist, wie nur wenige Stunden vor Bobbys Verhaftung eben jener Kerl irgendwo am Hafen Detective Diaz eine braune Tüte überreicht. Neal und ich vermuten, dass sich darin die Waffe befunden hat, mit der Bane Knesic getötet wurde. Während der Wohnungsdurchsuchung hat Diaz Bobby die Waffe untergeschoben.

»Das Problem ist«, sagt Neal. »Die Videoaufnahme steht unter Verschluss. Miss Sedgwicks Anwältin darf sie nicht verwenden.«

»Das war zu erwarten«, antworte ich nachdenklich. »Trotzdem haben wir jetzt ein Druckmittel. Wie hieß der Typ mit dem Pferdeschwanz nochmal?«

»Bryce Everett.«

»Gut. Morgen früh rufe ich Diane an. Sie ist clever, ihr fällt schon was ein«, sage ich. »In der Zwischenzeit versuche ich, mehr über diesen Bryce Everett herauszufinden.«

Neal hebt verwundert die Augenbraue. »In der Zwischenzeit? Es ist kurz vor Mitternacht.«

Ich schenke ihm ein schiefes Grinsen. »Ich brauche nicht viel Schlaf. Willst du noch ein Bier?«

Er schüttelt den Kopf. »Es wird Zeit für mich, zu gehen. Scarlett wartet. Hast du vielleicht noch etwas von deinem Pekannusskuchen übrig für unterwegs?«

»Sorry, nein«, antworte ich wahrheitsgemäß. »Ist alles weg.«

»Mist.« Die Enttäuschung ist Neal deutlich anzusehen.

»Es ist nur zu deinem Besten«, flachse ich. »Tom hegt nämlich die Befürchtung, du könntest auseinandergehen wie ein Hefekloß.«

Ein arrogantes Lächeln legt sich auf Neals Gesicht. »Ich? Niemals. Nicht bei meinem harten Trainingsplan. Apropos: Ich habe gehört, dass du ab morgen nur noch halbtags arbeitest. Sehen wir uns trotzdem um 7 beim Kampfsporttraining?«

»Klar.« Ich grinse. »Dich noch vor dem ersten Kaffee auf die Matte zu werfen, lasse ich mir doch nicht entgehen.«

»Träum weiter, Kumpel«, sagt Neal mit einem freundlichen Brummen.

Ich lache. »Grüß Scarlett von mir. Und tu nichts, was ich nicht auch tun würde.«

Prompt huscht ein grimmiger Ausdruck über Neals Gesicht. Was seine Frau betrifft, versteht er keinen Spaß. Wenn er es darauf anlegt, kann er recht furchteinflößend wirken, aber mich kann er nicht täuschen. In dieser harten Legionärsschale verbirgt sich ein butterweicher Kern.

»Das war nur ein Witz«, sage ich und versetze ihm einen kameradschaftlichen Schlag auf die Schulter. »Gute Nacht!«

Ich bringe ihn noch zur Tür, dann mache ich mich an die Arbeit. Das wäre doch gelacht, sollte ich nichts herausfinden.

Bobby

Nach Alecs seltsamen Auftritt verläuft der Abend überraschend harmonisch. Gary ist nicht nur zuvorkommend und charmant, sondern auch witzig. Immer wieder bringt er mich zum Lachen. Das Kino ist brechend voll, der Film zieht sich wie Kaugummi, nichtsdestotrotz sind die Zuschauer (und auch Gary) begeistert. Am Ende applaudieren alle frenetisch. Nun, über Geschmack lässt sich bekanntlich nicht streiten. Dafür ist das Dinner bei einem nahegelegenen Thailänder unterhaltsamer. Gary ist ein wunderbarer, feingeistiger Begleiter, das Essen ist exquisit, die Atmosphäre angenehm. Als er mich später vor der Haustür absetzt und seine Lippen auf meine presst, lasse ich ihn gewähren. Er ist ein guter Küsser, trotzdem lässt mich seine Berührung kalt. Zu allem Überfluss habe ich Alec wieder vor Augen, wie er groß und breit und voller Zorn vor mir gestanden hat. Am liebsten hätte ich mich in seine Arme geflüchtet. Als er sich mit diesem seltsamen Ausdruck im Gesicht abgewandt hat, war es, als würde mir ein Körperteil entrissen werden. Das Gefühl war so intensiv, dass mir beinahe ein gequältes Wimmern entwichen wäre.

»Möchtest du noch auf einen Kaffee hereinkommen?«, biete ich Gary trotz allem aus Höflichkeit an.

Er hat sich viel Mühe gegeben, um mir einen schönen Abend zu bescheren, und trägt keine Schuld daran, dass mein Herz bereits vergeben ist.

»Das geht leider nicht. Ich muss morgen früh raus«, antwortet er, was mich insgeheim erleichtert. »Ich arbeite in der Firma meines Cousins zweiten Grades, und der versteht keinen Spaß!«, fügt er hinzu und wackelt vielsagend mit den Augenbrauen, was mich zum Lächeln bringt.

»Kein Problem. Gute Nacht, Gary«, sage ich und will mich abwenden, als seine Worte mich innehalten lassen. »Wollen wir uns morgen Abend nochmal treffen?«

Ich zögere mit der Antwort. Gary ist ein netter Kerl, und ich möchte ihm keine falschen Hoffnungen machen.

»Ich habe zwei Karten für den *Cirque du Soleil*«, fügt er hastig hinzu. »Zurzeit gastieren sie im Dolby Theatre. Wenn ich dort mit dir auftauchen könnte, wäre das ein Hammer.«

Der *Cirque du Soleil* hat mich seit jeher gereizt, und obwohl er ganzjährig in Las Vegas auftritt, habe ich bisher noch keine Gelegenheit gefunden, eine Vorstellung zu besuchen. Lust hätte ich schon, aber irgendwie kommt es mir falsch vor.

»Ich würde gern eine Nacht darüber schlafen«, entgegne ich schließlich. »Reicht es, wenn ich dir morgen früh Bescheid sage?«

Gary ringt sich ein Lächeln ab. »Natürlich.«

Mein Apartment ist leer, als ich es betrete. Diane ist bereits zu Bett gegangen, also werde ich den Teufel tun, sie zu wecken. Sie hat sich ihren Schlaf mehr als redlich verdient. Mich plagt erneut das Gewissen. Während sie sich abrackert, um mich vor einer Verurteilung zu bewahren, mutiere ich langsam aber sicher zur Königin der Nacht.

In der Falle

Bobby

»Natürlich gehst du dahin!«, ruft Diane mit leuchtenden Augen und kratzt den letzten Rest Rührei von ihrem Teller. »George und ich haben uns an Weihnachten eine Vorstellung des *Cirque du Soleil* im New Yorker Madison Square Garden angesehen. Ein Traum! Das darfst du dir auf keinen Fall entgehen lassen!«

»Mhm.«

»Obwohl es mit Alec prickelnder wäre als mit ... Wie heißt der Typ nochmal?«, fragt die Frau, die nie einen Namen vergisst.

Ich gieße Milch in meinen Kaffee. »Gary«, antworte ich leise.

»Gary, genau. Und? Erzähl, wie ist es gestern Abend gelaufen?«

Ich berichte ihr alles bis ins kleinste Detail, auch dass Alec da war, um gleich wieder zu verschwinden.

Diane steht auf, um Teller und Besteck in die Spülmaschine zu stecken. »Er hat dir verziehen, weißt du?«

Mein Herz macht einen gefährlichen Hüpfer. »Wirklich?«

»Ja, das hat er mir gestern gesagt. Ich schätze, er war da, um sich mit dir auszusprechen.«

Oh nein!

»Na toll!«, sage ich niedergeschlagen. »Und ich habe mich mit einem anderen Mann getroffen. Ich sollte Gary für heute absagen ...«

»Ach was!«, widerspricht Diane vehement. »Gönn

dir den Abend im *Cirque du Soleil.* Morgen ist immer noch Zeit, mit Alec zu reden. Außerdem kannst du ihn ruhig mal etwas zappeln lassen. Solche Typen wie er sind nicht daran gewöhnt. Das wird ihm eine Lehre sein.«

»Findest du?«

»Auf jeden Fall.«

»Okay«, antworte ich, obwohl ich am liebsten alles stehen und liegen lassen würde, um sofort zu Alec zu fahren. »Er hätte mich nicht so anbrüllen dürfen«, murmele ich.

Diane grinst schelmisch. »Eben.«

Während ich zum Kühlschrank gehe, um mir für meinen Frühstückstoast Butter und Marmelade zu holen, klingelt Dianes Handy. Sie nickt mir kurz zu, bevor sie in den Nebenraum geht.

»Hm ... ja ... wirklich?«, erklingt es leise durch die offene Tür. »Das ist ja wunderbar ... aha, ich verstehe ... okay ... Gut und danke!«

Kurz darauf taucht sie mit einem strahlenden Lächeln wieder auf. »Wenn man vom Teufel spricht«, sagt sie vergnügt, wie seit Tagen nicht mehr. »Das war Alec. Er hat gute Neuigkeiten.« Sie erzählt mir, dass der Typ mit dem Pferdeschwanz Bryce Everett heißt, und dass ein Video existiert, auf dem zu sehen ist, wie er Detective Diaz etwas übergibt. Alec mutmaßt, dass es sich um die Tatwaffe handeln könnte, die mir später untergeschoben wurde. »Leider können wir das nicht als Beweis nutzen, *aber* wir wissen jetzt mit Sicherheit, dass Detective Diaz mit drin hängt. Das ist ein hervorragender Ansatzpunkt.«

»Wir haben nur noch acht Tage«, wende ich ein, obwohl mein Puls vor Aufregung rast.

»Im Notfall sind es ein paar mehr«, beruhigt mich

Diane. »Erst einmal ist die Gegenseite am Zug. Die Staatsanwaltschaft wird ihre belastenden Beweise einreichen und Zeugen aufrufen. Mein Ziel ist es, eine Verfahrenseinstellung zu beantragen. Und ganz ehrlich, Schwesterchen …« Sie nimmt mich fest in den Arm. »Mit dem, was wir jetzt wissen, wäre es doch gelacht, wenn ich das nicht hinbekomme!«

»Wir müssen Detective Diaz vor Gericht bloßstellen …«, überlege ich laut.

»Genau. Was ist mit deiner Quelle?«

»Ich glaube, dass sie nach Trevors Tod untergetaucht ist. Von der Seite her ist nichts zu holen, Diane. Selbst, wenn ich es wollte, könnte ich dir seinen Namen nicht nennen. Ohne sein Einverständnis darf ich das nicht, das steht so im Gesetz. Außerdem weißt du ja, wie ich zu dem Thema stehe.«

»Ich wollte nur noch einmal sichergehen.« Sie klatscht in die Hände. »Gut, dann werden wir uns auf die Verbindung von Bryce Everett und Detective Diaz konzentrieren. Wir werden beweisen, dass beide unter einer Decke stecken.«

Alec

Es hat zwei Stunden gedauert, bis mich gestern Nacht die Müdigkeit in die Knie gezwungen hat. In dieser Zeit habe ich unter anderem erfahren, dass Bryce Everett vor einem Jahr für eine Zeitarbeitsfirma gearbeitet hat, seitdem ist er verschwunden. Keine aktuelle Adresse, kein neuer Job. Weil die Firma erst um 9 Uhr öffnet, ich aber um die Uhrzeit schon im Dienst bin, komme ich erst am frühen Nachmittag dazu, dort anzurufen. Leider ist nur der Anrufbeantworter dran. Mittagspause. Danach ist es dauerbesetzt. Erst gegen halb drei erreiche ich jemanden, der sich aber weigert, mir Informationen zu Everett zu geben. Auf der Website steht, dass die Firma zum Vandeville-Konzern gehört, also rufe ich Tom an und bitte ihn, seinen Einfluss bei Jacob Vandeville geltend zu machen.

»Er ist nicht gerade gut auf dich zu sprechen«, erwidert Tom nachdenklich.

»Ich weiß, deshalb sollst du ihn ja auch anrufen.«

»Okay, ich versuch's. Aber du weißt ja, wie er ist. Ich kann dir nichts versprechen.«

»Danke.«

Es dauert geschlagene dreieinhalb Stunden, bis sich Tom zurückmeldet.

»Vandeville ist auf Antigua«, erklärt er. »Dass ich ihn überhaupt erreicht habe, grenzt an ein Wunder. Er hat mit dem Personalleiter der Zeitarbeitsfirma gesprochen. Du bekommst alle Infos, die du haben willst. Ich habe seine Durchwahl.« Er nennt mir eine Telefonnummer.

»Perfekt!«, entgegne ich erfreut. »Ich hätte nicht zu hoffen gewagt, dass er so entgegenkommend ist.«

»Na ja, es ist so ...«, sagt Tom. »Nach der Party hat sich herausgestellt, dass sein missratener Vetter das Koks Viola ebenfalls angeboten hat. Vandeville war stinksauer! Bei seiner kleinen Schwester versteht er keinen Spaß. Für uns bedeutet es, dass er uns als Kunde erhalten bleibt.«

»Na, dann ist ja alles bestens. Danke, Tom!« Ich blicke auf die Uhr. 5:57 Uhr. »Ich muss die Zeitarbeitsfirma anrufen, bevor die Angestellten Feierabend machen.«

Ich wähle sofort die Nummer, die mir Tom gegeben

hat. Es hört nicht auf, zu klingeln. Fast habe ich schon die Hoffnung aufgegeben, als endlich abgenommen wird.

»Ja?«, ertönt eine gereizte Stimme.

»Ich möchte den Personalchef sprechen.«

»Am Apparat. Aber ich bin praktisch schon zur Tür raus …«

»Mein Name ist Alec Cooper«, antworte ich unbeeindruckt. »Mister Vandeville gab mir Ihre Nummer.«

»Oh, ich verstehe.« Jetzt klingt die Stimme fast devot. »Hat das nicht bis morgen Zeit? Meine Frau und ich, wir wollen …«

»Nein, hat es nicht!«, unterbreche ich ihn scharf.

Er schnaubt so laut durchs Telefon, dass ich den Hörer auf Abstand halten muss. »Also gut, was möchten Sie wissen?«, mault er.

»Ich möchte alles haben, was Sie zu Ihrem ehemaligen Angestellten Bryce Everett haben.«

Der Personalchef ist zwar alles andere als begeistert, dennoch kommt er der Aufforderung nach. Everetts Personalakte ist nicht sehr umfangreich, sie beträgt gerade mal drei Seiten, und bereits eine Viertelstunde später hat er sie gescannt und mir per E-Mail zugeschickt. Der Akte nach war Bryce Everett fast zwei Jahre bei der Zeitarbeitsfirma registriert, die meiste Zeit hat er als Chauffeur für eine Firma namens *Solivan Industries* gearbeitet und …

Moment mal.

Solivan Industries? Mein Atem stockt. Erst gestern bin ich über diesen Namen gestolpert. Beunruhigt wühle ich in den Unterlagen auf meinem Schreibtisch herum, bis ich sie finde: die Gästeliste von Vandevilles Party. Vielleicht irre ich mich, und die Namen ähneln sich nur. Mein Finger gleitet entlang der Liste, bis ich plötzlich stoppe. *Gary Newman, Prokurist bei Solivan Industries* steht da. Die Schrift vor meinen Augen verschwimmt. Zufall? Unwahrscheinlich. Abgesehen davon glaube ich nicht an Zufälle.

Bobby.

Ich schnappe mir das Handy und wähle ihre Nummer. Bitte geh ran, flehe ich im Stillen, geh ran! Aber auf der anderen Seite bleibt es stumm. Ihre sanfte Stimme bleibt mir verwehrt. Ich sollte sofort zu ihr nach Hause fahren, um sie zu warnen. Bevor ich kopflos hinausstürme, rufe ich zur Sicherheit vorher Diane an.

»Hier ist Alec«, sage ich, kaum dass ihr »Hallo« verstummt ist. »Ist Bobby zu Hause?«

»Sie ... Also ...«

»Das ist wichtig, Diane!«, fahre ich sie an.

»Sie ist gerade zur Tür raus. Gary hat sie vor zehn Minuten abgeholt.«

»Gary Newman?«

»Ja, aber ...«

Mein Magen zieht sich krampfhaft zusammen. »Wo wollten sie hin?«

»Zum *Cirque du Solei*l. Alec, bitte machen Sie keine große Sache draus. Es ist völlig harmlos ...«

»Darum geht es nicht. Bryce Everett hat für die Firma gearbeitet, in der Gary Newman Prokurist ist.« Diane stößt ein Geräusch aus, wie das eines verwundeten Tieres. »Er war dort Chauffeur«, erkläre ich weiter. Leider kann ich auf Dianes Gefühle keine Rücksicht nehmen »Die beiden müssen sich zwangsläufig getroffen haben. Ich glaube, dass Bobby in Gefahr schwebt.«

»Oh mein Gott!«, kommt es verzweifelt zurück. »Und ich habe sie dazu überredet ...«

»Wozu haben Sie sie überredet?«

»Mit ihm heute Abend auszugehen ...« Dianes Stimme bricht weg, ich höre ein Schluchzen. »Ich dachte, oh nein ... Was habe ich nur getan?«

»Selbstvorwürfe helfen im Moment nicht weiter, Diane«, sage ich wohl wissend, dass es herzlos klingt. Aber uns läuft die Zeit davon. »Bobby geht nicht an ihr Handy, vielleicht, weil sie meinen Namen im Display sieht. Versuchen Sie's, okay? Rufen Sie sie an. Sie müssen sie warnen.«

»Ja natürlich, Sie haben recht.«

»Gut. Ich versuche unterdessen, das Handy zu orten. Vielleicht ist es wirklich nur ein dummer Zufall, und die beiden treffen wie geplant beim *Cirque du Soleil* ein. Wo findet das Spektakel statt?«

»Dolby Theatre.« Dianes Stimme ist so leise, dass ich sie kaum verstehe. »Oh, Alec! Ich würde mir niemals verzeihen, sollte ihr etwas geschehen.«

»Das wird es nicht«, sage ich energisch. »Dafür sorge ich.«

Bobby

Als ich in die schwarze Limousine einsteige, werde ich das Gefühl nicht los, im falschen Film zu sein. Ich bin davon ausgegangen, dass wir einen zwanglosen Abend verbringen, dass Gary mit einer Stretchlimousine samt Chauffeur auftauchen würde, konnte ich nicht ahnen. In meinem einfachen dunkelblauen Etuikleid komme ich mir jedenfalls völlig deplatziert vor. Daher entscheide ich mich, Klartext zu reden, kaum dass wir nebeneinander auf der hinteren Bank sitzen.

»Gary«, beginne ich. »Ich weiß den Aufwand hier zu schätzen, aber ich möchte dir keine falschen Hoffnungen machen. Wir werden einen netten Abend verbringen, mehr nicht.«

Überrascht blickt er mich an. Der anthrazitfarbene Anzug steht ihm. »Ich habe keinerlei Hintergedanken, Bobby, das schwöre ich. Ich habe nur keine Lust, mich ans Steuer zu setzen. Das ist das Schöne an einem Chauffeur. Man kann sich durch die Gegend kutschieren lassen und ...« Er greift neben sich und holt eine Flasche Champagner aus der Bar. »... man kann während der Fahrt ein wenig feiern.«

»Ich verstehe«, erwidere ich und komme mir schrecklich dumm vor.

Da vibriert das Handy in meiner Handtasche.

»Entschuldige«, murmele ich, bevor ich einen Blick aufs Display werfe.

Es ist Alec. Mein Puls schnellt in die Höhe, ich zögere kurz, um ihn dann wegzudrücken. Es wäre Gary gegenüber unhöflich, mich jetzt auf ein Gespräch mit einem anderen Mann einzulassen. Aber Alec ist hartnäckig. Das Handy vibriert erneut, während mich Gary mit der Flasche in der Hand fragend ansieht.

»Und? Möchtest du?«, will er wissen und zeigt auf die Flasche.

Ich ringe mir ein Lächeln ab. Obwohl ich meine Schwester vergöttere, wünschte ich, ich hätte mich von ihr nicht überreden lassen.

»Gegen ein Glas Champagner gibt es nichts einzuwenden«, antworte ich dennoch.

»Schön.« Gary greift nach zwei Gläsern und füllt sie bis zur Hälfte auf.

Als mein Handy nach einer kurzen Pause wieder zu vibrieren beginnt, huscht ein gereizter Ausdruck über sein Gesicht. »Es ist ein wenig störend«, sagt er mit einer Sanftheit, die so gar nicht zu seiner Miene passt.

Ich beiße mir auf die Unterlippe. »Tut mir leid«, murmele ich. »Du hast natürlich recht.«

Als ich nach dem Handy greife, um es auszuschalten, sehe ich, dass Diane mir eine SMS geschickt hat.

Ruf mich SOFORT an! Es geht um Leben und Tod!

Fassungslos starre ich auf die Nachricht. Du meine Güte, solche dramatischen Formulierungen sind für meine Schwester völlig untypisch. Leben und Tod. Es muss etwas Schlimmes passiert sein.

»Entschuldige, Gary«, sage ich mit leicht zittriger Stimme. »Es ist meine Schwester. Ein Notfall, wie es aussieht. Ich muss sie zurückrufen.«

Gary blickt mich mit einem seltsamen Ausdruck an, während er eines der beiden Gläser abstellt. Das andere behält er in der Hand.

»Mach das«, entgegnet er. »Aber hinterher schaltest du es aus, okay?«

»Versprochen.«

Ich drücke auf die Kurzwahltaste. Bereits nach dem ersten Klingeln habe ich Diane in der Leitung.

»Gottseidank!«, begrüßt sie mich atemlos. Sie klingt schrecklich aufgeregt. »Du musst sofort zurückkommen, Bobby! Denk dir eine Ausrede aus! Bryce Everett hat in Garys Firma gearbeitet, es ist davon auszugehen, dass er dessen Chauffeur war. Alec glaubt, dass du in Gefahr schwebst.«

Meine Kehle wird eng, während mein Herz in einen angstvoll stolpernden Takt verfällt. Ich kann nicht verhindern, dass mein Blick zu Gary gleitet, der mich anstarrt. Ein kalter Schauer läuft über meinen Rücken.

»Alles klar, Diane, mache ich«, sage ich, bevor ich das Gespräch beende. »Es tut mir leid, Gary«, erkläre ich meinem Gegenüber. »Es ist etwas dazwischengekommen. Ich muss unser Date canceln. Kannst du mich bitte zurückfahren?«

»Was ist passiert?« Ein lauernder Ausdruck erscheint in seinen Augen.

Oh mein Gott!

»Diane hatte einen Schwächeanfall. Die Mordanklage macht ihr schwer zu schaffen«, antworte ich unglücklich, wobei ich mich nicht groß verstellen muss. »Ich will so schnell wie möglich zu ihr.«

Selbst in meinen Ohren klingt es nach einer schlechten Ausrede. Beim Pokern wäre ich hoffnungslos unterlegen. Ohne seinen Blick von mir abzuwenden, stellt Gary langsam sein Glas ab.

»Deine Schwester hat dich vor mir gewarnt.« Es ist keine Frage, sondern eine Feststellung.

»Keine Ahnung, wovon du redest.« Obwohl mir der kalte Schweiß ausbricht, halte ich an meinem Bluff fest.

Gary stößt einen tiefen Seufzer aus, was mich in dem Moment mehr schockiert als ein wüster Fluch. »Hör zu, Bobby«, sagt er. »Ich weiß nicht, wie ich es dir sagen soll.«

Wortlos starre ich ihn an. Was kommt jetzt? *Du bist süß, und ich mag dich, trotzdem schlitze ich dir die Kehle durch?*

»Ich …« Er sucht meinen Blick. Seine warmen Augen heischen um Verständnis, was mich stutzen lässt. »Ich bin deine Quelle.«

»Welche Quelle?«, frage ich, um Zeit zu gewinnen. »Ich habe davon einige.«

»Das Endspiel.«

Was?

Ungläubig starre ich ihn an. »Das ist unmöglich«, erwidere ich. »Ich kenne die Quelle, ich habe sie schon ein paar Mal persönlich getroffen.«

Gary beißt sich auf die Unterlippe. »Ein Strohmann.«

»Ich verstehe nicht.«

»Jacob Vandeville steckt hinter der ganzen Sache, über die du schreiben willst. Die Glücksspiele, die Erpressungen, die Morde. Er ist auch für deine Festnahme verantwortlich.« Gary fährt sich nervös durch die Haare. »Versteh doch: Jacob ist ein sehr gefährlicher Mann, und er ist mein Cousin zweiten Grades. Ich konnte mich nicht als Quelle offenbaren.«

»Wo ist der andere jetzt? Die falsche Quelle?«

»Untergetaucht. Ich habe dafür gesorgt, dass Vandeville ihn nicht findet.«

Ich atme auf. »Gottseidank. Er hat seinen Kopf für dich riskiert.«

Gary verzieht das Gesicht zu einem traurigen Lächeln. »Ich weiß. Ich schulde ihm sehr viel.«

Fassungslos schüttele ich den Kopf, versuche das eben Gesagte zu begreifen.

»Der Abend ist wohl gelaufen, was?«, murmelt Gary, gleichzeitig klopft er an die Trennscheibe zum Fahrerraum, die sich ein Stück öffnet. »Fahren Sie uns bitte wieder zurück.«

»Ja, Sir.«

Schon bremst die Limousine ab, setzt rückwärts an und wendet.

»Es wäre schade, den Champagner verkommen zu lassen«, sagt Gary und zeigt auf das für mich bestimmte Glas.

»Nein danke«, sage ich. Meine Hände zittern. Ob Gary bereit wäre, zu meinen Gunsten auszusagen? Würde das überhaupt etwas bringen? Meine Gedanken purzeln wild durcheinander, ich kann nicht klar werden. »Hast du vielleicht Wasser?«

»Natürlich«, antwortet Gary und öffnet die Bar.

Kurz darauf drückt er mir ein volles Glas in die Hand.

»Danke.«

»Auf dein Wohl«, sagt er und hebt sein Champagnerglas.

»Auf dein Wohl«, kommt es von mir sehr schwach zurück.

Jacob Vandeville ... Unfassbar. Aber irgendwie auch passend. Ich nehme einen großen Schluck Wasser, der angenehm meinen Hals hinunterrinnt, und lehne mich mit einem tiefen Seufzen zurück. Ich gehe davon aus, dass sich Vandeville mit all seinen Millionen langweilt und ihm solche kranken Spielchen einen Kick geben.

Schrecklich.

Kurz schließe ich die Augen.

»Alles in Ordnung?«, fragt Gary besorgt.

Ich nicke und leere mein Glas. Da sich nun eines ins andere fügt, ist in der Tat alles in Ordnung. Dessen ungeachtet ist ganz hinten in meinem Kopf ein lästiges Jucken, ein Gedanke, der sich mir immer wieder entzieht. So sehr ich mich auch bemühe, danach zu greifen, es gelingt mir nicht. Ich will etwas sagen, aber meine Lippen fühlen sich taub an. Eigenartig. Und warum ist mir plötzlich so schlecht? Ich versuche, mich aufzusetzen. Vergeblich. Garys Gesicht nähert sich, wabert und verschwimmt. Verwirrt schüttele ich den Kopf. Bevor mich die Dunkelheit umgibt, habe ich den Gedanken unerwartet klar vor Augen: Dass Gary vorgestern in mich hineingeprallt ist, war kein Zufall.

Ein starkes Team

Alec

Mein Handy klingelt. Es ist Diane.

»Sagen Sie mir, dass Bobby wieder zu Hause ist!«, überfalle ich sie, bevor sie überhaupt den Mund aufgemacht hat.

»Leider nein. Seit ich mit ihr gesprochen habe, herrscht Funkstille. Das ist jetzt eine halbe Stunde her …« Ihre Stimme kippt, und ich höre, wie sie tief durchatmet.

»Was ist mit der Ortungs-App?«

»Nichts«, antwortet Diane leise.

Verfluchte Scheiße! Der Druck in meinem Innern wird stetig größer, steigt aus meinen Eingeweiden in die Brust, aber ich wehre mich dagegen. Erst denken, dann handeln, und abschließend kann ich mir den Luxus leisten, etwas zu fühlen.

»Entweder wurde der GPS-Empfang deaktiviert«, sage ich. »Oder das Handy wurde zerstört.«

»Ich habe mit Mrs. Hiddleston gesprochen«, erzählt mir Diane. »Sie hat aus dem Fenster gesehen, als die Limousine weggefahren ist, und glaubt, am Heck ein Logo erspäht zu haben. Einen Löwenkopf und daneben eine Schrift, die sie nicht entziffern konnte. Ihre Augen sind nicht mehr so gut wie früher, sagt sie.«

»Das ist gut, Diane«, entgegne ich, während sich mein Herzschlag beschleunigt und frische Energie durch meinen Körper strömt. »Sehr gut sogar. Möglicherweise ist die Limousine gemietet. Gelingt es uns, die Mietwagenfirma ausfindig zu machen, erfahren wir, wo sich der Wagen aktuell befindet. Fahrzeuge dieser Preisklasse haben in der Regel ein GPS-Ortungssystem.«

Keine fünf Minuten später werde ich im Internet fündig und rufe die Servicenummer von *Lions Gate Limousine* an. Es bedarf einiger Überredungskunst, damit ich die Information bekomme, aber nachdem ich etwas von *Cerberus* und VIP in tödlicher Gefahr gesagt habe, geht alles ganz schnell. Die Limousine steht an der Marina del Rey, Anlegeplatz 4537. Ich zögere nicht lang, schnappe mir den Wagenschlüssel und mache mich auf den Weg. Nach einer knappen halben Stunde bin ich am Ziel. Und tatsächlich: Die Limousine steht verlassen am Pier, also suche ich die Hafenmeisterei auf, um zu erfahren, welche Boote im Verlauf der letzten Stunde ausgelaufen sind. Erneut tische ich meine Geschichte über den VIP in Lebensgefahr auf. In einer Stadt wie Los Angeles ein echter Door-Opener.

Die Marina del ist mit über fünftausend Anlegeplätzen riesig, trotzdem ist der Traffic um diese Uhrzeit, es ist kurz nach 8 Uhr abends, überschaubar. Nur zehn Schiffe haben den Hafen verlassen: eine Fähre, zwei Motorjachten, eine Segeljacht, zwei Fischereiboote, drei Segelboote und ein Katamaran. Die Fischereiboote und die Fähre schließe ich von vorneherein aus, eines der Segelboote ebenfalls, da es sich um ein Zwei-Mann-Boot handelt. Nachdem ich die anderen Boote genauer unter die Lupe genommen habe, richte ich schließlich mein Augenmerk auf die *Esmeralda*, eine 70-Meter-Luxusjacht, die unter panamaischer Flagge fährt. Als ich den Namen des Besitzers erfahre, weiß ich mit Sicherheit, dass ich auf der richtigen Spur bin. Die Jacht gehört *Arcane Limited*, der ominösen Briefkastenfirma, auf die ich im Zusammenhang mit dem gefälschten Kennzeichen gestoßen bin.

Der Hafenmeister, ein braungebrannter drahtiger Mann mit sauber gestutztem Backenbart, kann sich an die Jacht erinnern, weil dort eine lautstarke Party gefeiert wurde. Er schätzt die Passagiere auf dreißig. Um sicherzugehen, rechne ich noch einmal zehn dazu und obendrein die Crew. Summa summarum sind es gut fünfzig Personen, die zwischen mir und Bobby stehen. Selbst wenn ich mich bis zu den Zähnen bewaffne, müsste ich schon Superkräfte besitzen, um das Lockenköpfchen unversehrt da raus zu holen. 50 zu 1 ist eine harte Nummer. Erschwerend kommt hinzu, dass die Situation unüberschaubar ist. Wer an Bord sind die Guten, wer die Bösen?

Ich zücke das Handy und rufe einen Kumpel bei der Küstenwache an. Wir haben fast fünf Jahre zusammen gedient.

»Hey, Jeff, wie geht's?«, begrüße ich ihn, als er abnimmt. Ein Glück für mich, dass er heute Dienst hat.

»Alec! Schön von dir zu hören. Mir geht's gut, und bei dir?«

»Nicht so gut, deshalb rufe ich an. Ich brauche deine Hilfe.«

»Ich bin ganz Ohr.«

»Eine Freundin wurde entführt. Die Typen haben sie auf einer Jacht verschleppt. Die *Esmeralda*. Sie ist vor einer Stunde aus der Marina del Rey ausgelaufen. Kannst du mir sagen, wo sie sich jetzt befindet?«

»Klar. Anhand des Automatischen Identifikationssystems ist das kein Problem. Jedes Boot dieser Größe ist dazu verpflichtet, sich mit AIS auszurüsten. Die *Esmeralda*, sagst du?«

»Ja, sie fährt unter panamaischer Flagge.«

»Einen Moment ...«

Während ich warte, lasse ich meinen Blick über die Marina schweifen. Die Nacht hat sich über Los Angeles gesenkt, eine angenehme Brise, die vom Meer herüberweht, lindert die Hitze des Tages. Das Wasser klatscht leise gegen die Außenhaut der schaukelnden Boote, setzt tausende von Lichtern in Bewegung. Ein magisches Bild, an dem ich mich nicht erfreuen kann. Meine Gedanken sind bei Bobby. Ich sollte eines Abends mit ihr hierher fahren und sie in einem der kleinen romantischen Restaurants zum Essen einladen. Mein Herz überschlägt sich. Was, wenn es niemals dazu kommt? Ich weise mich energisch in die Schranken. Was ich jetzt brauche, ist keine Schwarzmalerei, sondern ein klarer Kopf.

»Tut mir leid, dir das sagen zu müssen, Buddy«, grätscht Jeff in meine Gedanken, »Aber die *Esmeralda* befindet sich bereits außerhalb der 12-Meilen-Zone. Wir können da nicht viel machen. In internationalen Gewässern ist unser Aktionsradius eingeschränkt, außerdem ist die Rechtslage nicht eindeutig. Selbst, wenn wir jemanden festnehmen, kann es passieren, dass er eine Stunde später wieder auf freiem Fuß ist.«

»Aber helft mir wenigstens, sie zu befreien!«

»Das können wir nicht. Wir haben nichts als dein Wort, was uns nicht dazu legitimiert, einzugreifen. Bitte versteh mich nicht falsch, Buddy!«, schiebt er hastig hinterher. »Ich weiß, dass auf dein Wort Verlass ist, aber es gibt Regeln, an die ich mich halten muss.«

»Und wenn ich dafür sorge, dass sich die Jacht innerhalb der 12-Meilen-Zone aufhält?«

»Dann kommen wir ins Geschäft.« Ich höre die Überraschung in seiner Stimme. »Wie willst du das anstellen?«

»Ich habe Freunde.«

Jeff stößt ein Lachen aus. »Natürlich hast du das.« Dann wird er schlagartig ernst. »Ich werde ein Boot mit meinen besten Leuten losschicken, die in der Nähe patrouillieren und auf dein Signal warten. Sobald du das Go gibst, schlagen sie zu. Mehr kann ich dir im Moment nicht anbieten.«

»Es sind schätzungsweise fünfzig Personen an Bord«, sage ich.

»Dann wird es eben ein großes Boot.«

Wider Willen muss ich grinsen. »Danke, Jeff.«

»Ist doch selbstverständlich, Buddy.«

Nachdem ich Diane über die Lage informiert habe, rufe ich Tom an.

»Gilt dein Angebot noch?«, will ich wissen.

Eine Stunde später befinden sich Tom, Neal, Logan und ich im Konferenzraum von *Cerberus* und beugen uns über eine Seekarte. Ein Team von vier Mann ist nicht viel, aber jeder von uns ist so gut wie zehn normal ausgebildete Soldaten. Gerade als Tom zum Ansprechen ansetzen will, stürmt eine hübsche rothaarige Frau in Jeans und Sweatshirt durch die Tür.

»Entschuldigt die Verspätung!«, sagt sie mit sanfter melodischer Stimme. »Aber Flores hatte Einschlafschwierigkeiten.«

»Sheryl!«, rufe ich erfreut. Sie und Tom haben in der gleichen Einheit gedient. Sie waren US-Rangers, die Speerspitze der Army. »Was tust du hier?«

»Ich will unbedingt die Frau kennenlernen, die dir die Zügel angelegt hat«, antwortet sie mit einem frechen Grinsen.

Sheryl und ich haben als Zweierteam perfekt funktioniert, bis Rick Alvarado aufgetaucht ist. Ein reicher

Schnösel, der nebenbei auch noch stellvertretender Bezirksstaatsanwalt ist. Okay, ich bin vielleicht etwas voreingenommen, aber es hat mich damals gewurmt, dass ich durch ihre Heirat eine sehr gute Partnerin verloren habe. Nichtsdestotrotz freue ich mich für Sheryl, zumal sie glücklich ist. Seit der Geburt ihrer kleinen Tochter hat sie ein wenig an Gewicht gewonnen, wodurch sie rundlicher und fraulicher wirkt. Es steht ihr.

»Und? Musterung beendet?«, reißt sie mich aus meinen Gedanken. Ihre blaugrünen Augen funkeln amüsiert.

»Ja, und du hast bestanden«, erwidere ich, bevor ich sie herzlich drücke. »Danke, dass du mit von der Partie bist, Sheryl.«

»Nichts gegen Windeln wechseln und Fläschchen geben.« Sie lächelt. »Aber die Action fehlt mir manchmal.«

»Und dein Mann hat nichts dagegen?«

Schon hat sie sich von mir gelöst und stemmt die Hände in die Hüften. »Das ist wieder so typisch für dich, Alec!« Der Spruch kommt mir irgendwie bekannt vor. »Stell dir vor, obwohl ich verheiratet bin, treffe ich immer noch meine eigenen Entscheidungen.« Kurze Pause und dann leiser. »Na ja, begeistert ist Rick nicht gerade. Aber nachdem ich ihm versichert habe, dass ich mit den Besten arbeite, war er einigermaßen beruhigt.« Sie stößt ein kehliges Lachen aus. »Ich werde es wiedergutmachen müssen, schätze ich.«

»Können wir endlich anfangen?«, fragt Neal in seiner knurrigen Art.

»Also gut«, sagt Tom, nachdem Sheryl alle kurz begrüßt hat. »Im Moment sieht die Situation folgendermaßen aus.« Und dann informiert er die anderen über den Stand der Dinge.

Warum er und nicht ich die Operation leitet, liegt daran, dass er von uns fünf den höchsten Dienstgrad hatte. Militärische Strukturen und Methodiken sind uns dermaßen in Fleisch und Blut übergegangen, dass niemand Einwände erhebt. Es scheint uns die natürlichste Sache von der Welt. Nachdem Tom seine Erklärung beendet hat, stelle ich meinen Plan vor.

»Auch wenn dort nur eine Party stattfindet, ganz legal wird sie nicht sein angesichts der Tatsache, dass das Boot internationale Gewässer angefahren hat«, gebe ich zu bedenken. »Womöglich sind Drogen mit im Spiel. Jedenfalls müssen wir davon ausgehen, dass sie eine Handvoll Wachen an Deck postiert haben. Die müssen wir als Erstes ausschalten, danach die Technik. Unser Hauptziel ist es, die Kommandobrücke zu übernehmen.«

»Schön und gut«, sagt Logan. »Aber wie wollen wir uns unauffällig nähern? Ein anfahrendes Boot wäre meilenweit zu hören.«

»Wir springen mit dem Fallschirm ab«, antworte ich.

Tom nickt. »Guter Plan. Am besten drei, vier Meilen vom Boot entfernt, damit sie uns nicht bemerken. Wir benutzen Unterwasserscooter, um uns anzunähern.«

»Eine Spezialität von dir, Major«, grinst Sheryl und blickt in Toms Richtung.

Dieser grinst frech zurück. »Was soll ich sagen? Ich habe eine Schwäche für Unterwasserscooter.«

»Das Timing wird entscheidend sein«, erkläre ich. »Sobald wir die Brücke übernommen und das Boot in die 12-Meilen-Zone zurückgebracht haben, wird die Küstenwache schnell und effizient zuschlagen. Wir müssen darauf achten, dass niemand zu früh Alarm schlägt. Vermutlich gibt es nicht nur bewaffnete Wachen an Deck, sondern auch im Bootinneren. Wir haben keine Ahnung, wer sich dort aufhält. Wir müssen auf alles vorbereitet sein.«

»Leuchtet mir ein«, entgegnet Neal. »Aber wo bekommen wir auf die Schnelle ein Flugzeug und die Ausrüstung her?«

Wie aufs Stichwort drehen alle die Köpfe zu Logan um. Der hochgewachsene Mann mit den schulterlangen dunkelblonden Haaren und dem unergründlichen Blick schaut gleichmütig zurück. Wenn jemand ein solches Wunder bewirken kann, dann er. Jeder in diesem Raum hat gute Connections, aber Logans Geschäft ist das Austauschen von Gefälligkeiten, und darin ist er Meister. Gefälligkeiten sind seine Währung.

»Ich kenne da jemanden bei der Navy…«, sagt er und zaubert damit ein Grinsen auf unsere Gesichter.

Selbst Neal kann sich ein Lächeln nicht verkneifen.

Zwei Stunden später sitzen wir in voller Kampftaucher-Ausrüstung an Bord einer Hercules C 130 auf einem »Übungsflug«, wie es offiziell heißt. Jeder von uns ist bewaffnet. Ich für meinen Teil trage als Handfeuerwaffe eine SIG Sauer P226, die speziell für die Seals entwickelt wurde und der Nässe nichts anhaben kann. Ein Magazin befindet sich in der Pistole, zwei weitere in meinem Gürtel, wo zusätzlich ein Messer steckt. Für den Fall, dass ich auf eine böse Überraschung stoße.

»5 Minuten!«, ruft der Lademeister.

Wir reden kein Wort. An diesem Punkt der Operation ist das auch nicht mehr notwendig. Unsere Fallschirme haben wir überprüft, jetzt warten wir darauf, dass sich die Rampe am Heck der C-130 senkt, die wir aber noch nicht betreten. Erst als der Lademeister »3 Minuten!« ruft, setzen wir uns in Bewegung. Die Unterwasserscooter mit ihren Spezialfallschirmen schieben wir vor uns her.

»1 Minute!« Wir schauen uns an, geben uns durch Handzeichen zu verstehen, dass alles in Ordnung ist. Unterhalten könnten wir uns jetzt eh nicht mehr. Viel zu laut.

»30 Sekunden!«

Das Licht an der Rampe schaltet von Rot auf Grün. Wir befinden uns jetzt auf einer Höhe von 3.500 Metern. Sheryl springt als Erste, weil sie die Leichteste ist, damit der Schwerste, in dem Fall ich, in ihrer Nähe landet. Nach Sheryl sind Tom, Neal und Logan an der Reihe. Das Ganze dauert nicht länger als fünf Sekunden. Dann bin ich dran. Ich atme tief ein und verstärke meinen Griff um den Scooter, die anderen sind nur noch fallende dunkle Flecke vor einem schwarz schimmernden Hintergrund.

Halte noch etwas durch, Bobby. Wir kommen!

Dann springe ich.

Bobby

Das Erste, was ich wahrnehme, ist ein Summen in meinen Ohren, wie von einem Bienenschwarm. Das Zweite ist das schmerzhafte Pochen hinter meinen Augenlidern. Der Boden unter meinen Füßen schwankt, die Luft schmeckt süß und gleichzeitig salzig. Ich will mich bewegen, vermag es aber nicht. Erst mit einiger Verspätung begreife ich, dass ich mit Händen und Füßen an einen Stuhl gefesselt bin. Vor Schreck setzt mein Herz einen Takt aus, bevor es schnell und pochend wieder seinen Dienst tut. Ich kneife die Augen fest zusammen aus Angst vor dem, was ich sehen könnte.

Ein Rascheln irgendwo vor mir lässt mein Blut in den Adern gefrieren.

»Ich weiß, dass du wach bist, Bobby«, sagt eine männliche Stimme, die mir Übelkeit verursacht.

Auch diesmal reagiert mein Bauch schneller als mein Verstand, und ich erkenne die Stimme zeitverzögert. Es ist Gary. Widerwillig öffne ich die Augen, blinzele mehrmals, um den Nebel zu vertreiben. Erst nehme ich das Licht wahr, es ist hell und gleißend, dann die roten Wände mit der goldenen Verzierung und schließlich den großen Roulettetisch aus poliertem Mahagoniholz, der zwischen mir und Gary steht. Dieser trägt immer noch den gleichen Anzug und sitzt wie ich auf einem massiven Stuhl mit hoher Rückenlehne. Nur eben ungefesselt.

»Wo bin ich?«, krächze ich. Meine Zunge fühlt sich pelzig an.

»An einem Ort, an dem dich niemand finden wird.« Seine leidenschaftslos hervorgebrachten Worte jagen mir einen Schauer über den Rücken.

»Was willst du von mir, Gary?«

»Du bist eine zauberhafte Frau, Bobby, ehrlich, das bist du.« Ein bedauernder Ausdruck, so falsch wie sein Tonfall, huscht über sein Gesicht. »Unter anderen Umständen hätte aus uns etwas werden können …« *Nicht in diesem Leben, du verfickter Dreckskerl!* »Aber leider bist du zu neugierig. Deshalb muss ich dich loswerden.«

»Wie Bane Knesic?«

Gary zuckt mit den Achseln. »Knesic hat nicht nur zweimal versagt, er hat sich auch noch selbst belastet, indem er vor dir mit Trevors Tod geprahlt hat. Was für ein Idiot! Er wurde für mich immer mehr zur Belastung. Mit seinem Tod habe ich zwei Fliegen mit einer Klappe geschlagen«, fügt er selbstzufrieden hinzu.

»Du?«, schnaube ich verächtlich. Obwohl ich Furcht verspüre, habe ich eine Mordswut im Bauch. »Diese ganze Glücksspielgeschichte ist doch nicht auf deinem Mist gewachsen! Du bist doch nur Vandevilles Lakai, habe ich recht?«

Gary schlägt mit der Faust so fest auf den Tisch, dass ich heftig zusammenzucke. »Vandeville! Immer nur Vandeville! Dieser blöde Penner hat nicht das Zeug dazu, so etwas aufzuziehen!« Er beugt sich nach vorn, seine Augen funkeln irre. »Nein, das alles hier ist mein Werk, und als Nächstes ist dein Boss dran. Ich dachte da an einen tödlichen Autounfall.«

»Damit kommst du nicht durch«, zische ich. »Es gibt Leute, die wissen, dass ich mich heute mit dir getroffen habe.«

Er zuckt mit den Achseln. »Na und? Ich werde sagen, du wärst unterwegs ausgestiegen, nachdem ich zudringlich geworden bin. Die Polizei wird die Sache auf sich beruhen lassen.«

»Du meinst damit sicher Detective Diaz …«

Die Augen zu Schlitzen verengt, schnippt er laut mit den Fingern. Daraufhin tritt ein Mann, den ich bisher nicht bemerkt habe, hinter mich, um mich zu knebeln. Es ist Bryce Everett. Verzweifelt winde ich mich, versuche, seinen Händen auszuweichen, aber in meinem gefesselten Zustand habe ich keine Chance. Am Ende sitze ich da, unfähig zu sprechen oder mich zu rühren. Im Gegenzug spüre ich die rollenden Bewegungen unter meinen Füßen umso deutlicher. Jetzt, da ich wieder bei vollem Bewusstsein bin, begreife ich, dass wir auf einem Boot sind.

»Lass sie rein!«, befiehlt Gary seinem Handlanger.

Daraufhin durchquert Everett den Raum und öffnet eine schwere Tür aus dunklem Holz, die hinter einem Samtvorhang verborgen war. Zu meinem Erstaunen strömen keine grimmig blickenden Mafiosi herein, sondern festlich gekleidete Männer und Frauen, die scherzen und tratschen, als befänden sie sich im Foyer eines Opernhauses. Als sie mich bemerken, verstummen sie augenblicklich. In den Gesichtern lese ich alles von Desinteresse bis Gier, nur Mitgefühl suche ich vergeblich. Kalte, nackte Angst kriecht in mir hoch.

»Ladies and Gentleman, bitte nehmen Sie Platz«, richtet sich Gary an seine Gäste und zeigt auf die leeren Stühle am Roulettetisch.

Die meisten folgen seinem Befehl, die restlichen bleiben stehen. Ich zähle vierzehn Spieler und zwölf Zuschauer.

»Meine lieben Freunde, für heute habe ich Ihnen einen besonderen Leckerbissen versprochen. Und wie Sie wissen, halte ich meine Versprechen.« Gary lächelt zufrieden, als aufgeregtes Gemurmel aufbrandet, und weist auf mich. »Heute spielen Sie um diesen reizenden Jackpot hier. Die junge Dame mit den wilden Locken gehört demjenigen, der nach zehn Runden das Spiel für sich entscheidet.«

Wieder starren mich alle an.

»Der Gewinner kann mit ihr anstellen, was er will. Sie schmeckt gut, ist aber widerspenstig.« Ein grausamer Glanz tritt in seine Augen. »Wer immer sie gewinnt, wird seine Freude an ihr haben. Er soll nur hinterher dafür sorgen, dass ihre Leiche nicht gefunden wird.« Trotz Garys scheußlicher Rede blinzeln die Leute nicht einmal. »Ihr soll nächste Woche wegen Mordes der Prozess gemacht werden. Die Behörden werden davon ausgehen, dass sie abgetaucht ist, um ihrer Strafe zu entgehen. Sie sehen also, für Sie besteht keinerlei Risiko.«

Mir wird schwarz vor Augen, und mein Herz schlägt rasend schnell. So schnell, dass ich befürchte, zu ersticken. Verzweifelt bäume ich mich in meinen Fesseln auf, schreie hinter dem Knebel, aber niemanden scheint es sonderlich zu beeindrucken.

»Wie lautet der Mindesteinsatz?«, meldet sich eine schlanke, gepflegte Frau in den Dreißigern.

»25.000 Dollar, Iris, wie immer.«

Die andere nickt zufrieden.

Gott, hilf mir! Diese Leute sind wahnsinnig!

Und dann, zum ersten Mal, seit ich aus der Bewusstlosigkeit aufgewacht bin, denke ich an Alec. Für einen kurzen Moment durchflutet mich ein warmes Gefühl der Liebe und Zuversicht, das nur einen Atemzug später von eisiger Kälte verdrängt wird. Wahrscheinlich werde ich ihn nie wiedersehen.

Doch!, flüstert mir eine eindringliche Stimme zu. *Er lässt dich nicht hängen. Er ist ein Ex-Navy-Seal, er wird dich retten.*

Meine Augen füllen sich mit Tränen, als ich widerspreche. *Alec ist auch nur ein Mensch, und hier ist so viel Böses ...*

Während dicke Geldbündel die Besitzer wechseln und die Chips ausgeteilt werden, steht Gary auf und blickt in die Runde. Dabei schaut er jedem Einzelnen der Reihe nach ins Gesicht.

»Faites vos jeux!«, verkündet er schließlich feierlich.

Geschlossen beugen sich die Spieler über den Tisch und setzen ihre Chips. Dann versetzt Gary die Rouletteschiebe in Bewegung und wirft die Kugel gegen die Drehrichtung in den Zylinder. Meine Augen sind starr auf die Kugel gerichtet, die in rasender Geschwindigkeit ihre Kreise dreht. Einige der Spieler setzen noch einmal ihre Chips um.

»Rien ne va plus!«, ruft Gary, während alle wie gebannt auf die Roulettescheibe blicken, wo die Kugel über die Nummernfächer hüpft und tanzt, bis sie schließlich liegen bleibt.

»15. Schwarz.«

Am Ende der ersten Runde türmen sich vor einem südamerikanisch aussehenden Mann die meisten Chips, drei Runden später hat eine Blondine mit zu viel Make-up die Nase vorn. Währenddessen mustere ich jedes einzelne Gesicht am Tisch auf der verzweifelten Suche nach etwas Güte. Dort die Frau zum Beispiel mit der Brille, die aussieht wie eine pensionierte Lehrerin. Von ihr hätte ich sicher nichts zu befürchten. Also drücke ich ihr insgeheim die Daumen, bis sie mich irgendwann mit ihren kalten, seelenlosen Augen fixiert. *Das sind alles Monster*, flüstert mir meine innere Stimme zu. *Ohne Ausnahme. Du kannst von niemandem Gnade erwarten.* Als die achte Runde startet, birst der Kloß in meinem Hals auseinander. Obwohl ich mir keine Blöße geben wollte, weine ich leise vor mich hin. Die Gesichter der Menschen, die mir alles auf der Welt bedeuten, ziehen an mir vorbei: Mom, Dad, Diane, Grandma, Grandpa, Alec ...

Genau in diesem Moment, als ich Alecs Gesicht vor mir habe, fallen draußen Schüsse. Als hätte jemand diesen furchtbaren Horrorfilm angehalten, erstarren alle im Raum zur Salzsäule, bevor einige aufspringen, um zur Tür zu gelangen.

»Bewahren Sie die Ruhe!«, ruft Gary, und tatsächlich halten diese mitten in der Bewegung inne. »Das Boot wird gut bewacht. Ihnen droht keine Gefahr.«

Wie um ihn zu verhöhnen, zerreißt ein wahres Gewehrfeuer-Stakkato die plötzlich eintretende Stille. Schwere Schritte erklingen dumpf über unseren Köpfen, draußen vor der Tür ist Tumult zu hören. Schläge, Ächzen und Poltern wie von einem erbitterten Kampf. Gary, der sich blitzschnell hinter mir postiert hat, drückt mir etwas an die Schläfe, vermutlich die Mündung einer Pistole. Aber das ist mir egal. Mit funkelnden Augen und rasendem Puls fixiere ich die Tür.

Alec.

Jemand klopft von außen mit der Faust dagegen. »Nicht schießen, Boss!«, ruft eine männliche Stimme. »Ich bin's, Bill.«

Schon fliegt die Tür auf, und zwei Kerle stürmen herein. Sie schleifen eine breite, hochgewachsene Gestalt im Neoprenanzug zwischen sich, die vergeblich versucht, sich aus den eisernen Griffen zu befreien.

»Den hier haben wir beim Schnüffeln erwischt«, sagt einer der beiden Männer und reißt dem Gefangenen die Haube herunter.

Ein Wimmern entweicht meiner Kehle. Es ist Alec.

»Ist das nicht der Typ von gestern Abend?«, höre ich Gary hinter mir kichern. »Nein, wie süß! Er ist gekommen, um dich zu retten, Bobby.«

Obwohl es völlig sinnlos ist, zapple ich verzweifelt hin und her, bei dem Versuch, mich aus meinen Fesseln zu lösen. Bis mich Alecs Blick trifft. *Hab keine Angst*, scheint er mir sagen zu wollen, *alles wird gut.*

Ich liebe dich, versuche ich, ihm mit meinen Augen zu antworten. Ich will, dass er es erfährt, bevor es vielleicht zu spät ist. *Ich liebe dich.*

»Was sollen wir mit ihm machen?«, fragt einer der Männer.

»Werft ihn über Bord!«, antwortet Gary, während alle anderen im Raum zustimmend nicken.

»Das würde ich nicht tun«, versetzt Alec. Sein Blick ist hart, seine Lippen sind schmal geworden.

»Ach und warum nicht?«

»Wir haben die Kommandobrücke übernommen«, erklärt er. »Sie haben eine Minute, um Bobby freizulassen. So viel Zeit haben Sie nämlich, bevor das Boot die 12-Meilen-Zone unterschreitet und die Küstenwache sich Ihrer annimmt.«

»Sie bluffen doch«, erwidert Gary, der immer noch seine Waffe gegen meine Schläfe hält.

»Eigentlich nicht.« Als Alec versucht, sich loszureißen, verstärken seine Wachhunde ihren Griff. »Sagen Sie Ihren Gorillas, sie sollen mich loslassen. Ich möchte Ihnen etwas demonstrieren.«

»Und wenn Sie eine Dummheit machen?«, fragt Gary.

»Solange sich Bobby im Raum befindet, sind Sie und Ihre kranken Freunde vor mir sicher. Ich will sie nicht in Gefahr bringen.«

Gary nickt offenbar, denn daraufhin lassen seine beiden Handlanger Alec los. Dieser greift in eine der Außentaschen, die an seinem Gürtel befestigt sind. Prompt hebt sich die Mündung der Waffe, die Bryce Everett auf ihn gerichtet hält, aber das, was Alec hervorholt, ist nur ein Funkgerät.

»Neal«, spricht er in das Gerät. »Sei doch so freundlich und betätige zweimal die Bootssirene.«

»Roger!«, erklingt es krächzend zurück.

Schon hört man die Sirene zweimal tuten.

»Beeindruckend«, entgegnet Gary mit kalter Stimme. »Trotzdem kann ich Bobby nicht gehen lassen, und Sie auch nicht.«

Dann geschieht alles so schnell, dass meine Augen den Bewegungen kaum folgen können. Alec zertrümmert das Funkgerät auf dem Schädel des Mannes links neben ihm, dreht sich fast zeitgleich um die eigene Achse und zieht mit einer einzigen geschmeidigen Bewegung dem anderen Mann ein Messer quer über die Brust. Seine beiden Wachhunde sacken leblos zusammen.

Oh Gott, Gary wird ihn erschießen!

Aber dazu kommt es nicht. Hinter mir höre ich ein gequältes Stöhnen, das kühle Metall der Mündung, die an meinem Kopf gehalten wurde, verschwindet. Aus dem Augenwinkel sehe ich, dass Gary am Boden liegt. Ein Unbekannter ebenfalls im Neoprenanzug steht drohend über ihm, die Füße zu beiden Seiten des Körpers. Das alles geschieht innerhalb weniger Sekunden. Bryce Everett kommt nicht einmal mehr dazu, zu reagieren. Bevor er seine Waffe abfeuern kann, hat ihn Alec mit einem einzigen Kopfschuss niedergestreckt. Nur einen Moment später stürmen schwer bewaffnete Uniformierte der Küstenwache den Raum. Die festlich gekleideten Männer und Frauen sitzen in der Falle.

Erleichtert schließe ich die Augen und versuche, meinen rasenden Puls zu beruhigen. Als ich sie kurz darauf wieder öffne, sehe ich, dass es kein Mann war, der Gary außer Gefecht gesetzt hat, sondern eine rothaarige Frau mit ernstem Blick.

»Alles klar?«, fragt sie mich, während sie mir den Knebel abnimmt und mich von den Fesseln befreit.

Ich nicke. »Danke.« Meine heisere Stimme klingt wie die einer Unbekannten. »Wie sind Sie hier reingekommen?«

»Durchs Fenster hinter Ihnen, während alle Augen auf Alec gerichtet waren.« Sie lächelt. »Ein klassisches Ablenkungsmanöver.«

»Bobby!« Das ist Alec, der die Frau nicht gerade

sanft beiseite schubst, um mich in seine Arme zu reißen. »Alles wird gut, mein Herz. Ich bin jetzt da.«

Mein Herz.

Ein Zittern durchläuft meinen Körper, während ich seinen Anblick gierig in mich aufsauge. Seine Lippen streifen meine, er schmeckt nach Wind und Meer.

»Wa... Warum hat das so lange gedauert?«, stammele ich. »Warst du unterwegs noch tanken?«

Er lacht, es klingt brüchig.

»Was ist mit Gary?«, flüstere ich das Gesicht an seinen feuchten Hals gedrückt.

»Um den kümmert sich die Küstenwache.« Er presst mich fester an sich. »Du bist jetzt außer Gefahr, Bobby. Der Mistkerl wird im Gefängnis verrotten.«

»Ich hatte solche Angst«, murmele ich. »Ich dachte, ich würde sterben.«

»Das hätte ich niemals zugelassen, Lockenköpfchen.«

Kurz verschmelzen unsere Augen miteinander, bis sich Alec räuspert. »Ich möchte dir jemanden vorstellen.« Die hübsche Rothaarige schiebt sich in mein Sichtfeld. »Das hier ist Sheryl.«

»Sheryl?« Mir kommt der Name vage bekannt vor.

Sie reicht mir die Hand. »Sheryl Alvarado, ich habe vor meiner Heirat für *Cerberus* gearbeitet. Es ist mir eine ganz besondere Freude, Sie kennenzulernen, Bobby.«

Seltsamerweise ist es diese einfache Begrüßungsfloskel, die den Sturm in meinem Innern abflauten lässt. Erst jetzt wird mir vollends bewusst, dass der Albtraum vorüber ist.

Der Himmel über Los Angeles

Bobby

Die Fahrt zurück auf dem Kutter der Küstenwache erlebe ich wie in einem Traum. Alec und seine Freunde haben sich inzwischen ihrer Neoprenanzüge entledigt und stecken in Sweatshirts und Trainingshosen. Wir sitzen zusammengekauert und in Decken gewickelt auf der Kommandobrücke, während das Boot mit Volldampf auf die Küste zusteuert. Der Großteil der Mannschaft befindet sich auf der *Esmeralda*, um die Bande in Schach zu halten. Die Jacht folgt uns in gebührendem Abstand. Alec hat seinen Arm um mich gelegt, mein Kopf liegt auf seiner Schulter, und er streichelt mein Haar. Tom Rennick und Sheryl mustern uns mit einem kleinen Lächeln, während die beiden anderen, die ich noch nie gesehen habe, den Millionen von Lichtern entgegenblicken, die stetig näherkommen. Alle schweigen.

Als wir am Pier anlegen, geht es dort zu wie am helllichten Tag, obwohl es weit nach Mitternacht ist. Der blinkende Notarztwagen ist bereits aus der Ferne zu sehen, und kaum habe ich einen Fuß an Land gesetzt, werde ich auch schon von Sanitätern bestürmt und durchgecheckt. Nach einer Viertelstunde bin ich wieder entlassen. Als ich auf der Suche nach Alec meinen Blick schweifen lasse, bleibt er an einer schlanken blonden Frau hängen, deren Gesicht vor Anspannung nicht wiederzuerkennen ist.

»Diane!«, rufe ich und stürze auf meine große Schwester zu.

»Bobby!«

Lachend fallen wir uns in die Arme. Ich spüre, wie sie zittert, ihre Hände krampfen sich um mich.

»Das alles ist meine Schuld, Bobby«, murmelt sie. »Es tut mir so leid.«

»Was?« Erstaunt löse ich mich ein Stück von ihr, um ihr ins Gesicht zu blicken. »Wieso sagst du das?«

»Ich war es doch, die dich dazu überredet hat, den Abend mit Gary zu verbringen.« Ein heftiges Schluchzen durchschüttelt ihren Körper, was mir einen Mordsschrecken einjagt. Ich habe meine Schwester noch nie so aufgelöst erlebt.

»So ein Unsinn!«, entgegne ich energisch. »Du hast mir lediglich einen Rat gegeben, befolgt habe ich ihn ganz allein.« Ich drücke sie an mich. »Bitte mach dir keine Vorwürfe.«

Eine gefühlte Ewigkeit stehen wir da, eng umschlungen, bis uns lautes Gezeter aufschrecken lässt. Inzwischen hat auch die Jacht angelegt, und die kriminelle Bande wird in Handschellen abgeführt. Insgesamt sind es 32 Personen. Ein fetter Fang!

»Sie können mir nichts nachweisen!«, schreit Gary, während er nicht gerade sanft vom Boot heruntergezerrt wird.

Wie aus dem Nichts taucht Alec plötzlich auf und stellt sich ihm in den Weg. »Wie wär's für Erste mit Freiheitsberaubung? Dafür erwarten Sie in diesem Land 25 Jahre Knast!« Auf seinen Zügen liegt ein bösartiges Lächeln. »Außerdem ... wenn ich mich so umgucke, bin ich sicher, dass einige der feinen Herrschaften hier wie die Kanarienvögel singen werden, um ihren Arsch zu retten.« Er beugt sich zu Gary. »Du bist sowas von erledigt, du Wichser!«

Nach diesen Worten tritt er zur Seite, um Gary und seinen Aufpasser vorbeizulassen, während ich mich wieder Diane zuwende.

»Bei all den Leuten ist die Wahrscheinlichkeit wirklich groß, dass sich jemand als Kronzeuge zur Verfügung stellt«, flüstert sie mir zu. Sie ringt sich ein kleines Lächeln ab. »Ich werde gleich morgen eine Einstellung des Verfahrens beantragen.«

Ihr Blick rutscht nach links weg und heftet sich auf einen Punkt hinter mir. Ein Räuspern lässt mich herumwirbeln. Es ist Alec, dessen eisblaue Augen sich in mein Gehirn zu brennen scheinen.

»Du bekommst doch hoffentlich keine Schwierigkeiten wegen dem, was auf der *Esmeralda* passiert ist?«, frage ich ihn. Mit einem Mal fühle ich mich seltsam befangen. »Du hast einen Menschen getötet und zwei lebensgefährlich verletzt ...«

Um mich zu retten.

»Wir werden sagen, dass uns Diane zu deinem Schutz beauftragt hat«, antwortet er, und mir fällt ein Stein vom Herzen. »Damit sind wir aus dem Schneider.«

Meine Augen saugen sich an seinem Gesicht fest. »Fährst du mit uns?«

»Tut mir leid, aber wir müssen zurück zum Stützpunkt, um das Equipment zurückzubringen.«

»Ich begleite dich.«

Er schüttelt den Kopf. »Das geht nicht. Außerdem brauchst du jetzt etwas Ruhe.«

»Aber ...«

In diesem Moment schallt ein Ruf zu uns herüber. Es ist Tom, der mit den anderen in einen Van gestiegen ist. »Alec, wir müssen los!«

Alec macht einen Schritt auf mich zu, hebt mein Kinn. »Ich komme zu dir, so schnell ich kann«, flüstert er und haucht mir einen zärtlichen Kuss auf die Lippen. »Versprochen.«

Blinzelnd sehe ich zu ihm hoch. Das Herz schlägt mir plötzlich bis zum Hals, dennoch muss ich es sagen. »Ich liebe dich, Alec. Und das ist keine Lüge.«

Bevor er reagieren kann, mache ich auf dem Absatz kehrt, weil mich der Mut verlässt. Als ich mich entferne, spüre ich seinen Blick in meinem Rücken.

»Kommst du endlich?« Wieder ist es Tom, und diesmal klingt er leicht ungeduldig.

Kurz darauf höre ich, wie ein Motor gestartet wird und sich ein Wagen mit quietschenden Reifen entfernt. Das Gefühl des Verlustes ist so intensiv, dass der Boden unter meinen Füßen wankt.

»Na komm«, flüstert Diane, die mir gefolgt ist. Sie legt ihren Arm um meine Schulter. »Zeit, nach Hause zu fahren.«

Die Fahrt zu meinem Apartment legen wir wortlos zurück. Zu viele Gedanken, die sich überschlagen, zu viele Ängste, die verarbeitet werden müssen. Zu Hause angekommen, begibt sich Diane direkt ins Bett. Bevor sie in ihr Schlafzimmer geht, umarmen wir uns noch einmal.

»Es ist vorbei«, murmele ich. »Jetzt kannst du zurück zu George und den Mädchen.«

Ich spüre, wie sie nickt. »Ich bin stolz auf dich, kleine Schwester.«

»Und ich auf dich.« Ich stoße ein Lachen aus, um meine Rührung zu verbergen.

Dann bin ich allein. Nachdem ich lang und heiß geduscht habe, schlüpfe ich in meinen Hello-Kitty-Pyjama. Die Kontaktlinsen nehme ich heraus und ersetze sie durch meine Brille. Zwar kann ich mich vor Erschöpfung kaum auf den Beinen halten, dennoch bin ich zu aufgedreht, um schlafen zu gehen. Also mache ich mir eine warme Milch und fläze mich vor den Fernseher. Krimiserien mit auffällig vielen Großbuchstaben im Titel ziehen reihenweise an mir vorbei, während ich spüre, wie meine Augenlider immer schwerer werden. Gerade als meine Gedanken drohen, abzudriften, schreckt mich ein leises 'Pling' auf. Mit einem Ächzen stemme ich mich hoch und angle nach meinem Handy, das auf dem Sofatisch liegt. Ich habe eine SMS von Alec erhalten.

Ich stehe vor deiner Tür.

Schlagartig bin ich wach. Schon will ich losstürmen, als ich mitten im Schritt stocke. *Die Milch.* Ich halte meine Hand vor den Mund, atme aus und schnüffle. Ich rieche nichts. Beruhigt setze ich meinen Weg fort, jedoch nicht ohne einen kurzen Boxenstopp vor dem Spiegel einzulegen, um meine Haare ein wenig in Ordnung zu bringen. Dann hole ich tief Luft und öffne die Tür.

Der Rahmen ist vollständig ausgefüllt. Mit dem wunderbarsten Mann, den man sich vorstellen kann. Noch immer trägt er ein Sweatshirt und dazu eine dunkle Trainingshose. Hätte ich die Brille nicht aufgesetzt, würde mir der liebevolle Zug um die sinnlichen Lippen entgehen, während seine Augen mich von oben bis unten ausgiebig mustern. Für einen kurzen, aber wirklich sehr kurzen Moment wünschte ich mir, ich trüge etwas anderes als meinen Hello-Kitty-Pyjama. Einen Atemzug lang spricht keiner von uns ein Wort.

»Ich liebe dich auch, Bobby.«

Seine ernste, feierliche Stimme treibt mir die Tränen in die Augen.

»Nicht weinen, Lockenköpfchen«, fügt er lächelnd hinzu.

»Das sagt sich so einf…«

Weiter komme ich nicht, denn er reißt mich von den Füßen und drückt mich an sich. Er küsst mich gründlich, und ich bin heilfroh, dass er mich festhält. Seine Hände wandern unter mein Oberteil und streicheln meine nackte Haut.

»Den Pyjama kenne ich doch«, flüstert er auf meinen Lippen. »Sehr niedlich.«

»Es ist zwar ein paar Stunden her, aber ich fürchte, ich habe immer noch Reste von Adrenalin im Körper«, hechle ich wollüstig in sein Ohr. »Vielleicht hast du eine Idee, wie ich sie loswerden kann.«

Seine Augen funkeln, als er mich hochhebt, um mich hineinzutragen. Ohne zu zögern, steuert er das Schlafzimmer an und wirft mich aufs Bett, aber bevor er etwas Unanständiges anstellen kann, springe ich sofort wieder herunter.

»Was wird das, Bobby?«, fragt er mich mit zusammengezogenen Augenbrauen.

Nennt sich gleiches Recht für alle, mein kleiner süßer Macho.

Ich schnappe mir den Stuhl, der neben meinem Bett steht, werfe die Klamotten von der Lehne herunter und stelle ihn mitten in den Raum.

»Hinsetzen!«, befehle ich energisch, während mein Herz laut wummert.

Meiner Aufforderung kommt Alec zwar lächelnd nach, sein Blick jedoch versengt meine Haut bis zum Knochen. Mit wiegenden Hüften umrunde ich ihn, lasse meine Augen gemächlich über seinen Körper wandern, bevor ich seine Trainingshose beim Bund packe, »Arsch hoch!« sage und sie mit einem Ruck herunterziehe. Er lässt mich gewähren, auch als seine Unterhose, die bereits eine dicke Beule aufweist, den gleichen Weg nimmt. Verlangend springt mir sein Schwanz entgegen. Ich lecke mir über die Lippen. Seine mit Samt überzogene Männlichkeit ist unwiderstehlich, und ich kann nicht umhin, ihn mit dem Daumen zu streicheln. Keine Ahnung, ob es daran liegt, dass ich mich vor kurzem in Lebensgefahr befunden habe, aber die Geilheit, die ich spüre, ist kaum mit Worten zu beschreiben. Mit einem aufreizenden Lächeln entledige ich mich meiner Pyjamahose, bevor ich mich rittlings auf seinen Schoß setze. Unsere Augen versinken ineinander, während ich mich auf ihn drücke. Sein Schwanz ist heiß und hart und herrlich. Das Gefühl der Macht fließt wie eine Droge durch meine Adern. Ich spüre, wie ich noch feuchter werde.

Quälend langsam knöpfe ich mein Pyjamaoberteil auf, liebkose meinen Nacken und meine Brüste. Sein lüsterner Blick klebt auf meinen Fingern, die mit meinen Nippeln spielen, sie reiben und zwicken. Als er schwer schluckt, zeige ich Erbarmen und biete ihm mit einem kehligen Lachen die kleinen harten Knospen dar. Er lässt sich nicht zweimal bitten, schnappt gierig danach. Saugt und beißt, bis ich mich sanft von ihm löse. Sein Atem geht stoßweise, sein Schwanz in meinem Bauch schwillt weiter an.

Als ich meine Brille abnehmen will, hindert er mich daran. »Behalt sie auf. Das ist heiß.«

Ohne meine Augen von ihm zu lösen, lasse ich meine rechte Hand nach unten wandern, spiele mit meiner empfindlichen Perle, während sein Blick immer dunkler wird. Mit dem kleinen Finger streife ich wie zufällig seinen zuckenden Schwanz, was ihm ein Stöhnen entlockt.

»Herrgott, Bobby, willst du mich umbringen?« Seine Stimme ist rau vor Verlangen.

Jetzt beginne ich, mich zu bewegen. Mein Becken hebt und senkt sich langsam und genüsslich. Gleichzeitig ziehe ich ihm das Sweatshirt über den Kopf, darunter ist er nackt, und ich gebe der Versuchung nach, über seine samtene Haut zu streichen. Ein Schauer überzieht seinen Oberkörper, der mich schmunzeln lässt. Ich biege den Rücken durch, werfe den Kopf in den Nacken und erhöhe das Tempo. Während ich ihn gründlich reite, spüre ich, wie sich die Spannung in meinen Beinen aufbaut, meine Zehen krümmen sich ... Doch dann verändert sich etwas in seinem Blick, das mich innerlich erbeben lässt. Mit einem wilden Ausdruck im Gesicht stößt er von unten so hart zu, dass ich vor Überraschung aufschreie. Seine Hände krallen sich in den Stoff meines offenen Pyjamaoberteils, drücken mich herunter.

Die Machtverhältnisse haben sich verschoben.

Wieder und wieder bohrt er sich in mich hinein. Ich umklammere seine Schultern, während mein Körper unkontrolliert erschauert. Jeder seiner Stöße entlockt mir ein Stöhnen. Er nimmt mich mit zügelloser Gier, erhöht noch einmal das Tempo. Mein Unterleib zuckt um seinen Schwanz. Kurz versteift er sich, dann bricht die aufgestaute Lust aus ihm heraus. Schreiend presst er sich in mich, ruft meinen Namen, während er seinen Samen stoßweise in mich pumpt. Fast zeitgleich schlägt die Welle der Ekstase über mir zusammen, Gänsehaut überzieht meinen Rücken, und ich kralle mich an ihm fest wie an einem Rettungsanker. Unsere Körper beben. Als er seine Arme um mich schlingt und mich fast gewaltsam an sich drückt, ist es ein Gefühl, als würde ich mit ihm verschmelzen.

»Ich liebe dich so sehr«, stöhne ich und vergrabe meine Zähne in seiner Halsgrube.

Während die Anspannung langsam aus unseren Muskeln sickert, sein Schwanz zuckt immer noch in mir, bette ich erschöpft meinen Kopf an seine Schulter. Zärtlich küsst er meinen Nacken.

»Du kleines Biest hast mich gebissen«, flüstert er, und ich kann das Lachen in seiner Stimme hören.

Ich reibe meine schweißnassen Brüste an ihm. »Du hättest mir keinen Knutschfleck verpassen sollen.«

Unsere Lippen berühren sich. Und genau diesen wunderbaren magischen Moment sucht sich mein Magen aus, um laut zu knurren. Ein Schütteln fährt durch Alecs Körper, und ich brauche eine Sekunde, um zu begreifen, dass er in Lachen ausbricht. Schon packt er meine Hüften, hebt mich hoch, als wäre ich leicht wie eine Feder, und stellt mich auf die Füße.

»Ich haue uns was in die Pfanne«, sagte er breit grinsend. »Ich hoffe, du hast was da.«

Ich nicke.

»Gut.«

Mit einer Selbstverständlichkeit, die mich schwindelig werden lässt, geht er nackt aus dem Schlafzimmer, um sich in die Küche zu begeben. Schon höre ich, wie er den Kühlschrank öffnet und kurz darauf Schranktüren auf- und zumacht, vermutlich auf der Suche nach Töpfen. Also bleibt mir nichts anderes übrig, als ihm zu folgen. Die Erinnerung an seinen blanken Knackarsch in meiner Küche wird mir noch warme Gedanken bescheren, wenn ich bereits alt und grau bin.

»Willst du dir nicht etwas anziehen?«, frage ich, während ich ihn schamlos mustere. »Nicht, dass dein bestes Stück Schaden nimmt.«

Er wirft mir einen amüsierten Blick über die Schulter zu. »Wieso? Hast du heute Nacht noch etwas vor?«

»Vielleicht.«

Viel später liegen wir eng umschlungen im Bett. Es hat zu regnen begonnen. Zunächst nur in trägen, großen Tropfen, inzwischen schüttet es wie aus Kübeln. Regen in Los Angeles. Genauso wundersam wie diese Nacht.

»Alec ... die Sache im Hinterhof ...«, sage ich, weil ich spüre, dass es der passende Moment ist.

»Es tut mir leid, Bobby.« Seine Augen sehen mich voller Bedauern an. »Ich hätte dich nicht anbrüllen dürfen.«

Ich blicke zu ihm hoch. »Du hast mir Angst gemacht.«

»Du hattest Angst vor mir?« In seinem Gesicht lese ich Bestürzung. »Ich könnte dir nie etwas tun, Lockenköpfchen. Niemals! Dafür liebe ich dich zu sehr.« Er legt eine Pause ein, atmet tief durch. »Es ist nämlich so ...«

Und dann erzählt er mir die traurige Geschichte von einem jungen Mann aus Montana, dem vor vielen Jahren das Herz gebrochen wurde. Seine Stimme ist sanft, als er redet, und gleichzeitig voller Zorn. Ich brauche eine Weile, um das Gehörte zu verdauen. Hinterher umarme ich ihn, hauche ihm kleine Küsse auf seine geschlossenen Augenlider, seine Nase, seinen Lippen ... eine Gelegenheit, die er sich nicht entgehen lässt.

»Ein Glück, dass ich nicht so verkorkst bin wie du«, sage ich irgendwann ziemlich atemlos.

In mildem Spott hebt er eine Augenbraue. »Bist du nicht?«

»Nein.« Ich lächele ihn an. »Zugegeben, ich bin vielleicht nicht immer ganz einfach. Aber wer ist das schon?«

Alec verstärkt seine Umarmung. »Ich weiß verflucht wenig über dich, Bobby«, murmelt er in meinem Haar. »Dabei will ich alles wissen. Über deine Familie, was du gern isst, welche Musik du gern hörst, was dich zum Lachen bringt …«

»Also gut, frag mich etwas!«

Überrascht starrt er mich an. »Jetzt?«

»Klar. Warum nicht?«

»Okay. Wie viele Männer hat es vor mir gegeben?«, kommt es wie aus der Pistole geschossen.

Ich muss lachen. »Ich dachte, du willst wissen, welche Musik ich gern höre.«

»Später.«

»Es waren ein paar, Alec.« Ich suche seinen Blick. »Ich hoffe, es stellt für dich kein Problem dar.«

Er zuckt mit den Achseln, aber ich kann sehen, dass er wenig begeistert ist. Ich küsse ihn sehr, sehr zärtlich.

»Keiner war auch nur annähernd mit dir vergleichbar«, flüstere ich.

»Das erzählst du wahrscheinlich jedem«, murrt er.

»Eigentlich nicht.« Mein Mund verzieht sich zu einem frechen Grinsen. »In Ordnung, jetzt bin ich dran.«

»Fragst du mich jetzt nach den Frauen, mit denen ich …«

»Ganz bestimmt nicht!«, falle ich ihm ins Wort. »Das will ich gar nicht wissen.«

»Sie haben mir nichts bedeutet, Bobby.« Sein Tonfall ist ernst, so ernst, dass ich mich vor Rührung räuspern muss.

»Okay«, flüstere ich. »Was machst du gern in deiner Freizeit?«

Er lacht. »Willst du mich jetzt fragen, was meine Hobbies sind?«

Ich zucke mit den Achseln. »Warum nicht?«

»Also gut. Ich backe gern.«

»Wirklich?«, entgegne ich verblüfft. Das hätte ich niemals erwartet. »Und ich esse Kuchen für mein Leben gern!«

Er grinst breit. »Habe ich schon mitbekommen. Was ist dein Lieblingsfilm?«

»*Mamma Mia!* mit Meryl Streep.«

»Meiner auch!«, stößt er begeistert hervor.

Mit großen Augen starre ich ihn an. »Echt?«

Lachend schüttelt er den Kopf. »Nein. Zu viel Gejaule und Rumgehopse!«

Ich falle in sein Lachen ein und schmiege mich enger an ihn. So geht es bis zum Morgen, bis sich die Müdigkeit endgültig unserer bemächtigt.

»Was ist deine Lieblingsfarbe?« Die Augenlider sind mir bereits zugefallen, meine Worte sind kaum mehr als ein Flüstern.

»Bernsteinfarben«, antwortet er leise. Er liegt hinter mir, hält mich mit beiden Armen umschlungen, und ich spüre seinen Atem an meinem Ohr.

»Meine ist Eisblau«, nuschele ich und bin gleich darauf eingeschlafen.

Wie der Himmel über Los Angeles nach einem Gewitter.

Epilog

Ein solcher Himmel wölbt sich über der bunten Hochzeitsgesellschaft, die sich am Oberdeck der *Queen Mary* eingefunden hat und wie gebannt auf das Paar blickt, das vor dem Friedensrichter steht.

»Ja, ich will.« Die Stimme des Mannes zittert leicht und klingt auch ein wenig atemlos.

»Dave Roderick Bennet, wollen Sie den hier anwesenden Leo Grusin zu Ihrem angetrauten Ehemann nehmen?«, wendet sich nun der Friedensrichter an den zweiten Mann, der vor ihm steht.

»Ja, ich will.« Das Gelübde ertönt klar und deutlich und voller Stolz und ist bis auf den letzten Platz zu hören.

Der Friedensrichter lächelt. »Mit der mir vom Staat Kalifornien verliehenen Macht erkläre ich Sie hiermit zu Ehepartnern.«

Als sich die Frischvermählten küssen, brechen die versammelten Gäste in frenetischen Jubel aus und strömen nach vorn, um sie zu beglückwünschen. Die Freude darüber ist groß, dass Daves Ex-Frau, die er in seinen jungen, verwirrten Jahren geheiratet hatte, nach einem jahrelangen Rechtsstreit endlich in die Scheidung eingewilligt hat. Entsprechend ausgelassen ist die Hochzeitsgesellschaft. Unter den lachenden Gratulanten befindet sich auch ein großer muskulöser Mann mit seiner hübschen blondgelockten Freundin. Inzwischen hat er gänzlich mit dem Rauchen aufgehört, zumal die Liebe seines Lebens ein Auge auf ihn hat, seit sie zu ihm nach Long Beach gezogen ist. Es ist ihr nicht leichtgefallen, ihr Apartment bei Mrs. Hiddleston aufzugeben, und beim Abschied flossen Tränen auf beiden Seiten. Der Umzug einer Prinzessin ins Schloss ihres Prinzen ist nicht immer so einfach, wie man vielleicht denken mag. Solche Dinge werden in den Märchen gern verschwiegen. Zwei Monate sind seither vergangen, und nun könnte sie sich kaum vorstellen, woanders zu leben. Der Garten ist zwar etwas klein, aber der Strand vor der Tür macht das locker wieder wett.

Wie erwartet, ist die Mordanklage gegen sie zurückgezogen worden, aber nicht nur das: Seit sie einen aufsehenerregenden Artikel über Gary Newmans kriminelle Machenschaften veröffentlicht hat, die bis in die Reihen des LAPD reichten, ist sie heißbegehrt. Letzten Monat ist sie von der *Los Angeles Times* abgeworben worden. Jetzt schreibt sie über Umweltskandale, Korruption und andere Missstände in Los Angeles, wie es immer ihr Traum gewesen ist. Sie hat sich noch einmal mit ihrer Quelle getroffen, die nach Garys Verhaftung aus der Deckung gekommen war, um ihr zu versichern, dass ihre Hilfe nicht mehr vonnöten sei.

Als ihr Freund in diesem Moment auf sie hinunterblickt, strahlen seine Augen vor Liebe und Stolz. Sanft umfasst er ihre Taille und drückt sie an sich.

»Das nächste Wochenende habe ich komplett frei, Lockenköpfchen. Wie wär's mit einem Trip nach Montana?«, flüstert er in ihr Ohr.

Ihr Herz macht einen kleinen Hüpfer. »Wirklich?«

»Ja. Meine Mutter brennt darauf, dich kennenzulernen.«

Sie schluckt schwer. »Das wäre schön.«

Als er sie küsst, schimmern ihre Augen feucht. Sie weiß, dass es um mehr geht, als nur um einen Ausflug in eine idyllische Gegend. Es ist ein Versprechen.

Rezepte

Brownies

Toms Verhängnis

4 Eier
240 g Zucker
250 g Butter
150 g Mehl
120 g Kakao

Eier und Zucker schaumig rühren. Butter und Schokolade schmelzen und in die aufgeschlagenen Eier gießen und einrühren. Mehl unterheben. Die Masse auf ein Blech geben und bei 180 Grad ca. 25 bis 30 min. backen. Anschließend in 6 x 6 cm große Stücke schneiden.

Pecan Pie

Natalies Favorit

200 g Mehl
275 g Butter
100 g Zucker
½ Tl Salz
1 Pck. Vanillezucker
4 Eier
175 g Zuckerrübensirup
250 g Pekannusskerne
Fett für die Form, Backpapier, Frischhaltefolie

Teig
150 g Butter, 3 EL Wasser und Salz gut verkneten. Teig in Frischhaltefolie wickeln und 30 min. kalt stellen. Anschließend den Teig auf Backpapier rund (30 cm) ausrollen und in eine gefettete Backform (26 cm) legen, dann das Backpapier abziehen. Teig am Rand festdrücken, Boden mehrmals einstechen.

Nussmasse
100 g weiche Butter, Zucker und Vanillezucker 5 min. lang cremig rühren. Eier einzeln unterrühren, Sirup dazugeben und 175 g Pekannüsse unterheben. Die Nussmasse in die Form füllen. 75 g Pekannüsse auf den Kuchen streuen. Bei 150° Umluft auf der unteren Schiene ca. 45 min. backen.
Vor dem Anschnitt gut auskühlen lassen!

Buttermilk Pie

Alecs Wurfgeschoss

300 g Zucker
120 g geschmolzene Butter
200 g Mehl
1 TL Backpulver
1 Tl Zimt
1 TL Muskatnuss
1 TL Vanilleextrakt
3 Eier
250 ml Buttermilch

Backofen auf 175 Grad (Ober- und Unterhitze) vorheizen. Butter, Zucker, Eier und Gewürze in einer Schüssel kurz aufschlagen, dann Buttermilch, Mehl und Backpulver dazugeben. Gut 10 min. mixen. Das Ganze in eine Springform (24 cm) geben, circa 40 Minuten backen, bis der Kuchen fest ist und oben bräunlich.

Zu Risiken und Nebenwirkung frage deinen Mann, Freund oder Kollegen! Die Autorin ist, was das Backen betrifft, eine absolute Niete (sie ist eher der Soßentyp) und übernimmt deshalb für die Richtigkeit der Angaben keine Gewähr. Trotzdem wünscht sie dir von Herzen guten Appetit!

Nachwort

Liebe Leserin, lieber Leser,

das Schreiben von »Macho Lover« war für mich streckenweise eine Achterbahn der Gefühle. Nicht nur, weil ich mit Bobby und Alec mitgefiebert habe, sondern auch, weil ich mich angesichts der mangelnden Popularität von Scarlett und Neal aus »Inspire Me« schweren Herzens vor ein paar Wochen entschieden habe, nach diesem Roman die »L.A. Guards«-Reihe zu beenden. Das ist auch der Grund, warum ich im Kapitel »Ein starkes Team« alle noch einmal zusammenkommen lasse. Mit dem Nebeneffekt, dass ich unschlüssig geworden bin. Tom hat sich seine eigene Geschichte mehr als verdient, und Logan hat auf jeden Fall Potenzial. Das Ende vom Lied ist, dass ich im Moment schlichtweg nicht weiß, wie es mit den »L.A. Guards« weitergeht. Aber ich halte dich auf dem Laufenden, entweder auf Facebook oder auf meiner Homepage.

Bei »Macho Lover« habe ich mir folgende künstlerische Freiheit erlaubt: Im Jahr 2000 wurde die Mautpflicht für die Vincent Thomas Bridge abgeschafft, in meinem Roman habe ich sie wieder eingeführt. Ansonsten bleibt mir nur zu sagen, dass wie immer dein Feedback für den Erfolg dieses Romans sehr wichtig ist. Als Indie-Autorin habe ich keinen Verlag hinter mir, der mich finanziell oder auch mit Werbung unterstützt. Mein einziger Support bist du. Sollte dir meine Geschichte gefallen haben, würde ich mich über eine Weiterempfehlung oder eine Rezension z. B. bei Amazon sehr freuen.

Ich danke dir und wünsche dir einen sonnigen Frühling!

Herzlichst,

Deine Amélie Duval

Danksagung

Mein Dank geht in erster Linie an meine LeserInnen, denen ich meinen Erfolg verdanke, sowie an einige sehr liebe Autorenkolleginnen. Insbesondere an meine Facebook-Freunde, die an der Entstehung und Verbreitung meiner Geschichten regen Anteil nehmen, mich mit ihren Kommentaren und persönlichen Nachrichten motivieren und zum Weiterschreiben antreiben. Ohne euch würde gar nichts gehen.

Ferner danke ich:

Tine Pöppe von CP-Ideenwelt für ihre großartige Unterstützung in allen Belangen, ganz gleich, ob es sich ums Korrektorat gehandelt hat oder um die Releaseparty bei Facebook und andere Aktionen rund um »Macho Lover«.

Thordis Hamacher für ihre Engelsgeduld im Kampf gegen die Technik, ihre akribische Suche nach Fehlern und ihre Liebe zu Gedankenstrichen, die ich teile. Annemarie Bremer, die mich gerettet hat, als meine Grafikerin Jacky unerwartet ausgestiegen ist, um einen Neuanfang zu starten. Dabei möchte ich die Gelegenheit ergreifen und Jacky alles Gute für die Zukunft wünschen.

Mia Adams dafür, dass sie ihre kostbare Freizeit geopfert hat, um meine letzten beiden Romane etwas besser zu machen.

Wie immer geht mein spezieller Dank an Kerstin Grimm, die mir trotz Umzug und Bauarbeiten mit ihren wunderbaren Ratschlägen zur Seite gestanden hat. Dabei ging es um Backrezepte, Karate-Kick und Spielzeuge, wobei ausnahmsweise nicht das gemeint ist, woran du jetzt vielleicht denkst.

A. J. Blue

Herren der Liebe (Erotik Band 1)

An ihrem 29. Geburtstag steht Caroline plötzlich vor den Scherben ihres Lebens. Da trifft sie in einer Bar drei attraktive junge Männer, die ihr ein Angebot der besonderen Art machen: freie Unterkunft und Verpflegung im Gegenzug für tabulose Liebesdienste. Wird Caroline sich auf diesen Deal einlassen? Und was passiert, wenn sie für einen der drei Männer Gefühle entwickelt?

Softcover 300 Seiten, € 12,90 [D,A], FSK: 16 Jahre

ISBN 978-3-945796-74-0

D.C. ODESZA
DEIN
KEIN MILLIONÄRS ROMAN
FÜR
drei Dates